NELL

JODIE FOSTER   LIAM NEESON

Nell

POLYGRAM FILMED ENTERTAINMENT
présente une Production EGG PICTURES
Un Film de MICHAEL APTED
JODIE FOSTER · LIAM NEESON · NATASHA RICHARDSON
« NELL »
RICHARD LIBERTINI
Musique MARK ISHAM. Costumes SUSAN LYALL
Montage JIM CLARK. Décors JOHN HUTMAN
Directeur de la Photographie DANTE SPINOTTI,
A.I.C., Directeur de Production GRAHAM PLACE
D'après la pièce « IDIOGLOSSIA » de MARK HANDLEY
Scénario WILLIAM NICHOLSON et MARK HANDLEY
Producteur RENEE MISSEL et JODIE FOSTER
Réalisé par MICHAEL APTED

MARY ANN EVANS
d'après le scénario de
WILLIAM NICHOLSON et MARK HANDLEY

Nell

ROMAN

TRADUIT DE L'ANGLAIS
PAR AGNÈS LAURE

FRANCE LOISIRS
123, boulevard de Grenelle, Paris

Édition du Club France Loisirs, Paris,
réalisée avec l'autorisation de la Librairie Générale Française.

Cette édition est publiée en accord avec The Berkley Publishing Group, une filiale de The Putnam Berkley Group, Inc.
ISBN : 2-7242-8411-9

PROLOGUE

Imaginez le visage d'une enfant.

Elle est couchée, prête à dormir mais encore éveillée, troublée par une émotion et une attente qui repoussent le sommeil. C'est une petite fille, elle n'a pas plus de quatre ans. La faible lueur du couloir illumine son visage en forme de cœur.

Un léger bruit de pas sur le palier et la porte s'ouvre, projetant un rayon de lumière éclatante sur le sol de la pièce.

« Tu ne dors pas ? »

Elle secoue la tête avec force et sourit. Tous deux savent pourquoi elle est agitée.

Le père de la petite fille s'assied sur le lit, sa force rassurante appuie de son poids sur les couvertures et l'enserre dans les draps raides. En cet instant, son monde est un monde d'absolu, le bord du lit en marque les frontières. Mais son imagination repousse ces limites comme si elle voulait s'aventurer par-delà la chambre, vers un endroit lointain, vers un autre monde.

« Tu penses à demain ? » demande-t-il.

« Oui, oui. » Elle acquiesce d'un air solennel. « J'ai hâte d'y être. »

C'est un homme bien bâti d'une quarantaine d'années, grand et fort, aux longues jambes et aux bras robustes, ses grandes mains durcies de cals. Pourtant, il dégage une impression de douceur : de tendres yeux gris et une voix calme, pondérée. Il porte une vieille chemise à carreaux et un jean si usé qu'il est presque aussi délavé que ses yeux. Cela lui donne un air anxieux et puéril à la fois.

Il sourit à sa petite fille. « Il faut dormir d'abord. Installe-toi bien. Ferme les yeux. »

L'enfant se pelotonne dans le lit, s'enfouit dans les oreillers et ferme les yeux. Son père lisse les draps, puis lui caresse la joue avec douceur. Ce geste, elle le connaît et y répond depuis toujours, une tendre caresse qui exprime un mélange d'amour et de chaleur, un simple geste qui exprime tant de choses.

« Je t'aime, murmure-t-il.

— Je t'aime, papa. » Elle lève les yeux vers lui, le regard brillant de bonheur.

« J'ai dit, on ferme les yeux. »

La petite fille s'exécute, les paupières bien closes, comme si le sommeil pouvait venir plus vite ainsi.

Son père se tait un instant, puis reprend la parole. D'une voix grave et apaisante jaillit une mélopée, une suite de mots rythmés qui fusent comme l'eau d'une source. Pour un étranger, le refrain du père semblerait absurde, des mots accolés formant un charabia dénué de sens.

« *Doulité lo, doulité do, doulité gard'*... »

Mais la mélodie est si familière aux oreilles de l'enfant qu'un sourire fugitif éclaire son visage. Presque aussitôt, sa respiration se fait plus profonde, plus calme, l'entraînant vers le sommeil.

« *Doulité gard', doulité ven... doulité ver, doulité oré. Doulité é tou l' ré...* »

En ces instants précédant le sommeil, l'imagination de la petite fille s'évade, débridée par la musique des mots. Elle s'élève comme un harmonieux nuage de fumée et plane vers un monde lointain.

Gardant le silence, l'homme reste un long moment au bord du lit de sa fille et la contemple de cet amour à peine contenu d'un père à l'égard de son enfant. Il s'émerveille de détails insignifiants.

A une époque, il ne voyait rien, il n'éprouvait presque rien que de la peine. Cela, avant Nell, bien sûr.

Il ne pense pas à sa respiration ni aux battements de son cœur mais, chez son enfant, ces fonctions ordinaires deviennent des phénomènes qui l'impressionnent, la simple structure de son visage un miracle, la douceur de sa peau un prodige.

UN

La chaleur de l'été tempère la brise au large du lac, mais les grands pins silencieux alignés sur la rive montrent qu'on est dans une région rude. Il se niche au cœur des montagnes ce lac, bassin creusé dans le cratère d'un volcan qui date de plus de dix mille ans, étroite cuvette d'eau noire, froide et millénaire, escarpée de rochers de granit, à-pic troués de crevasses et de cavernes. Le lac et les environs sont arides, sauvages, isolés. Un endroit retiré, secret, un endroit où se cacher.

Tout y est atténué, jusqu'aux couleurs, palette sobre de verts, de gris et de parme, comme pour ne pas attirer l'attention sur les splendides mystères de la nature. Les montagnes sont les cimes découpées des Washington State Cascades, mauve sombre sur le ciel bleu cobalt, couronne énigmatique tel un secret taillé dans la pierre. Les contreforts sont tout aussi sévères, succession de sommets de roche grise qui s'élèvent du rivage en à-pic. Les conifères d'un doux vert projettent une ombre aussi noire que la nuit. Seul le ciel, le grand ciel brûlant de l'été, vibre et vit.

Il règne un profond silence, troué par le seul souffle du vent dans les arbres, le clapotis de l'eau sur la berge et le cliquetis des cailloux sur la grève. Mais sous ces bruits assourdis en perce un autre, une

8

voix humaine aux consonances douces et élégiaques. La voix d'une femme, une voix étouffée, éplorée.

« *Doulité lo*, chante-t-elle, *doulité lo. Doulité gard'... Doulité ven...* » La mélodie est un chant funèbre chargé de tristesse et de chagrin. « *Doulité ver, doulité oré...* »

Quelqu'un vit en ces lieux. Dans une étroite cavité à quelques centaines de mètres du rivage se niche une robuste petite cabane en rondins que le temps, le soleil et les intempéries ont teinté de grisâtre. Une véranda aux planches inégales entoure la maison, deux fenêtres donnent sur le lac et une cheminée en brique se dresse d'un côté. C'est une construction simple mais solide, élevée sur de bonnes fondations. Des bourrasques pourraient la secouer et les cruelles neiges de l'hiver l'enterrer, mais la maisonnette résisterait. Mousse et lichen tapissent les murs, si bien qu'elle paraît surgir de la forêt plus que bâtie par la main de l'homme. Non loin de la cabane, une petite jetée en bois se jette dans le lac.

Le bruit vient de l'intérieur. La voix hésite et les mots se coupent, comme si la chanteuse n'avait pas la force de poursuivre. Suit une nouvelle tentative. « *Doulité é tou l' ré...* » Puis le lent débit se perd en une douleur incohérente. « *Aie m-man...* »

C'est un cri de bête, déchirant, la plainte d'une angoisse inconsolable et d'une terrible peur. Le cri semble flotter, réduisant au silence et le vent et l'eau, comme si la terre écoutait, figée par la douleur incisive.

Pendant un long moment, le silence règne. Puis, au loin, surgit un autre bruit, un bruit plus dissonant que le chant funèbre dans ce décor. Cela commence comme un lointain mais importun vrombissement, un bruit coléreux, agressif. Comme il se rapproche, il se fait plus clair et plus fort, plus rauque et plus profond. C'est le grondement d'un moteur.

En un éclair, la moto surgit à la lisière de la forêt. Pétaradant, la puissante moto déboule en trombe sur le rivage. On dirait une machine infernale faite pour

9

piétiner la paix et la beauté du paysage. Et le motard est indifférent à la profanation soudaine.

L'intrusion brutale d'un spécimen hurlant de la technologie de la fin du vingtième siècle souligne le caractère isolé et solitaire des lieux. Sur cette planète surpeuplée, il ne doit plus rester beaucoup d'endroits pareils. Il n'y a pas la moindre trace du monde moderne : pas un câble de téléphone, pas une antenne de télévision, pas une voiture garée, pas même la plus rudimentaire des routes.

Le motard n'a rien remarqué de tout cela. Il s'appelle Billy Fisher. C'est un garçon du pays, une tête brûlée dont les carences le situent entre la brute et le truand. Il a dix-huit ans, pas de casque bien sûr, ses longs cheveux flottant au vent. Il porte sur un jean sale une veste de cuir sans manche qui découvre ses bras et son ventre bien musclés.

Ayant peu fréquenté les bancs de l'école et faisant des petits boulots, Billy Fisher est aveugle à toute forme de beauté et ses plaisirs sont simples : boire une bière, faire des scènes, se lancer dans des bagarres, jouer au billard, faire des poids et haltères, conduire sa moto de trial sur des terrains accidentés et déserts comme celui-ci. Pour s'offrir cela, il prend les emplois qui se présentent, le plus régulier consistant à livrer tous les mois cette commande d'épicerie en pleine montagne.

Billy arrête la moto dans un nuage de graviers et de poussière juste devant la cabane. Il coupe le moteur hurlant, met pied à terre et s'affaire sur le carton de provisions arrimé au siège arrière. Après le vacarme, le silence semble encore plus profond et le bruit qui jaillit de la maison encore plus inquiétant.

« *Aie m-man... m-man...* »

Au son de la plainte, Billy Fisher se fige sur place. Il croit d'abord que c'est une bête : les forêts regorgent d'ours et d'oiseaux. Mais, bien qu'insensible, il se rend compte que le cri n'a pas l'insistance d'un cri de douleur. C'est un son humain, éloquent, lourd de nostalgie et de chagrin.

Sa gorge se serre, il essuie la sueur qui perle sur son front, pose le carton d'épicerie sur ses larges épaules et se dirige d'un pas prudent vers la cabane. Une porte claque, Billy sursaute. Ce n'est que le vent qui fait battre la vieille porte grillagée.

Billy est terrorisé. Il s'arrête au pied de l'escalier branlant, ses cheveux caressant sa nuque épaisse. Il se passe quelque chose de bizarre. « Livre cette merde et tire-toi d'ici, » marmonne-t-il. Il monte les trois premières marches. « Miz Kellty ? »

Son appel reste sans réponse. Billy Fisher déteste ces visites mensuelles à la cabane. C'est toujours très amusant de venir mais cette vieille folle de Mrs Kellty, la femme recluse qui a choisi de vivre en cet endroit, lui fait peur et le répugne. Elle aussi a quelque chose de bizarre. Billy ne sait quoi au juste, il a cette aversion de la jeunesse à l'égard de l'âge et de la maladie. Elle est raide et bouge curieusement du côté droit, elle parle d'une façon presque incompréhensible en mutilant atrocement les mots. Le pire de tout, ce sont ses yeux bleus, son regard fixe et farouche, un regard qui l'observe de près, avec circonspection, comme si elle soupçonnait le livreur de mijoter un mauvais coup. Et il n'a jamais droit à un pourboire non plus.

Il monte les marches en traînant les pieds, entre dans la cuisine et flanque le paquet sur la table avec l'espoir que le bruit annoncera sa présence. « Miz Kellty ? Je vous apporte vos provisions. » Il parcourt la pièce des yeux mais sans curiosité aucune. Il connaît les lieux.

Un gros poêle à bois en fonte domine la pièce basse de plafond, une marmite ventrue en fer noir à l'ancienne s'étale sur le fourneau, un feu brûle nuit et jour d'un bout à l'autre de l'année. Le reste de l'aménagement est aussi d'un autre âge : un congélateur-bahut en chêne ourlé de cuivre, un immense placard de l'Indiana aux panneaux grillagés et un grand bidon en étain pour la farine. Il n'y a ni eau courante, ni évier. Juste une cuvette de fer-blanc et des brocs d'eau. La pièce est propre et bien rangée mais Billy Fisher trouve la simplicité du décor misérable et déprimante.

Il s'étonne qu'on puisse choisir de vivre avec si peu de confort matériel.

« Espèce de vieille cinglée, » marmonne-t-il.

La vieille femme n'a toujours pas donné signe de vie et il règne un silence inquiétant dans la maison. La porte qui donne sur l'autre pièce est entrouverte. Billy jette un coup d'œil inquiet, clignant les yeux dans l'obscurité pour tenter de discerner les détails.

Comme son regard s'habitue à la pénombre, il distingue un lit en fer branlant, une grande glace en pied, une chaise à dos droit. Une légère odeur de renfermé semble flotter dans la pièce, Billy Fisher plisse le nez de dégoût. C'est une odeur de savon au phénol et de vêtements usagés, une odeur de vieille femme.

« Pouah ! » s'exclame-t-il.

Billy avance d'un pas ou deux. Le corps de Mrs Kellty gît à terre. Pendant un moment, il reste là à regarder la dépouille, incapable de rien faire. Elle est préparée comme dans un dépôt mortuaire, la vieille carcasse frêle bien arrangée pour affronter la mort. Elle porte de grosses bottes lacées de cuir éculé, une longue robe grise et une veste matelassée élimée. Les vieilles mains sont posées l'une sur l'autre sur la maigre poitrine, la peau presque translucide mais mouchetée de taches de vieillesse et striée de profondes veines bleues.

Le vieux visage ridé de Mrs Kellty est creusé, les joues molles crispées, les lèvres fines presque exsangues. Pourtant, Billy a l'impression que la vieille femme a les yeux grands ouverts, le regard vide fixé sur les poutres du plafond. Un regard étrange, encore plus étrange que le regard de fou des yeux bleus que Billy ne connaît que trop bien : ceux-là sont d'un jaune étincelant et bordés d'un blanc immaculé. Il lui faut une seconde pour comprendre que ce ne sont pas ses yeux mais des fleurs. On a disposé deux pâquerettes au creux des orbites, des pétales blancs encerclant le cœur doré.

« Nom de Dieu ! » glapit Billy. Incapable de s'arracher à ce singulier spectacle, il refoule vers la porte, marchant à l'aveuglette.

Soudain la peur le saisit, il fait volte-face et s'enfuit. Il traverse la cuisine en se cognant aux meubles, dévale les marches et se rue vers sa moto.

L'engin part au quart de tour mais, dans sa hâte, Billy passe mal les vitesses et l'embrayage s'emballe. Il fait ronfler le moteur et la moto hurle à l'assaut de la côte dans un nuage de poussière et d'aiguilles de pin. En un éclair, elle disparaît dans un vrombissement et le silence revient alors que la poussière retombe sur la clairière.

Puis la plainte, la plainte humaine, s'élève de nouveau. « *Ai-aie m-man m-man...* »

DEUX

Énorme, Calvin Hannick reposait de toute sa graisse dans un vieux fauteuil défoncé planté comme un arbuste devant sa caravane sur cale. Il serrait de son gros poing une boîte de bière et une cigarette pendait de sa bouche épaisse. Dans un silence maussade, il contemplait le vide sous ses sourcils épais et s'efforçait de ne pas entendre sa femme. Dans la caravane, le poste de télévision hurlait pour rien.

Tout aussi énorme, Lorene Hannick était installée dans son fauteuil. Elle n'avait ni bière ni cigarette, mais un horrible filet de sang coulait sur ses grosses joues. Penché vers elle, Jerome Lovell, le docteur Jerome Lovell, s'affairait sur la plaie. La blessure n'était pas profonde mais une déchirure du cuir chevelu saigne toujours beaucoup et, même si les points de suture ne s'avéraient pas nécessaires, Lorene se retrouverait avec une très vilaine ecchymose violacée pendant une ou deux semaines.

Ce n'était pas la première fois qu'on faisait venir Lovell chez les Hannick pour rafistoler l'un ou l'autre. Lorene, quant à elle, donnait un prêté pour un rendu et on disait qu'elle frappait son mari avec tout ce qui lui tombait de lourd sous la main. Jerry Lovell en avait un peu assez de prodiguer ses soins à ce couple qui se disputait sans arrêt.

« Lorene, Calvin, commença-t-il d'un ton las. Il

faut que ça cesse. Vous allez finir par vous tuer si ça continue.

— Il serait plutôt du genre à se tuer tout seul, grogna Lorene. J'arrête pas de lui répéter.

— La ferme ! riposta son mari.

— Je lui dis que tu fumes trop, » assura Lorene. Sa voix était un curieux mélange, monotone et grinçante à la fois. Jerry Lovell se demandait jusqu'à quand il la supporterait. « Je lui dis que tu fumes trop et qu'un jour ça te tuera. C'est tout ce que j'ai dit.

— Et moi je dis : sans blague ? répliqua Calvin.

— Dis donc, ça va, le médecin-chef ! »

Calvin tira une dernière bouffée sur sa cigarette et envoya le mégot sur la route. « Bordel de merde, c'est qui le putain de médecin-chef ?

— Je dis que le médecin-chef n'est pas un connard d'abruti comme toi, voilà qui c'est. Et il m'a tapé dessus. »

Lovell appliqua un pansement sur la blessure, puis se redressa. « Avec quoi l'avez-vous frappé, Cal ? »

Calvin Hannick haussa les épaules. « Une photo.

— Une photo de mariage. »

Lovell jeta un coup d'œil dans la caravane. Une photo traînait devant le poste qui beuglait, des morceaux de verre mouchetaient le minable tapis tâché. Le cliché représentait Lorene et Calvin un quart de siècle plus tôt et deux fois moins pachydermes qu'aujourd'hui.

Lovell soupira. « Vous voulez bien vous calmer, Cal. Vous auriez pu lui crever l'œil avec ça.

— Dites-lui de faire gaffe à sa grande gueule, » répliqua Hannick. Il prit dans la poche de sa chemise un paquet froissé de cigarettes mentholées et s'apprêta à en allumer une.

« Et elle a raison, vous devriez fumer moins. » Ce n'était pas la peine d'être médecin pour voir qu'un infarctus le guettait entre son excès de poids et sa consommation de cigarettes.

« Ouais, ouais... grommela-t-il. On va pas en faire

un fromage. J'ai fumé toute ma vie. Jamais eu de problème. »

Soudain, Lorene Hannick se leva, les yeux rivés sur la route d'un air interrogateur. « Qu'est-ce qu'il fout là, celui-là ? J'ai pas appelé de shérif, moi. »

Lovell regarda par-dessus son épaule. La voiture de police bleue du shérif de la ville s'arrêtait devant la caravane.

Lorene s'était transformée en une montagne tremblant d'indignation. « Laissez-le tranquille, shérif, hurla-t-elle. Il a rien fait. » Elle toucha sa blessure à la tempe. « Enfin, pas grand-chose, de toute façon. »

Le shérif Todd Petersen leva les mains en un geste de conciliation comme pour tenter d'apaiser le vacarme de ses mains nues. Le policier était un homme abattu d'une cinquantaine d'années, apparemment las d'avoir affaire à des gens comme Calvin et Lorene Hannick. Mais il devait lutter contre d'autres démons plus personnels, mener des combats plus sérieux que tous ceux que pourraient jamais inventer les Hannick.

« Calmez-vous, Lorene, dit Petersen. Ne vous énervez pas. Je ne suis pas venu pour Calvin. Je suis venu chercher le médecin, d'accord ? »

Apaisée, Lorene Hannick se renfonça dans son fauteuil. « Ah, dit-elle, excusez-moi.

— C'est pas grave, répliqua le shérif. Venez, toubib. »

Richfield, Washington, était un minuscule hameau de haute montagne situé dans le massif Wenatchee des Cascade Mountains entre la Cedar et la Snoqualamie River. Le nom des villes — Startup, Goldbar, Index et même Richfield — montrait qu'il s'agissait d'une région de mines d'or colonisée par des chercheurs, puis exploitée par des entreprises de bois. Avec la disparition de ces activités anti-écologiques, la ville avait décliné. Aujourd'hui, Richfield vivait grâce à un tourisme saisonnier dont les principaux employeurs étaient les stations de sports d'hiver de Stevens Pass et d'Alpental où les habitants trouvaient

16

des emplois réguliers, si ce n'est bien payés, comme femme de chambre et employé chargé de l'entretien.

La population était peu nombreuse et respectueuse des lois. Todd Petersen n'avait donc pas grand chose à faire, hormis arbitrer les querelles domestiques comme celles qui éclataient de temps en temps entre des citoyens de Richfield tels que Calvin et Lorene Hannick, faire cesser les bagarres qui avaient lieu parfois à l'unique bar de la ville et faire respecter la limitation de vitesse sur la County Road 971. Il ne se rappelait pas quand il avait sorti son revolver de son étui pour la dernière fois.

Petersen quitta la ville et suivit une route encadrée d'épais massifs de pins qui envahissaient la chaussée et filtraient la lumière vive. La voiture passait entre des zones d'ombre et de lumière comme à travers un stroboscope naturel.

« C'est Billy Fisher qui l'a trouvée, annonça Petersen. Il livre de l'épicerie là-bas. »

Tous les habitants de Richfield connaissaient l'existence de l'étrange vieille femme qui vivait au bord du lac, mais rares étaient ceux qui l'avaient vue.

« La femme en gris ? demanda Lovell. C'est vrai qu'elle porte toujours du gris ? »

Petersen acquiesça. « Ouais. L'ermite. C'était un drôle d'oiseau. Elle parlait bizarrement. » Petersen tordit le côté gauche de son visage, les lèvres pincées. « Des choses du style... Han nan van... Dans ce genre-là.

— Une attaque, sans doute. Il n'y avait qu'un côté de son visage qui marchait. Une lésion nerveuse. Essayez donc de parler en bougeant juste un côté de votre visage. Apparemment, elle se débrouillait bien. »

Petersen soupira. « J'imagine. Elle vivait à sa façon. On ne peut pas reprocher ça à quelqu'un. » Il quitta la grand-route et s'engagea sur un ancien chemin de bûcherons, une piste poussiéreuse envahie par la végétation faute de passage.

« Vous êtes déjà allé là-bas ? »

17

Jerry Lovell fit signe que non. « Jamais. Je ne savais pas que des gens vivaient si loin.

— Il n'y en a pas. Juste la mère Kellty. »

La voiture cahota sur la piste, dévala la pente qui menait au lac en dérapant et se dirigea vers le rivage, les roues patinant sur le gravier.

« La prochaine fois, faites-moi penser à prendre la Jeep. »

Lovell ne l'écoutait pas. Le lac, les collines, la forêt, l'ensemble du décor était d'une beauté si extraordinaire qu'il ne pouvait que l'admirer. Lovell n'était pas du pays, il ne vivait à Richfield que depuis quelques années et la splendeur du paysage l'impressionnait toujours. Quand il était au beau milieu de la montagne, les villes et la vie citadine lui semblaient lointaines et étrangères, un mode de vie contre nature.

La voiture de police s'arrêta dans la clairière devant chez Mrs Kellty. Petersen sortit de l'auto, se dirigea d'un bon pas vers la cabane, puis se retourna. Immobile, le docteur Lovell examinait la trouée, la maison, le lac et les montagnes au fond.

Petersen rit et fit un signe moqueur. « Vous voulez prendre des photos ?

— C'est beau, dit Lovell d'un ton solennel. Vous ne trouvez pas que c'est beau ?

— Il y a trop d'arbres. » A l'inverse de Lovell, Petersen, qui avait toujours vécu dans la région, n'était plus impressionné depuis longtemps. Il n'avait aucune envie de quitter sa ville natale mais, contrairement aux étrangers, Petersen n'avait pas les larmes aux yeux chaque fois qu'il voyait un sapin ou un chat-huant.

« Comment cela ? demanda Lovell. Vous n'aimez pas les arbres ? »

Petersen regarda alentour. « Pas tant que ça, répliqua-t-il avec un sourire désabusé. Je me sens dépassé. » Il se dirigea vers la cabane. « Allez, finissons-en avec cette histoire. »

L'intérieur de la maison fascina tout autant Jerry Lovell. Il se campa dans la cuisine, comme dans un musée, captivé par le moindre détail de la vie menée par la vieille femme. Aux yeux de Billy Fischer, l'aspect primitif de l'existence de Mrs Kellty ne méritait que mépris ou, au mieux, une espèce de pitié forcée. Aux yeux de Lovell, c'était une chose digne d'admiration, de respect, pour son attachement résolu à la simplicité. Tout était à l'ancienne, jusqu'à ces quelques emprunts au monde moderne et son épicerie. Les provisions étaient alignées sur la table défraîchie : une boîte de flocons d'avoine, des haricots secs, de la farine, de la levure, du lait. On avait rangé sous la table le carton d'où elles provenaient comme pour le réemployer.

Lovell effleura la lampe à pétrole accroché au plafond qu'il fit osciller. « Pas d'électricité. Pas de téléphone. Pas d'eau courante.

— Non, dit Petersen. C'est fou, non ?

— Vous trouvez ?

— J'essaie de me convaincre du contraire. » Il traversa la cuisine, entra dans la chambre et s'agenouilla auprès du corps. Dans son rapport embrouillé et terrifié sur la découverte du cadavre, Billy Fischer avait parlé de fleurs. Il n'y en avait pas trace. Petersen était persuadé que la mort de la vieille femme était aussi naturelle que sa vie.

« Qu'est-ce que vous dites de ça ? lança-t-il en secouant la tête. Elle s'est étendue, elle a croisé les mains et elle est morte. » Il regarda Lovell par-dessus son épaule. « Vous avez déjà vu ça, toubib ? »

Naturellement, Lovell avait une grande expérience de la mort et, bien qu'il ne s'y fût jamais habitué, il s'efforçait de la considérer sans passion, de l'œil critique d'un professionnel. La plupart des morts étaient un outrage, une dernière insulte imposée à un corps torturé par la vie. Les gens mouraient dans la douleur et les tourments, consumés par la maladie, atteints par une ultime infirmité.

Si les médecins n'avaient pas le pouvoir d'empêcher la mort, ils étaient en mesure de la codifier et de la classifier, attribuant un poids et une valeur à chaque genre de décès. Cependant personne, et Lovell moins qu'un autre, ne pouvait échapper à cette réalité : on ne remporte jamais la bataille contre la mort, pas au bout du compte en tout cas. Il avait été témoin de morts violentes, de morts soudaines, de longues agonies. Selon lui, la bonne mort, la mort heureuse, la mort joyeuse dont parlaient les théologiens n'était en grande partie qu'un mythe. Pourtant, tandis qu'il examinait la dépouille de Mrs Kellty, il dut conclure que si une mort paisible était chose possible, c'en était une.

L'examen superficiel des yeux, du cœur et des poumons de Kellty ne lui permettait pas d'établir la cause du décès, mais il pouvait émettre une hypothèse fondée. C'était sans doute la simplicité même de la vie de la vieille femme qui avait fini par la tuer. Des années de dur labeur par tous les temps — couper du bois, puiser de l'eau au lac — se faisaient payer. Mrs Kellty avait sans doute toujours froid en hiver et souffrait de malnutrition quand Billy Fischer ne parvenait pas à se faire un chemin dans la neige et la glace pour lui apporter ses provisions. De plus, elle n'avait probablement pas reçu de soins médicaux depuis vingt ans, peut-être trente, manque de soins aggravé par les faiblesses des suites de son attaque. Le corps frêle de la vieille femme était tout simplement épuisé.

Lovell lui donnait une soixantaine d'années, bien qu'elle parût beaucoup plus. Une autopsie prouverait que ce décès ressemblait à ceux d'autrefois, sans complications liées à un cancer ou une maladie de cœur moderne, au stress ou aux problèmes de la vie contemporaine. C'était une mort du dix-neuvième siècle, un décès causé par l'épuisement que revendiquaient les femmes pionniers. Mrs Kellty s'était tuée à la tâche.

« Vous savez depuis combien de temps elle est là ? » La voix de Petersen ramena Lovell à la réalité.

« Pas longtemps, répondit-il. Il fait assez chaud pour qu'on sache si elle morte depuis plus d'un jour.

— Rien de bizarre dont je devrais m'inquiéter ? Pas trace de meurtre, de suicide, rien de tout ça ? »

Lovell fit signe que non. « Pas que je voie. Comme

vous disiez... Elle s'est étendue et elle est morte. » Il marqua une pause comme s'il se posait une question. Et jeta un autre coup d'œil sur le corps pour vérifier encore une fois, semblait-il.

« Quoi donc ? interrogea Petersen. Qu'est-ce qu'il y a ? »

Le docteur Lovell haussa les épaules. « Rien de grave. Simplement, c'est un peu curieux que ses mains n'aient pas bougé au tout dernier instant. Normalement la mort n'est pas si paisible, vous savez.

— Non, je n'en savais rien.

— Eh bien, si. Et le dernier souffle est souvent un râle.

— Ça, je le savais. Mais il n'y aurait pas eu âme qui vive à quinze kilomètres à la ronde pour l'entendre. »

Lovell contempla la pièce nue. « Elle vivait complètement seule ici ? Personne n'aurait pu arranger le corps ? »

Petersen nia d'un signe. « Absolument seule. Il n'y a pas âme qui vive à des kilomètres. C'est ce que font les ermites, Lovell. Ils vivent seuls. Et ils meurent seuls. »

TROIS

Il fallut longtemps à Todd Petersen pour contacter l'ambulance du comté sur la radio de sa voiture. Et encore plus longtemps pour que le véhicule malhabile arrive jusque-là de Monroe, chef-lieu et grande ville la plus proche.

Cette attente ne contraria pas Lovell. Il était content d'errer dans les alentours, d'examiner les quelques instruments — une hache piquée dans une souche en guise de billot, un réservoir à pétrole rouillé, un canot en rondins à moitié submergé dans le lac — avec la curiosité et l'attention d'un anthropologue étudiant un peuple lointain et mystérieux. Une fois terminé le bref tour du propriétaire, il s'installa au bord de la jetée à admirer la vue. De temps en temps, il fermait les yeux et offrait son visage au soleil du plein été.

Assis là, le vent caressant ses cheveux bruns, ses longues jambes se balançant au-dessus des froides eaux limpides, Lovell ne semblait pas avoir beaucoup de soucis. A Richfield, on ne savait pas grand-chose de lui en dehors du fait qu'il était médecin, qu'il avait fait ses études dans le Nord-Est, qu'il n'était arrivé en ville que depuis quelques années pour s'associer au petit cabinet d'Amy Blanchard, une femme qui avait longtemps été le seul médecin de Richfield. Les gens du pays pensaient qu'il était de ces citadins qui préfèrent renoncer à l'argent et au prestige — ou à l'action — d'une carrière en ville pour la paix de la vie en province. Ce n'était qu'à moitié vrai.

Le temps que l'ambulance cahote sur le terrain accidenté et qu'on dégage le corps, Todd Petersen achevait sa visite des lieux. C'était la fin de l'après-midi, la cabane baignait dans une douce lueur ambrée, le soleil filtrait à travers les minces rideaux de mousseline punaisés aux châssis des fenêtres. Avant de quitter la chambre, il s'arrêta au milieu de la pièce comme pour sentir ce qui lui échappait. Toute la journée, il avait eu une curieuse impression, l'impression que la maison silencieuse, bien que déserte et à peine meublée, semblait habitée comme si une âme y vivait encore.

Petersen se moqua de sa crédulité. « C'est fou, » dit-il et il sortit préparer les papiers, le processus bureaucratique qui mènerait la triste mais calme vie d'une vieille folle à son terme. Comme il sortait, Lovell quitta la jetée et vint à sa rencontre.

« Et qui va en hériter ?

— Pourquoi ? Ça vous intéresse ? » Todd Petersen esquissa un sourire. « Je vous ai vu assis là-bas. Je suis sûr que vous vous demandiez comment ce serait de vivre ici. En communion avec la nature. C'est vrai, non ?

— Peut-être.

— Ne vous gênez pas, répliqua Petersen en se dirigeant vers la voiture de police. C'est trop calme pour moi. J'aime les lumières du centre de Richfield. »

Lovell rit. « Je sais. Elles peuvent avoir un puissant pouvoir de séduction.

— Oui, » acquiesça Petersen. Il se glissa derrière le volant et prit son carnet sous la visière. Il appuya sur son stylo à bille et commença à prendre des notes. Se protégeant du soleil couchant de la main, Lovell se retourna vers la cabane. Tout comme le shérif l'avait senti... quelque chose dans la maison, quelque chose le préoccupait, le soupçon persistant qu'il y avait quelque chose d'anormal.

« Billy Fischer l'a trouvée en apportant l'épicerie ce matin ?

— Oui, acquiesça Petersen sans lever les yeux de son rapport.

— On a déballé les provisions. »

Cette fois, Petersen lâcha son rapport. « Ce qui veut dire ?

— Je reviens dans une seconde. »

Naturellement, c'était cela. Lovell connaissait Billy Fischer — il l'avait recousu après une bagarre au bar qui avait mal tourné — et il savait que le jeune homme ne se serait pas donné la peine de déballer sa livraison. Lovell pensait qu'aider son prochain, même une vieille femme isolée, ne faisait guère partie des priorités de Billy.

On avait ouvert l'un des cartons de lait. Lovell s'en empara, le soupesa et fit tourner le liquide pour voir combien il en manquait. Pas plus d'une lampée. Il le renifla. Le lait était encore frais, quelques gouttes de condensation restaient accrochées au plastique.

Il ouvrit la porte de la chambre et pénétra dans le halo de lumière dorée où baignait la pièce. Tout était tel qu'ils l'avaient trouvé. Le lit en fer, la glace en pied, la chaise à dos droit, les reflets sur le rideau ambré...

L'usure sillonnait le plancher d'un motif d'arêtes et de creux. Il s'agenouilla pour en sentir les contours émoussés.

Puis, de l'étage, survint un bruit. Un bruit imperceptible, un tout petit cri aigu, le cri involontaire de la peur étranglé dans la gorge. Il crut que c'était une souris ou une chauve-souris mais, dans la glace légèrement orientée vers le plafond, il surprit l'ombre d'un geste, une impression fugace, comme le jeu d'une ombre sur les murs. Tandis qu'il sondait le miroir, les ombres sur les chevrons commencèrent à se dessiner, les différents niveaux d'obscurité se mêlant peu à peu. Il y avait quelque chose à l'étage.

Lovell leva lentement la tête et regarda en l'air. Il y avait quelque chose, une créature, un animal accroché à la poutre du toit. Plaqué par la peur, le corps se tapissait dans le coin sombre où le mur arrivait à hauteur de la poutre. De prime abord, la douce lumière conjuguée aux ombres lui donnèrent l'impression que la créature se fondait aux formes de la pièce. Comme Lovell observait mieux, la forme s'éclaircit.

Une jeune fille, ou peut-être une jeune femme, difficile à dire. La tête se tordait d'une façon critique, malaisée, et des yeux immenses, gris bleu dans la lumière, les yeux d'une chouette, le fixaient sans ciller. Elle avait des cheveux blond très clair coupés ras. Le visage était blanc, exsangue, la peau tendue sur les bras maigres, osseux, presque translucide. Elle ne portait qu'une mince chemise pâle. Et elle était pieds nus.

Lovell sentait la peur envahir la pièce comme lorsque l'homme et l'animal se trouvent soudain confrontés. Il resta immobile, trop surpris pour réagir et craignant que le moindre geste ne l'effarouchât.

Gardant les yeux rivés sur elle, il parla d'une voix douce, prudente. « Tout va bien. Je ne vais pas te faire de mal. »

Aucune réponse ne vint. Les yeux immenses le fixaient toujours sans ciller, le corps toujours en boule, tendu comme une lame d'acier dardée, se faisait le plus petit possible. Avec précaution et mesure, Lovell leva vers elle une main ouverte comme pour l'aider à descendre de son perchoir précaire.

Cela provoqua une réaction. Un sifflement d'avertissement fusa des lèvres pincées, le bruit se faisant de plus en plus fort tandis que la main de Lovell s'élevait. Plus il approchait, plus la mise en garde s'intensifiait, s'amplifiant et jaillissant de la gorge jusqu'à devenir un grognement de chien.

« Tout va bien... très bien... » Lovell s'adressait à elle comme s'il réconfortait une petite fille effrayée. « Du calme... »

Quand il se redressa, la femme explosa. Elle poussa des glapissements de terreur, des cris bouleversants qui obligèrent Lovell à battre en retraite.

Tandis qu'elle hurlait, elle replia les doigts comme des griffes, se frappant et se lacérant. Le spectacle était terrifiant et pitoyable. On avait l'impression que la peur qui la possédait lui donnait envie de s'arracher le cœur.

« Mon Dieu ! » Il avança vers elle, les cris redoublèrent. Elle se giflait, se battant les joues et les tempes comme si elle voulait se marteler jusqu'à s'évanouir.

« Arrête ! »

A ce mot répondit un atroce hurlement à vous glacer, un cri de détresse et d'agonie qui joua sur ses nerfs comme une scie à découper. Lovell quitta la pièce en trébuchant et regagna la cuisine au moment où Petersen entrait en trombe.

« Mais qu'est-ce qui se passe ? » Il pénétra dans la chambre, les cris s'intensifièrent.

Lovell l'arracha de force. « Laissez-la, ordonna-t-il. Elle a peur.

— Elle a peur. Mince alors !

— Sortez ! Sortez ! »

Les deux hommes déboulèrent sur la véranda, poursuivis par des cris toujours aussi violents. Puis la force céda au grave, comme si elle menaçait ses agresseurs de ne pas revenir maintenant qu'elle les avait chassés.

Petersen et Lovell se regardèrent, aussi étonnés l'un que l'autre.

« Bon Dieu ! s'exclama Petersen qui haletait. Qu'est-ce que c'était que ça ?

— Vous n'avez jamais entendu parler de personne d'autre qui vivait ici ? »

Le policier fit signe que non. « Jamais. Qui est-ce ? Qu'est-ce qu'on fait ?

— Bon, dit Lovell. Allons-y pas à pas. » Il retourna vers la maison. « Attendez-moi.

— Qu'allez-vous faire ?

— Lui parler, lança Lovell par-dessus son épaule. Si j'y arrive.

— Je vous en prie, » répliqua Petersen qui s'efforçait de calmer son cœur battant la chamade.

Lovell se glissa dans la cabane et s'arrêta devant

26

la porte de la chambre, l'oreille aux aguets. Les cris avaient cessé mais il sentait que la femme était agitée. Il entendait une respiration rapide, superficielle, ponctuée de petits pas précipités. On avait l'impression qu'elle faisait le tour de la pièce à toute allure, montant la garde face aux intrus honnis.

Puis elle parla... Ou du moins exprima-t-elle son inquiétude autrement, passant du cri à quelque chose qui semblait être la parole et avait la forme du langage. Mais cela ne ressemblait à rien de ce que Lovell connaissait.

« *Pa Nell yo, chai'yeur, jenti, jenti chai'yeur, pa Nell yo.* »

Elle parlait à voix basse mais les mots étaient pressés et violents, comme si elle s'exhortait à trouver le courage de se protéger contre les intrus. Le ton donna à penser à Lovell que ses paroles tenaient de l'encouragement et de la diatribe. « *Mor' ma'faisant, hai ! Hai ! Mor' ma'faisant, zzzslit ! Zzzzslit !* »

Elle proféra les *hai ! hai !* et les *zzzslit !* avec une férocité surprenante, telles des menaces haineuses. Puis le pas agité reprit, la femme arpentant la pièce. Lovell imaginait volontiers le bouleversement qu'elle éprouvait. La mort de Mrs Kellty, suivie de l'invasion effrayante de deux étrangers dans la maison avait dû la plonger dans une terreur épouvantable. Lovell avait pitié de cette pauvre femme prise de panique. Il sentait le besoin de la calmer, de lui faire comprendre qu'elle ne risquait rien.

Il colla sa bouche à la porte et parla doucement. « Je t'en prie, supplia-t-il. Je t'en prie, n'aie pas peur.

— *Hai !* » Les pas s'arrêtèrent brusquement. Aux aguets, il l'imaginait bondir comme un chat apeuré, se tapir alors que la respiration frénétique cédait à des cris aigus et angoissés.

« Bon, dit-il. Bon, je m'en vais. D'accord. » Il s'éloigna de la porte sans quitter les lieux. Il s'accroupit et écouta les sons confus, inquiétants, de l'autre côté de la cloison. Au bout d'un moment, la femme recommença à parler, la voix nouée de peur.

« *Pa Nell yo, chai'yeur, jentil jenti chai'yeur, jenti, jenti...* »

Jerry Lovell écoutait en se frottant le menton d'un geste distrait, il écoutait l'écheveau de mots tourmentés se dérouler dans la pièce voisine. C'était une langue, une langue qu'elle comprenait et employait pour inspirer confiance. C'était un mécanisme de soutien, un aspect important de son caractère. Lovell s'en voulait de ne pas avoir prêté plus attention aux cours de psychologie clinique et du comportement qu'il avait dû suivre à la faculté.

Il jeta un coup d'œil vers la porte d'entrée à l'autre bout de la cuisine. Du ras du sol où il se trouvait, Lovell remarqua une chose que ni lui ni Petersen n'avait vue jusqu'à présent. Il y avait une planche aménagée en retrait sous la table, une cachette sommaire. Dessus reposait une chemise bourrée de papiers jaunis et un livre noir relié tout écorné. Lovell comprit aussitôt que c'était une Bible.

La respiration de la femme s'était un peu calmée et ses propos effrayés avaient laissé place à autre chose, un fredonnement, un doux murmure suivi d'une gamme de quelques notes qui s'élevaient et retombaient. Lovell n'en percevait pas le sens : était-ce une mélodie apaisante ou une mélopée poignante en hommage à la morte ? Il n'avait jamais rien entendu de pareil, un chant obsédant et rassurant tout à la fois.

Lovell s'empara des papiers cachés sous la table de la cuisine. La chemise renfermait des documents officiels : actes notariés, lettres de banque, une énorme correspondance d'un avocat de Tacoma. Tout était adressé à Miss Violet Kellty et daté de 1960. En les feuilletant, Lovell apprit que la défunte Miss Kellty était propriétaire de trois parcelles de terrain sur le lac et bénéficiait d'une rente viagère qui devait être suffisante il y a trente ans mais qui avait dû perdre énormément de sa valeur. Ces précieuses informations expliquaient beaucoup de choses, mais ne le renseignaient en rien sur l'identité de la femme dans la pièce voisine.

Le fredonnement s'était intensifié, lourd d'une tristesse qui semblait venir des tréfonds de l'âme. Le chant s'élevait et retombait au rythme de la respiration, il emplissait la pièce puis s'éteignait et reprenait, régulier.

La Bible ne contenait qu'un document, aussi intéressant à lui seul que tout le reste. Il était rédigé d'une grande écriture hésitante, le genre d'écriture des personnes victimes d'une attaque qui doivent se servir de l'autre main.

> Le Seigneur t'a mené ici
> étrangé. Veye sur ma Nell
> Bonne petite. Le
> Seigneur te protaige.

Stupéfait, Lovell lut les quelques mots une douzaine de fois, comme s'il avait trouvé une bouteille à la mer, l'appel d'un marin échoué depuis longtemps sur une île déserte. Puis il appuya la tête contre la porte et écouta le fredonnement. C'était Nell.

QUATRE

« C'est sa fille, » annonça Lovell.

Petersen parut perplexe. « La fille de qui ? De la mère Kellty ? Je n'ai jamais entendu dire qu'elle avait une fille. »

Lovell posa la chemise de documents officiels, la Bible et le triste petit appel sur le capot de la voiture de police. « Nell, dit-il. Elle s'appelle Nell. »

Petersen étala aussitôt les papiers qu'il se mit à dévorer. Il siffla de stupéfaction. « Vous avez vu ça ? Cette vieille folle possédait la moitié de la forêt.

— Et c'est Nell qui en hérite. »

Petersen eut un sourire contraint. « A moins qu'elle ne veuille vendre, j'ai comme l'impression que vous n'allez pas vous installer ici tout compte fait.

— Sans doute pas, répliqua Lovell en riant. Mais je ne comprends pas. De quel genre de proposition s'agit-il ? La première personne qui la trouve est censée s'en occuper ?

— C'est donc vous, Jerry.

— Sûrement ! Il ne me manquait plus que ça... »

Petersen agita le mot de Mrs Kellty sous son nez. « Le Seigneur vous a mené ici. Vous y voilà.

— C'est vous qui m'avez mené ici.

— Vous voulez que le Seigneur vous protège ou pas ? » Petersen ne put réprimer un rire.

« Écoutez, protesta Lovell. Si je voulais partager

ma vie avec une folle, je serais toujours marié et toujours à Philadelphie. »

Petersen secoua la tête comme s'il avait du mal à croire à tout cela. « Vous avez réussi à en tirer quelque chose ? J'ai entendu beaucoup de bruit mais je n'y ai rien compris. C'était du charabia, j'imagine. »

— Non. Elle parlait bel et bien. Le problème, c'est qu'elle n'a pas dit un mot d'anglais.

— Et qu'est-ce qu'elle parle, alors ?

— Une langue que je ne connais pas. »

Petersen poussa un lourd soupir. « Vous savez, la journée a commencé comme un bon vieux mardi tout ce qu'il y a de normal. D'abord, la mère Kellty nous tire sa révérence et maintenant nous voilà avec ce... ce... Bon Dieu, je ne sais pas comment l'appeler !

— Nell, corrigea Lovell.

— Ouais. Elle. » Le policier observa la cabane. Tout était calme, rien n'indiquait une présence dans la maison. « Qu'est-ce qu'on fait ? On ne peut pas la laisser comme ça.

— Pourquoi ? Elle est là depuis longtemps. Du moins, je l'imagine. Elle a peur, elle meurt de peur sans doute, mais quand elle a trouvé sa mère, elle a eu la présence d'esprit de préparer le corps. Dans la journée, elle s'est servie un peu de lait. Alors qu'on était ici, juste devant la maison. »

Petersen croisa les bras sur sa poitrine et regarda Lovell d'un air ironique. « Vous êtes en train de dire qu'on devrait la laisser ici. S'en aller et oublier toute cette histoire.

— Non. Bien sûr que non. Mais je ne vois pas en quoi ça concerne la police.

— Eh bien... » Petersen donna un coup de pied dans la terre meuble sous ses bottes. « On doit en aviser quelqu'un. Les services sociaux ou l'Association Psychiatrique Américaine. Un organisme dans ce genre-là. »

Lovell acquiesça et commença à rassembler les papiers éparpillés sur le capot. « Ce n'est pas d'une assistante sociale dont elle a besoin, affirma-t-il.

C'est d'une cellule capitonnée. Elle a vraiment quelque chose qui ne tourne pas rond.

— Ça relève plus de votre domaine que du mien apparemment, répliqua Petersen.

— Merci toujours.

— Le Seigneur vous a mené ici, étranger, cita Petersen en pouffant.

— Il faut que je m'en occupe, alors. » Lovell se surprenait. Il était un peu ébahi de constater qu'en quelques instants il s'était pris d'intérêt pour cette étrange femme. Après avoir vu la terreur inconsciente dans ces yeux bleus et entendu sa souffrance, il savait qu'il devait intervenir pour la protéger, la protéger du monde comme sa mère l'avait fait si longtemps. C'était une décision cruciale qu'il avait prise sans y réfléchir.

Si Petersen mesura l'importance de cette décision, il n'en montra rien. Il se contenta de hocher la tête. « Je vous remercie. J'en ai assez comme ça sur le dos en ce moment. »

Les deux hommes savaient qu'il ne parlait pas d'une soudaine vague de crimes dans la paisible Richfield, de la défunte Violet Kellty ni de la découverte de sa mystérieuse fille. Todd Petersen avait des problèmes chez lui, problèmes qu'il s'efforçait de garder pour lui sans toujours y arriver.

Petersen se glissa au volant de la voiture et mit le moteur en route tandis que Lovell jetait un dernier regard vers la cabane. La maison était calme, silencieuse mais il ne put s'empêcher de se demander si Nell les observait. Il en avait l'impression. Que ferait-elle ensuite ? Attendrait-elle que la voiture se soit éloignée pour aller se cacher, s'enfouir dans la forêt ou resterait-elle dans les parages de la seule maison qu'elle connaissait ?

Il espérait qu'elle ne bougerait pas. Même si on connaissait très bien les bois, la nature pouvait être impitoyable. D'après ce qu'il avait vu d'elle, Nell paraissait mince, fragile, sans doute sous-alimentée. Il pensait qu'elle ne pourrait résister bien longtemps aux rigueurs de la forêt.

« Jerry, lança Petersen. Il faut que j'y aille...

— Ouais. Excusez-moi. »

Comme la voiture quittait la clairière au pas, Lovell se tourna vers le chauffeur. « Qu'en dites-vous, Todd ? On garde ça pour nous ? On n'a pas envie de voir la moitié du pays débarquer ici. »

Petersen acquiesça. « Il faut que je fasse un rapport. Ensuite, je vous la laisse. Et je vous souhaite bonne chance » ajouta-t-il avec un sourire las.

Le lendemain et le surlendemain, Lovell était retourné deux fois voir Nell à la cabane. La première fois, il frappa et entra comme s'il faisait une simple visite de bon voisinage. Mais la maison était vide et silencieuse, silencieuse comme une maison vide depuis des heures.

Une seule observation compensa sa déception. On avait rangé les provisions dans les placards de la cuisine et commencé à les manger. Cela montrait que Nell était encore dans les parages. Lovell fut soulagé de voir qu'elle ne s'était pas enfuie dans la forêt. Il avait laissé sur la table du lait frais, une boîte de flocons d'avoine et une carte pour lui annoncer son passage, signe de paix qui, espérait-il, lui ferait comprendre qu'il ne lui voulait pas de mal.

La deuxième visite eut lieu le lendemain matin. Il avait garé sa Jeep sur la route et poursuivi à pied à travers les bois humides, avançant à pas feutrés dans l'espoir de l'apercevoir sans se montrer. Il s'était posté dans un bouquet d'arbres, tel un chasseur dans une planque, et avait surveillé les alentours de ses jumelles. Le soleil se levait sur le paysage escarpé, asséchant le sous-bois trempé. Pendant des heures, il en fut pour ses frais : rien ne trahissait la présence de Nell, pas un signe, pas un bruit, pas un pas, pas le moindre frémissement des rideaux ambrés.

Lovell ne savait que faire. Il avait besoin d'être rassuré sur le sort de Nell. Mais il ne voulait pas approcher de la cabane une fois de plus, de crainte de l'en chasser comme un animal abandonne son terrier souillé par le passage d'un étranger.

Vers midi, sa vigilance fut récompensée. De prime abord, il se demanda s'il entendait bien, peut-être n'était-ce que l'illusion du vent dans les arbres.

Puis le son s'éclaircit. C'était la voix de Nell qui chantait dans son langage, la mélodie de Nell. « *Doulité lo, doulité do, doulité gard', doulité ver, doulité oré, doulité é tou l' ré...* » Les douces consonances tristes flottaient sur la clairière comme le chant d'un oiseau.

Lovell fut surpris d'être aussi soulagé. Il écouta Nell jusqu'au bout et partit ensuite pour Seattle.

Ayant fui la ville une fois pour toutes, Lovell n'avait aucune envie d'y retourner, ne serait-ce que pour une simple visite. Mais il était conscient de ses compétences et aussi de ses faiblesses en matière médicale. Le cas de Nell dépassait le domaine de ses spécialités et même de sa formation. Il savait qu'il lui fallait de l'aide.

Et il ne supportait pas d'en demander. Il n'avait pu se libérer du sombre pressentiment qui le tenait depuis le premier jour : Nell avait besoin d'être protégée comme un animal dans la jungle et plus on connaîtrait son existence, plus on risquait de lui faire du mal.

Durant le long voyage à travers les montagnes jusqu'à la ville, Jerry Lovell, médecin de campagne, fit de son mieux pour se transformer en Dr Jerome Lovell, praticien sérieux. Il s'arrêta dans une station service entre Bellevue et Seattle, enfila une veste, mit une cravate et tenta de faire briller ses chaussures éraflées.

Devant un déjeuner qu'il avala sans savoir ce qu'il mangeait, il lut et relut le rapport qu'il avait rédigé, un résumé des événements de ces derniers jours suivi de ses observations. Lovell n'était pas satisfait de son travail. Cela paraissait mince, aléatoire, et ses incursions maladroites dans le jargon psychologique faisaient amateur, forcé. A plusieurs reprises, il grimaça, consterné devant sa présomption et les lacunes criantes de ses connaissances.

Il avait l'impression d'être un imposteur.

Le plan de l'aile psychiatrique du Washington State Medical Facility n'avait pas été laissé au hasard. De l'extérieur, Lovell fut content de voir que, contrairement à beaucoup d'asiles, celui-ci n'était pas une horreur gothique de brique rouge, le genre d'endroit qu'il suffit de regarder pour entendre les cris des internés morts depuis longtemps. C'était un hôpital moderne et bien entretenu. Le bâtiment se composait d'une longue structure basse bien conçue et construite principalement en verre pour laisser entrer la lumière du jour, antidote au mauvais temps de Seattle.

Pourtant, de l'instant où il franchit la porte, Lovell s'aperçut qu'il s'était laissé tromper par les apparences. Malgré l'habileté de l'architecte, cela n'en restait pas moins un lieu déprimant. L'établissement était propre, bien organisé et les patients apparemment bien soignés. Mais les corridors et les salons empestaient de ce sentiment d'irrévocabilité si démoralisant : ce n'était qu'un dépotoir pour âmes brisées.

En attendant son rendez-vous, Jerry Lovell regarda le défilé au pas traînant des malades, hommes et femmes de tous âges qui erraient dans les couloirs, l'œil morne, les bras ballants. Quelques-uns étaient vautrés devant un poste de télévision qui beuglait, six paires d'yeux vides rivés sur l'appareil. Partout, Lovell sentait cette impression de désœuvrement, l'impression que la vie s'écoulait doucement et rien de plus.

Le professeur Alexander Paley était le genre d'homme fier de sa ferme poignée de main. Homme cordial et direct d'une soixantaine d'années, il arborait une autorité qui se voulait rassurante mais qui agaça Lovell. A la faculté de médecine, il avait étudié avec des professeurs de la trempe de Paley et connaissait ce type de personnage : le petit sourire suffisant, le coup d'œil entendu, l'impression qu'il vous donne du « docteur » mais qu'il n'en pense pas moins.

Ils passèrent outre les politesses de rigueur. Paley s'excusa, annonça à Lovell qu'il était en retard sur son programme et proposa qu'ils se rendent ensemble à son rendez-vous suivant. Lovell mit un instant avant de comprendre qu'il n'aurait pas droit à une conversation confidentielle dans le bureau du professeur mais à un entretien précipité au pas de course dans les couloirs.

« Vous avez un rapport, je suppose ? » Les deux hommes suivaient un corridor au triple galop, Paley saluant d'un geste ou d'un vague mot tous les médecins qu'il croisait en chemin.

« Oui. » Lovell remarqua que le professeur ne semblait pas voir les patients.

Paley avait le chic pour lire en diagonale : jetant un bref regard sur les deux pages dactylographiées, il parut tout comprendre du premier coup. « Elle hurle. Elle se frappe. Elle grimpe aux murs. » Il décocha un coup d'œil oblique à Lovell et leva un sourcil tel un professeur passant au gril un étudiant en fin d'études dans un séminaire réservé au troisième cycle.

« Elle se conduit comme si elle n'avait pas l'habitude de la compagnie, dit précipitamment Lovell, comme anxieux de le satisfaire. Il n'y a pas trace de sa naissance. Je suppose que la mère l'a gardée cachée. »

Paley grommela et sortit une autre phrase du rapport. « Elle parle un langage inconnu ? Ça signifie quoi au juste, Docteur Lovell ?

— La mère était paralysée d'un côté. Une attaque. Peut-être même plusieurs. La fille a sans doute repris ses distorsions de langage.

— Les distorsions de langage ne sont pas un langage inconnu, répliqua Paley avec un froncement de sourcils, comme déçu par cet étudiant.

— Je le sais. Mais il ne s'agit pas d'un simple défaut d'élocution. J'en suis convaincu. »

Paley s'arrêta brusquement devant une porte

ouverte. Dans la pièce, rassemblé autour d'une table de conférence, l'attendait un groupe de médecins. Le professeur les ignora. Il fixa toute son attention sur Lovell, l'observant d'un regard amical bien qu'un peu déconcertant. Et garda le silence un long moment tel un juge pesant sa sentence.

Enfin, il dit : « Bien, Dr Lovell. Vous m'intéressez. J'aimerais mettre quelqu'un sur le cas. »

Lovell ne s'attendait pas à ce genre d'aide et il n'en voulait pas. Selon lui, il y avait déjà quelqu'un sur le cas. Il eut un brusque signe de tête. « Je ne demande qu'un avis sur le plan psychologique, professeur. J'aimerais savoir à quoi j'ai affaire. Ensuite... disons que si je peux m'en occuper, je le ferai. »

Le profeseur se tourna à moitié vers la salle de conférence. « Elle est votre patiente ? »

— Naturellement. Et je veux faire ce qui lui convient le mieux. » Moi, je veux faire ce qui lui convient le mieux, songea-t-il.

« Comme nous tous. » Le professeur Paley serra la main de Lovell et lui décocha un sourire paternel. « C'est le premier principe de la médecine. Les besoins du patient passent toujours avant les nôtres. » Il s'engouffra dans la pièce et ferma la porte, laissant Lovell seul dans le couloir.

« Je le sais, dit-il. Merci. »

Sous l'éclat glacial de la lumière fluorescente, on avait l'impression que rien ne pourrait effacer l'épuisement ni la désillusion qui creusaient les traits de la mère, tout comme le bourdonnement agaçant de l'appareil semblait souligner le caractère irréversible de l'état de son fils. Assis l'un à côté de l'autre, mère et fils étaient ensemble mais chacun dans son monde en cette salle de consultation. Elle contemplait tristement le sol et lui, lentement, méthodiquement, se balançait sur la chaise de plastique et ponctuait son mouvement en se frappant la tête sur la table.

La mère ne tressaillait pas. Elle avait dépassé le désarroi depuis longtemps, brisée par l'effort émotif, se reprochant que ses réserves d'amour et de pitié à l'égard de son fils l'abandonnaient.

Elle fouilla son sac dont elle sortit une petite boîte. « Tu veux un bonbon à la menthe ? » proposa-t-elle.

L'enfant la regarda d'un air absent, puis s'efforça de répéter les paroles de sa mère mais ne parvint qu'à produire un méli-mélo de syllabes confuses. Les médecins avaient un mot pour cela : l'écholalie. Les médecins avaient des tas de mots. De grands mots qui ne recouvraient rien, ne prouvaient rien, n'y changeaient rien.

Elle déplia les doigts de l'enfant et déposa la pastille blanche dans sa main. Il l'observa un moment, puis recommença à se balancer en se frappant la tête. Son incapacité à mettre le bonbon sur sa langue agaça la femme qui se détourna à demi, comme si elle ne voulait pas le voir.

« Tu veux te faire mal, dit-elle d'un ton brusque, eh bien, vas-y. Fais-toi mal. Je ne sais pas ce que tu veux. »

Les médecins appelaient cela maladie autosomique récessive. La mère l'appelait sa faute.

Soudain, son fils s'arrêta et la regarda. Un sourire contraint passa sur ses lèvres et, l'espace d'un instant, son regard voilé parut s'éclairer. Son exaspération l'abandonna aussitôt. Elle vit le petit enfant, son petit garçon, son bébé, à la lumière pure de l'amour.

« Oh, chéri. » La mère le prit par le cou et le serra contre elle. Mais c'était déjà fini. Il se dégagea en faisant des contorsions et recommença à se balancer.

Les larmes lui montèrent aux yeux. « Je t'en prie, chéri. Le médecin va arriver. Il va te donner quelque chose. Il va te soulager. Tu verras. Je t'en prie, chéri. »

La salle de consultation était une boîte froide, sans aucun charme, trois murs peints d'un gris style hospice, le quatrième presque entièrement masqué d'une grande glace. Derrière, assise dans la salle d'observation plongée dans l'obscurité, se trouvait Paula Olsen. Elle regardait d'un œil professionnel le triste tableau à travers le miroir sans tain, prenant des notes précises et détaillées sur le comportement de la mère et de l'enfant.

Olsen approchait de la trentaine. Elle allait passer son doctorat l'année suivante et la scène qui se déroulait devant elle commençait à l'ennuyer. L'enfant avait plus de dix ans et son développement s'était arrêté. D'un point de vue strictement clinique, son cas perdait chaque jour de l'intérêt, les annales de la psychologie clinique regorgeant d'études sur des cas semblables. Et, même si Paula compatissait aux malheurs de l'enfant et à la situation difficile de la mère, il lui semblait inutile de poursuivre ses observations. Elle s'interdisait de laisser ses sentiments personnels troubler son jugement professionnel.

Elle continua cependant à prendre des notes par habitude. Autant valait finir la séance avant de conseiller qu'on mette le cas en attente à titre définitif.

Paula Olsen était brillante et ravissante. Elle avait des pommettes saillantes, une belle bouche assez sensuelle, des cheveux auburn qui tombaient en cascade. Et de grands yeux un peu rêveurs, douceur qui contrastait avec la dureté de son esprit et de ses propos. Elle n'était pas maquillée, comme une femme qui vous défie de l'accepter telle qu'elle est.

La porte de la salle d'observation s'ouvrit et le professeur Paley se glissa dans son dos.

« Je peux vous interrompre ? »

Paula était ravie qu'un imprévu la distraie de la scène déprimante qui se déroulait dans la glace.

« J'ai quelque chose pour vous. » Paley posa le rapport de Lovell dans le rond de lumière projeté sur le bureau devant elle.

« Qu'est-ce que c'est ?

— Lisez-le, répliqua Paley. Je crois que ça vous intéressera beaucoup. Ça présente toutes les caractéristiques d'un grand classique. »

Paula parcourut les deux pages, saisie d'une vive émotion au fil de sa lecture. Voilà, ça, c'était intéressant.

« Qui l'a trouvée ? demanda-elle sans lever les yeux du rapport. Ce... Lovell ?

— Oui. »

L'enfant avait cessé de se frapper la tête contre la table. Il était assis sans bouger, l'air complètement perdu, replongé dans son monde. Sa mère lui caressa gentiment les mains et lui fredonna un air à l'oreille, sa voix parvenant affaiblie et déformée dans le haut-parleur.

« Qui est-ce ? s'enquit Paula Olsen.

— L'un des médecins du coin, répondit le professeur Paley d'un ton indifférent. Mais cela dépasse ses compétences. Il a au moins eu le bon sens de venir nous voir. »

Olsen regarda son mentor droit dans les yeux. « Vous croyez que c'est peut-être un enfant sauvage ?

— Peut-être quelque chose de beaucoup plus rare. Un adulte sauvage. » Paley sourit de son sourire entendu et se croisa les bras sur la poitrine. « Ce serait passionnant, non ? »

Paula acquiesça, songeant aux possibilités en matière de recherche. « Effectivement.

— Vous voulez vous en occuper ?

— Oui.

— Alors, allez-y, » dit Paley comme s'il lui remettait Nell, don généreux d'un maître à son élève.

SIX

Lovell arriva à Richfield en début de soirée, mais il n'avait aucune envie de rentrer dans la maison vide qu'il louait au sud de la ville. Il se rendit à son cabinet dans Main Street et, garant sa Jeep avec précaution dans le créneau, manqua de peu un jeune homme ivre effondré au bord du trottoir. Le cabinet de Lovell était contigu au bar de Richfield, un vulgaire cabaret de bas étage baptisé le Frank's Bar. A sept heures du soir, les clients étaient déjà bien éméchés et le troquet bondé. La musique assourdissante du juke-box retentissait, ponctuée de temps à autre par le cri rauque de l'un des habitués entassés sur trois rangs au comptoir. Les bagarres étaient le sport et le passe-temps favori chez Frank's. Jerry Lovell ne se rappelait plus combien de fois on l'avait appelé pour recoudre une lèvre fendue ou bander deux côtes cassées.

Régulièrement, le propriétaire de l'un des établissements plus respectables de Main Street, las du rituel matinal qui consistait à balayer le verre brisé ou à arroser les mares de vomi sur le trottoir, lançait une pétition pour supprimer le bistrot. Lovell et son associé, le Dr Amy Blanchard, signaient consciencieusement mais pas Todd Petersen.

« Ça circonscrit la zone d'agitation, affirmait-il. Pourquoi l'étendre à la ville entière ? » De plus, il aimait bien Frank et estimait qu'on ne doit pas enlever son gagne-pain à un homme, même s'il est peu recommandable. Et Frank arrivait toujours à s'en sortir.

Sans prêter attention au bar ni à l'ivrogne vautré dans le caniveau, Lovell entra aussitôt dans son bureau. La secrétaire-réceptionniste était déjà partie, lui laissant une pile de messages dont certains dataient de plus de deux jours. Il les feuilleta avec l'espoir qu'il n'y avait eu aucune urgence durant son absence. Depuis la découverte de Nell, il avait scandaleusement négligé sa clientèle.

« Qu'est-ce qui vous est arrivé ? » Amy Blanchard se tenait dans l'embrasure de la porte de son cabinet, le regardant d'un œil sévère.

Lovell sourit d'un air penaud. « Salut, Amy. Vous m'avez remplacé ? »

— Évidemment, répliqua-t-elle en haussant les épaules. Qu'est-ce que j'ai d'autre à faire toute la journée que de remplacer mon jeune associé ? »

Blanchard était presque toujours d'humeur égale. Ce soir, son visage ridé et généralement amical trahissait une irritation certaine. Grande, cheveux argentés, à l'approche de la soixantaine, Amy Blanchard était un médecin dévoué et une enfant du pays. C'était à cause d'elle que Lovell s'était installé dans la petite ville.

Elle avait appris par le large réseau du téléphone arabe qui reliait le monde médical que Jerry Lovell, jeune oncologiste prometteur, avait brusquement donné sa démission à l'hôpital de Seattle et recherchait une situation moins stressante. Blanchard l'avait courtisé avec la persévérance d'un entraîneur recrutant un formidable stratège pour son collège, lui vantant la beauté naturelle de la région et l'attitude bienveillante des habitants de Richfield, sans oublier de souligner le caractère reposant de son petit cabinet de campagne.

Ce ne fut qu'une fois installé qu'il comprit qu'Amy Blanchard avait quelque peu déformé la vérité. La splendeur du paysage était indiscutable mais, bien que la plupart des gens fussent agréables, la ville regorgeait de mauvais coucheurs dans le genre de Calvin Hannick et de Billy Fisher. Quant au calme du cabinet, il découvrit une chose qu'il aurait dû savoir plus tôt : on ne peut exercer cette profession sans une certaine dose d'anxiété. Le temps de comprendre tout cela, il était trop tard pour faire marche arrière. De plus, il s'était attaché à Blanchard et à la ville. Quand il songeait à partir, il pensait à Blanchard ou à l'un de ses patients et décidait de s'accrocher encore un peu. Et maintenant qu'il avait découvert Nell, il n'était plus question de partir.

« Mais où étiez-vous, Jerry ? s'enquit Blanchard. J'ai répondu trois fois au téléphone à votre place aujourd'hui.

— Rien de grave ? »

Blanchard fit signe que non. « Non, grommela-t-elle, mais tout prend du temps, vous savez.

— Excusez-moi, Dr Blanchard, » dit-il humblement. Puis il sourit. « Amy, quand vous saurez ce que j'ai découvert, vous me pardonnerez. »

Amy parut sceptique. « Et qu'avez-vous découvert, Jerry ? L'abominable homme des neiges ?

— Non, répondit-il sans s'émouvoir. Mais presque... une femme sauvage. Elle gronde comme une bête. Elle parle une espèce de langue à elle. Elle grimpe aux murs.

— Dites-moi qu'elle boit et maltraite ses enfants et vous aurez le portrait de ma patiente habituelle, répliqua-t-elle avec un léger sourire.

— Vous m'avez monté un sacré bateau quand vous m'avez dit que ce poste était formidable.

— J'étais bien obligée. Je n'avais pas le choix.

— Eh bien, ceci justifie tout le reste, assura Lovell. Je le pense sincèrement, Amy. Elle est vraiment très spéciale.

— J'en suis convaincue. » Amy paraissait toujours aussi incrédule. « Et où avez-vous découvert cette petite merveille au juste ?

— Très loin, au bord du lac. »

Amy parut surprise. « Là où habitait Violet Kellty ? J'ai appris que la pauvre vieille était morte...

44

— Vous la connaissiez ? »

Amy rit et fit signe que non. « Non, Jerry. Je ne la connaissais pas. Personne ne la connaissait. Elle n'était pas d'ici. Je faisais mes études à l'époque... ça devait être en 1960 ou peut-être 61. Quand je suis revenue, on m'a dit qu'un ermite s'était installé là-bas. Apparemment, la montagne attire de drôles de gens. Des gens qui veulent qu'on les laisse tranquilles.

— Des gens comme moi ?

— Non. Vous avez mal choisi votre métier pour avoir la paix. Vous le savez.

— Vous ne l'avez jamais vue ? Vous ne lui avez jamais parlé ? Tout ce que vous direz pourrait m'être utile. »

Blanchard réfléchit un moment. « Violet Kellty a été victime d'une attaque, au moins une. Je l'ai appris par Mickey Tyler... c'était le Billy Fisher d'il y a une quinzaine d'années. Alors, j'y suis allée. Elle était si faible, allongée dans ce vieux lit, rien que la peau et les os. Elle aurait dû être hospitalisée mais elle ne voulait pas en entendre parler. Elle était furieuse que je sois venue, elle a presque essayé de me chasser avec un fusil... un véritable exploit après une attaque.

— Effectivement. »

Blanchard rit avec regret et secoua la tête. « Elle était coriace. Elle gardait ce fusil juste à côté de son lit comme Mammy Yoakum. Je ne serais pas étonnée si on me disait qu'elle fumait du maïs et préparait du whisky de contrebande dans un alambic.

— Oh... je ne crois pas, dit Lovell en songeant à la Bible écornée. Elle avait l'air très croyante.

— Vous voyez. Vous en savez plus long que moi.

— Mais que s'est-il passé quand elle a eu cette attaque ? Qu'avez-vous fait ? »

Amy Blanchard haussa les épaules. « Que pouvais-je faire ? Je lui ai laissé un peu de strophantin et je suis partie, mais j'ai continué à lui en faire parvenir par Mickey. Je n'ai jamais compris comment elle

45

s'était remise d'une thrombose aiguë sans se faire soigner.

— Elle se faisait soigner. Par sa fille. Nell.

— Une fille ! » Blanchard était déconcertée. « Jerry, ce n'est pas possible. Je ne peux pas y croire.

— Croyez-le. Je l'ai vue de mes propres yeux.

— Une sauvageonne ?

— Oui. Elle est domestiquée au sens strict du terme : elle vit dans une maison. Elle porte des vêtements. Elle se fait la cuisine. Mais elle n'a pratiquement aucune habitude de la vie en société. Elle perçoit ce qui l'entoure de façon primaire... » Jerry haussa les épaules. « On devrait sans doute parler de territoire.

— Qu'elle marque de son odeur, c'est ça ? répliqua Amy d'un ton cynique.

— Je vois. C'est exactement ce que je crains. Des tas de gens vont vouloir la mettre en cage et lui donner des cacahuètes.

— Excusez-moi... Que voulez-vous faire d'elle ?

— Je ne sais pas. » Il réfléchit un instant. « Je suis allé à Seattle aujourd'hui parler à des spécialistes. » Le mot le fit sourire avec une ironie désabusée. « Je ne peux pas faire grand-chose tant que je ne sais pas où je vais. » Lovell tapota la poche de son pantalon pour s'assurer qu'il avait ses clés de voiture. « D'abord, je crois que j'aimerais voir comment elle est quand elle ne meurt pas de peur. »

Lovell quitta la grand-route et suivit la piste de bûcheron envahie par la végétation qui menait au lac. Il comptait s'approcher plus que l'autre matin mais, bien avant d'arriver à la cabane des Kellty, il éteignit les phares et roula au pas dans les broussailles, puis s'arrêta près de l'endroit où il s'était posté la dernière fois.

Une lampe brûlait dans la maison, baignant les pièces du doux éclairage doré d'une lampe à pétrole. Lovell aperçut dans ses jumelles l'ombre d'une silhouette, un très léger mouvement, lorsque Nell passa devant l'une des fenêtres couleur safran. Il scruta les lieux. Pendant très longtemps, il ne se passa rien. Lovell abaissa les jumelles et resta sans bouger, les yeux rivés à la cabane, exhortant Nell à revenir à la fenêtre.

Comme si elle avait entendu sa prière muette, elle réapparut et contempla la nuit. On aurait dit qu'elle voyait une scène gravée dans les ténèbres. Elle ne regarda pas Lovell et ne semblait pas se sentir observée. Il ajusta ses jumelles et examina son visage, stupéfait de la voir si différente. Au naturel, le visage de Nell était calme, empreint d'une sérénité qui montrait qu'elle était en paix avec elle et son entourage.

Elle était belle aussi. Des années de solitude et de dur labeur ne l'avait marquée en rien. Ses yeux bleus étaient étincelants. Les privations l'avaient amaigrie. Pourtant, même de loin, Lovell voyait qu'elle avait la peau douce et éclatante de santé, les cheveux soyeux et brillants. Distraitement, comme inconsciente de son geste, Nell porta la main à son visage et se caressa la joue. Un geste lent et tendre qui tremblait un peu, comme si ce simple fait la réconfortait.

« Elle n'a rien d'un animal sauvage, » murmura Lovell. Il eut soudain l'impression de jouer les voyeurs, un voyeur épiant une scène dont il n'aurait pas dû être témoin.

Nell ne vit pas la Jeep car, devant ses yeux, il n'y en avait pas. Lovell non plus n'était pas là, il ne faisait pas partie de la scène ni de la réalité. De ses grands yeux aveugles, Nell ne scrutait pas le présent mais le passé.

Là-bas, dans la nuit, Nell contemplait ses souvenirs. La jetée en surplomb du lac dessinait un trait noir sur les eaux scintillant sous la lune et le vent emportait les éclats mélodieux d'un rire d'enfant. Nell voyait des silhouettes au bout de la jetée, des corps formés par une illusion d'optique et les ombres qui s'estompaient. C'étaient des petites filles, des jumelles de sept ans qui se ressemblaient trait pour trait : les mêmes cheveux blonds nattés, la même robe blanche, longue et ample, les mêmes jambes nues et déliées.

L'une en face de l'autre, elles jouaient à un jeu secret et riaient. C'était leur rituel personnel, réconfortant, familier, un rituel mené selon le contrepoint d'une chanson dénuée de sens.

« *Chicka, Chicka*, murmuraient-elles. *Chickabee...* » Les jumelles tenaient les mains devant elles, plaquées l'une contre l'autre. Elles les levaient haut, très haut, jusqu'à avoir le bras tendu au-dessus de la tête.

« *Tu y moi y moi y tu* », fredonnaient-elles d'une voix douce. Elles se séparaient et battaient des mains, puis les posaient sur la tête de l'autre.

« *Réssa réssa, réssa moi...* »

Tandis que les deux boucles formées par les bras retombaient sur les épaules et le dos de l'autre, elles baissaient la tête et leurs fronts se touchaient.

« *Chicka, chickabee...* »

Arrivé à ce point, leurs corps immobiles se reflétant dans l'eau de profil, le rituel était devenu une image, un puissant symbole de confiance, de partage, de soutien mutuel. Elles étaient liées, mais pas étreintes. Cela n'avait rien d'enchaînant ni de possessif.

L'une à côté de l'autre tout au bout de la jetée, elles se tenaient par la taille. L'autre bras levé donnait l'impression qu'elles n'étaient qu'une, les deux bras tendus. Elles se mirent à tourner, décrivant un cercle, puis, soudain, elles tombèrent à la renverse dans le noir, elles tombèrent à l'eau. Sans se pencher ni se séparer au moment où elles basculèrent, elles se laissèrent tomber en un geste de confiance absolue, d'abandon, comme sur un lit bien rembourré. Il y eut un petit plouf et elles disparurent.

Lovell ne vit rien, n'entendit rien de tout cela.

A ce souvenir, un très léger sourire éclairait le visage de Nell.

SEPT

Todd Petersen déclara en temps utile la mort solitaire de Violet Kellty aux services sociaux d'Olympia, la capitale de l'État. En guise de réponse, les autorités compétentes lui transmirent les informations dont elles disposaient. Il n'y avait pas grand-chose.

Deux feuilles de papier en rouleau sortirent du télécopieur. Petersen les coupa et les montra à Jerry Lovell. L'un était un certificat de naissance, l'autre une carte de sécurité sociale. « Voilà. Toute sa vie, selon la version officielle. Vous imaginez-vous à quel point il est difficile de ne pas générer de paperasseries au jour d'aujourd'hui ? A trente ans, on a déjà droit à un dossier de quinze centimètres d'épaisseur.

— L'omniprésence de l'État, » répliqua Lovell.

Todd Petersen eut un rire sardonique. « Ça n'a rien de tragique. On est obligé de laisser une trace noir sur blanc, c'est tout. A moins de jouer les ermites comme la vieille Kellty. Apparemment, c'était ce cabinet d'avocats de Tacoma qui s'occupait de ses impôts et de ce genre de choses. Je les ai eus au téléphone hier. Personne ne l'a jamais vue et personne ne savait rien d'elle. Le seul associé qui la connaissait est mort en 1969. Violet Kellty était aussi seule au monde qu'on peut l'être.

— Sauf qu'elle ne l'était pas, protesta Lovell.

— Officiellement, cette créature n'existe pas, observa Petersen.

— Mais en réalité elle existe. »

Petersen sourit de son petit sourire ironique. « Si elle n'est pas dans les dossiers, Docteur, elle n'a pas vu le jour. Pas d'après le grand État de Washington, non monsieur.

— Ce n'est sans doute pas si grave. J'aimerais bien qu'on ne sache rien de moi. » Il réfléchit un moment. « Bon, on sait qui était la mère, mais le père ? Si on arrivait à retrouver sa trace, peut-être pourrait-il...

— Le cabinet m'a envoyé ceci..., » le coupa Petersen qui reprit son sérieux.

C'était une copie d'une coupure de journal. Lovell tressaillit en lisant le gros titre : VIOL D'UNE FERVENTE PRATIQUANTE. Il y avait une date griffonnée dans la marge : 31.10.59. Lovell parcourut l'article.

« Quoi ? On n'a pas arrêté le type... ce qui ne les a pas empêché d'imprimer le nom et l'adresse de la victime. Pas étonnant qu'elle soit partie se cacher tout là-haut. Elle devait mourir de peur. » Selon les quelques détails de l'article, Violet Kellty avait eu une vie banale jusqu'à ce terrible jour d'octobre 1959. Caissière dans un drugstore, elle était active à l'église de la ville qui abritait une secte protestante et vivait seule.

Les bribes du puzzle qui composaient cette étrange existence commençaient à s'assembler. Il avait fallu le hasard d'un acte de violence pour que le monde de Violet Kellty se brisât. Après l'affront indélébile étalé dans la presse, la honte l'avait sans doute poussée à quitter ce qui constituait le pilier de sa vie, son église... ou pire, l'église l'avait chassée.

Se retrouver enceinte du violeur avait dû lui porter le coup fatal, la contraindre à se retirer. Elle avait mis l'enfant au monde seule dans les bois et le fait qu'elle eût décidé de l'aimer et de l'élever montrait quel genre de femme elle était : cet enfant qui devait lui rappeler le traumatisme qu'elle avait subi chaque fois qu'elle le regardait. Pourtant, Lovell savait que Violet avait aimé sa fille. Les mots que Violet Kellty

50

avait griffonnés dans la Bible lui revinrent : *Veye sur ma Nell. Bonne petite...*

« Cette histoire est de plus en plus stupéfiante, dit Lovell. Je peux garder ça ?

— Je vous en prie, » répondit Petersen. Le téléphone sonna, il décrocha aussitôt. Tandis qu'il écoutait son interlocuteur, son visage s'assombrit. « Où est-elle maintenant ? Très bien... Je viens tout de suite. Merci, Frank. Je vous remercie de vous être dérangé. »

Lovell comprit aussitôt de quel dérangement il s'agissait.

« Il faut que j'y aille, annonça calmement Petersen.

— C'est votre femme ? »

Le shérif acquiesça. « Ouais, soupira-t-il. Mary.

— Je peux vous aider ? »

Petersen jeta un regard vers Lovell, un regard qui semblait au bord du désespoir. Il haussa les épaules. « Qui peut être d'aucune aide ? » dit-il.

En descendant Main Street, Todd Petersen aperçut un petit groupe de badauds sur le trottoir devant le Frank's Bar. C'étaient toujours les mêmes, ceux qui buvaient ou traînaient dans la rue l'après-midi. Ils étaient là, bouche bée, avec la curiosité impitoyable des esprits bornés. En les voyant, Petersen fut saisi de colère à l'idée que ces gens étaient émoustillés par le spectacle de la souffrance d'autrui. Ils pouvaient secouer la tête en disant que, pour sûr, ce pauvre vieux Todd Petersen avait fort à faire avec sa femme... Une parodie de compassion qui cachait un sentiment de suffisance.

Vêtue d'une simple chemise de nuit en coton trop légère aux motifs pâles, comme délavés, Mary Petersen était assise dans le caniveau. Ses pieds nus traînaient dans la poussière. Elle était voûtée, ses cheveux bruns raides et ternes lui masquaient le visage, ses épaules frêles tremblaient sous les sanglots.

Frank, le propriétaire du bar, avait posé un bras costaud sur ses épaules pour tenter de la réconforter mais elle continuait à pleurer, indifférente aux piètres efforts de l'homme qui faisait ce qu'il pouvait pour la consoler.

Todd Petersen se fraya un passage dans la foule à coup de coude. « La fête est finie, les gars. Dégagez le trottoir.

— J'ai entendu brailler, Todd, expliqua Frank en se relevant. Je suis sorti et je l'ai trouvée là.

— Ça va, Frank. Merci. » Petersen s'accroupit à côté de sa femme qu'il prit dans ses bras, un geste d'amour las, protecteur. Elle parut se relâcher et s'accrocha à lui comme si lui seul pouvait la sauver. Elle s'abandonna et, lentement, ses sanglots s'apaisèrent.

« Ça va, chérie, ça va, » dit-il calmement en lui caressant les cheveux. Je suis là. Tu ne crains plus rien... rentrons à la maison. »

Les badauds se dispersèrent d'un pas nonchalant, laissant Lovell seul devant le triste tableau. Il soignait Mary Petersen mais elle était si dépressive qu'il ne pouvait pas grand-chose pour elle. Il était bouleversé et se sentait inutile quand il la voyait, inquiet de ne pouvoir en faire plus. D'autres médecins auraient prescrit un puissant cocktail de tranquillisants et d'anti-dépresseurs, du diazepam et du librium. Lovell savait qu'il en aurait fallu beaucoup, qu'il en aurait fallu tant que cela n'aurait servi qu'à plonger Mary dans un état de quasi insensibilité. Les médicaments l'auraient rendue docile et malléable mais ne l'auraient pas guérie.

« Vous voulez que je passe tout à l'heure ? proposa Lovell.

— Peut-être, répondit Petersen en aidant Mary à monter en voiture. Si vous croyez que ça peut être utile. » Il avait le ton d'un homme résigné au poids de son fardeau.

« Je serai à mon cabinet, annonça Lovell. Appelez-moi si vous avez besoin de moi. »

Petersen acquiesça. « D'accord, » dit-il en sachant qu'il n'en ferait rien. Parfois l'état désespéré de sa femme menaçait de l'accabler mais il s'efforçait de repousser ce sentiment. Il n'avait pas le choix : il devait être fort pour elle. Il ne pouvait se permettre de faiblir.

Lovell regarda les Petersen partir, puis se dirigea vers son cabinet. Il y avait une voiture garée devant la porte, une MG rouge décapotable, une jeune femme assise au volant. Lovell eut l'impression qu'après avoir été témoin de toute la scène entre Todd et Mary Petersen, elle reportait son attention sur lui.

« C'est votre voiture ? demanda Lovell.

— Oui.

— Vous l'entretenez vous-même ? » Il survola les lignes pures de la petite voiture de sport.

La question paraissait curieuse. Elle hésita un peu avant de répondre : « Oui.

— Elle est garée à ma place. »

La femme jeta un coup d'œil sur la plaque de cuivre à la porte du cabinet, puis se retourna vers lui. « Vous êtes le Dr Lovell ?

— C'est moi.

— Cette femme est votre patiente ? » Tous deux regardèrent la voiture de police qui s'éloignait dans Main Street.

Lovell acquiesça. « Oui.

— Elle est sous quel traitement ?

— A qui ai-je l'honneur ? »

La femme descendit de la voiture et lui tendit la main. « Paula Olsen, Service de Psychologie Médicale, Seattle General Hospital.

— C'est le professeur Paley qui vous envoie ?

— Oui.

— Bon. Je ne prescris pas de médicaments. Cela répond-il à votre question ?

— Cela m'en dit long, » répliqua Paula.

Ils se jetèrent des regards obliques, inquisiteurs, comme pour se juger. Lovell devait reconnaître qu'Olsen était jolie, très jolie, mais cela lui était parfaitement égal. Quelques jours avaient suffi à faire naître en lui un violent sentiment de possession et de jalousie à l'égard de Nell et l'arrivée soudaine de l'émissaire de Paley ne lui plaisait pas. Il ne voulait pas « qu'on mette quelqu'un sur le cas », selon l'expression de Paley. Pourtant, elle était là. Elle représentait une menace... pour lui, pour sa liberté d'action et pour Nell. Il ne lui restait qu'à estimer l'importance de la menace et le moyen de s'en débarrasser.

De son côté, Olsen jaugeait froidement Lovell. Un médecin qui ne croyait pas aux médicaments... position de plus en plus répandue à l'heure actuelle qui laissait entendre qu'au moins Lovell se tenait au courant des dernières tendances en matière de pharmacologie, ce qui n'était sans doute pas négligeable. Mais il était le gardien qui se trouvait entre Olsen et son sujet et, à ce titre, il faudrait le convaincre... puis l'éliminer.

« Que faites-vous ici ? » s'enquit Lovell à brûle-pourpoint.

Olsen sourit. « Vous avez vraiment l'art de mettre les femmes à l'aise... Vous nous avez demandé de l'aide. Vous vous souvenez ? ajouta-t-elle en arquant un sourcil.

— J'ai demandé un avis sur le plan psychologique, répliqua Lovell. Un point c'est tout.

— J'espère que vous n'attendiez pas un jugement en profondeur à partir du rapport de deux pages que vous avez rédigé, » rétorqua-t-elle d'un ton malicieux. L'idée qu'il était complètement dépassé n'était pas exprimée mais manifeste. « Pour avoir un avis compétent sur le sujet, il faut travailler sur le terrain. Vous devez le savoir. »

Lovell n'apprécia pas la critique sous-entendue et pas davantage le terme de « sujet » en parlant de Nell. Il devait pourtant avouer qu'il y avait du vrai dans ce qu'elle disait.

« Vous voulez travailler sur le terrain ? grommela-t-il. Vous y êtes. »

« C'est ravissant, » dit Paula tandis que Lovell descendait la piste en forêt qui menait à la cabane de Nell. Ils venaient juste de quitter la lisière des bois et d'apercevoir le lac. Les eaux miroitaient sous le soleil de la fin de l'après-midi et le paysage semblait plus accueillant que jamais.

« Ravissant et isolé, remarqua Lovell. Personne ne risque de vous déranger ici.

— Que fuyait-elle ? demanda Paula. Pourquoi s'enterrer ainsi ?

— Violet Kellty s'est fait violer. »

Paula plissa les yeux. « Ce n'était pas dans votre rapport.

— Je viens de l'apprendre.

— Je vous écoute. » Paula Olsen sortit de son sac à dos un carnet relié en cuir et tenta de prendre des notes alors que la Jeep cahotait sur le chemin.

« 1959. Violet Kellty vient d'avoir quarante ans. Elle est très croyante, célibataire. Sans doute vierge. Un soir, elle se fait agresser, voler, violer... Un traumatisme aussi violent qu'il y paraît , me semble-t-il. »

Paula hocha la tête. « Suivi de séquelles.

— Peut-être l'agression a-t-elle provoqué une attaque. Pour l'instant, on ne peut pas le savoir. Peut-être même Violet Kellty a-t-elle été victime d'une longue série de thromboses récurrentes. Ensuite, elle découvre qu'elle est enceinte. Que feriez-vous dans ce cas ? »

Olsen éluda presque la question. « Eh bien, en 1959, il était plus ou moins impossible d'avorter... Reste l'adoption. »

Lovell fit un signe de tête d'un air las. « Bon. Bon... Je ne me suis pas adressé à la bonne personne. Que fait Violet Kellty ? Elle se cache loin du monde. Elle accouche seule. Ici. La naissance n'est pas déclarée. Elle cache l'enfant. Elle cache la honte. Mais elle l'aime et l'élève le mieux possible. C'est une histoire assez stupéfiante, vous ne trouvez pas ? »

Paula Olsen avait entendu beaucoup d'histoires stupéfiantes. « Elle aurait donc vingt-neuf ans, calcula-t-elle. On ne peut pas rester cachée si longtemps.

— Ah non ? » Lovell regarda alentour la forêt dense, les austères rochers escarpés et la courbe du lac. « La forêt est grande. »

HUIT

Lovell gara sa Jeep plus près de la cabane cette fois. Il s'arrêta presque au bas des marches qui menaient à la véranda. Il voulait éviter de surprendre Nell, l'avertir largement à temps de leur arrivée.

« Il lui arrive de sortir ? s'enquit Olsen, appréciant la situation des lieux.

— Si elle en a envie. Rien ne l'en empêche.

— Alors pourquoi pensez-vous qu'on l'a gardée recluse ?

— Voyez vous-même, » rétorqua Lovell, lui enjoignant de monter le vieil escalier en bois.

Nell les attendait. Elle se tenait dans l'embrasure de la porte entre la chambre et la cuisine. Elle était tendue et recroquevillée, le dos cambré tel un chat apeuré, prête à fuir. Elle avait la tête baissée et leur lança un regard noir, un grondement menaçant sortant de sa gorge. Elle était blanche comme un linge.

Lovell éprouvait crainte et pitié à la fois. Paula Olsen avait une attitude plus professionnelle. Elle approchait avec circonspection, les mains ouvertes pour montrer qu'elles étaient vides.

« Nell ?... Je m'appelle Paula Ols... »

Le grondement se transforma en un cri strident qui envahit la pièce. La force du cri effréné figea Olsen sur place. Mais elle ne céda pas un pouce de terrain. Elle resta immobile, les yeux clos comme si elle attendait la fin de l'orage. Nell battit en retraite sans détacher les yeux de l'intruse. Elle ne regarda pour ainsi dire pas Lovell, sachant apparemment que Paula Olsen représentait le plus grand péril. Quand le cri s'affaiblit un peu, Olsen fit une nouvelle tentative. Elle mit un pas prudent devant l'autre, comme si elle marchait sur une corde raide tendue à travers la cuisine des Kellty.

« Nell ? »

Ce seul mot la fit exploser. Nell hurla — *Hai ! Hai !* - et se rua dans la chambre, poussant des rugissements et des cris perçants. De ses ongles acérés, elle se griffa le visage et la poitrine, puis elle se mit à courir en rond dans un coin de la pièce. Par moments, elle se frappait la tête sur les grosses poutres des murs, chaque coup secouant la maison.

Lovell ne put se retenir. « Nell ! Nell ! Je t'en prie, arrête ! Je t'en prie ! »

Ses suppliques ne firent que redoubler sa fureur. Cris et rugissements s'intensifièrent et elle laboura la peau blanche de son buste frêle, creusant de profondes zébrures rouges.

« Du calme ! ordonna Olsen d'un ton brusque.

— Elle va se tuer !

— Vous ne faites qu'empirer les choses. Attendez dehors.

— Mais... »

Olsen parla les dents serrées. « J'ai dit, attendez dehors ! »

La violence de son ordre et la détresse de Nell poussèrent Lovell à sortir. Il dévala les marches en s'efforçant de ne pas entendre les cris exaltés qui venaient de la maison. La forêt semblait résonner de l'angoisse de Nell.

Puis cela s'arrêta. Les cris s'affaiblirent, laissant place aux *Hai ! Hai ! Zzzzslit !* indignés qu'il avait déjà entendus. Paula Olsen se tenait sur la véranda, imperturbable devant la démonstration de violence de Nell. Sans un mot à Lovell, elle prit son carnet sur le siège avant de la Jeep et se mit à écrire. Sa froideur, son côté toujours aussi professionnel le déconcertaient.

« Elle n'est pas comme ça quand elle est seule, remarqua-t-il avec calme. Elle a peur des inconnus. »

Olsen leva à peine les yeux de son carnet. Elle jeta un coup d'œil vers lui et reprit son travail. « Comment savez-vous qu'elle n'est pas comme ça quand elle est seule ?

— Je l'ai observée. »

Cette fois, elle s'arrêta d'écrire, posa son stylo et le regarda d'un œil froid, critique. « Vous l'avez observée ? » répéta-t-elle d'un ton égal.

Lovell haussa les épaules, un peu dérouté par le regard impassible. « Il faut que quelqu'un s'occupe d'elle. Vous ne croyez pas ?

— Et vous vous portez volontaire ?

— Peut-être.

— Et vous pensez être à la hauteur ? » Paula Olsen consulta son carnet comme pour se rafraîchir la mémoire.

« Comment cela ?

— Elle fait preuve d'un comportement très violent, Dr Lovell.

— J'avais cru le comprendre.

— S'occuper d'elle pourrait devenir un travail à plein temps, vous savez » lança-t-elle. Sur ce, elle reprit ses notes.

Même si Paula Olsen le cachait bien, Nell et son comportement l'excitaient assez. Peut-être le professeur Paley avait-il exagéré en disant que ce cas présentait toutes les caractéristiques d'un grand classique mais il y avait de quoi faire, largement de quoi intéresser un clinicien telle que Olsen. Le problème, c'est que Lovell revendiquait des droits sur Nell et qu'il comptait sans doute les défendre. Cela ne l'inquiétait pas trop, pour l'instant du moins. Elle trouverait le moyen de l'écarter s'il ne voulait pas filer doux.

« Vous en avez vu assez ? demanda Lovell. Vous avez fait assez de travail sur le terrain ? » Ce dernier mot cachait une certaine ironie.

Olsen sourit en elle-même. Non, songea-t-elle, il ne va pas filer doux. Il faudrait un peu de muscle pour se faire un chemin jusqu'à Nell, ce qui voulait dire faire intervenir les huiles comme le professeur Paley. Le professeur avait beaucoup d'entregent dans le monde médical et scientifique de l'État et quelques précieuses relations dans les milieux politiques d'Olympia. Un médecin de campagne du style de Lovell ne pourrait sans doute pas faire le poids face à ce genre de pression.

Dans l'immédiat, elle voulait en savoir plus et éviter de se disputer avec lui. « Dites-moi, commença-t-elle, avez-vous fait un prélèvement sanguin ?

— Non. » Cela ne lui était jamais venu à l'esprit. Il frémit en pensant à la réaction de Nell face à deux inconnus qui lui enfonceraient une aiguille dans le bras.

De nouveau, Olsen le dévisagea de ce regard froid, un peu moqueur, comme si elle ne pouvait s'empêcher de rire de son amateurisme. « C'est normal de chercher ce qui ne va pas avant d'essayer d'y remédier, vous ne croyez pas ?

— Vous n'êtes pas en train de me dire que ce... » - il montra la cabane d'un signe — « que ce pourrait être un dérèglement de l'organisme, non ? » Il rit. « Dites-moi que vous plaisantez.

— Tout est possible, répliqua Olsen en haussant les épaules. On ne peut écarter aucune cause expliquant son problème.

— Son problème, c'est que sa mère est morte.

— Peut-être. »

Lovell sentit sa colère monter. « Son problème, c'est que sa mère est morte et que depuis un tas d'inconnus qui lui font peur ne l'ont pas laissée en paix une seconde.

— Des inconnus qui l'épient ? » Une fois de plus, elle lui décocha son petit sourire venimeux.

« Elle ne m'a pas vu, se défendit Lovell.

— Bon... peu importe. En attendant, on a besoin d'une prise de sang. » Elle referma son carnet d'un geste brusque.

« Pourquoi ?

— Parce que selon moi, elle est très probablement arriérée sur le plan mental.

— Selon vous ? C'est un peu hâtif comme jugement, vous ne croyez pas ? Un jugement basé sur cinq minutes de cris. »

Ce fut au tour de Paula Olsen de se mettre en colère. « C'est mon domaine, Dr Lovell.

— Et c'est quoi au juste votre domaine, Dr Olsen ? Quelle est votre spécialité ?

— L'autisme et les carences affectives sur le plan social, répondit-elle d'un ton égal. Et je ne suis pas le docteur Olsen. Je n'ai pas encore mon doctorat.

— Ahhh, répliqua Lovell en hochant la tête. Maintenant, je comprends. C'est ça votre doctorat, ajouta-t-il en désignant de nouveau la maison. Votre thèse, c'est Nell.

— Elle pourrait en faire partie. Tout dépend...

— De quoi ?

— De son prélèvement sanguin.

— Qu'est-ce que ça va vous apprendre ? »

Olsen poussa un gros soupir. « Si la cause du retard mental est liée à une infection prénatale, une maladie infantile ou l'un des troubles du métabolisme, une prise de sang nous le dira. Et on pourra la soigner. S'il s'agit de mauvais traitements parentaux, de schizophrénie, d'aphasie du développement ou d'autisme, on s'y prendra autrement. Vous avez une trousse dans votre Jeep ?

— Oui, dit Lovell sans bouger.

— Laissez-moi deviner, reprit Olsen. Vous ne voulez pas lui faire de mal, c'est ça ?

— J'aimerais l'amener à me faire confiance, répondit Lovell avec calme. Cela ne paraît pas insensé. Elle ne comprendra pas. Si je lui fais du mal...

— Très bien, rétorqua Paula Olsen. Vous voulez que je fasse venir quelqu'un d'autre pour lui faire du mal ?

— Je... » Tout ce qu'il put faire, ce fut de regarder cette jeune femme froide, brutale. « Vous risquez de la tuer.

— Ne soyez pas ridicule.

— Elle risque de s'enfuir.

— On la retrouvera. »

Lovell se retourna, les bras écartés comme pour embrasser l'ensemble du décor. « Là-bas ?

— Elle ne s'enfuira pas.

— Et si jamais elle s'enfuit ?

— On résoudra le problème quand il se posera.

— Parfait, riposta Lovell. De plus, vous l'avez vue. Elle ne va pas rester sagement assise en attendant que je lui plante une aiguille dans le bras.

— Je la tiendrai.

— C'est aussi simple que ça ? »

Paula Olsen commença à remonter les marches qui menaient à la véranda. « Oui. C'est aussi simple que ça, » lança-t-elle par-dessus son épaule.

Nell parut sentir que cette attaque n'était pas comme les autres : cette fois, les intrus avaient quelque chose en tête, ils ne venaient pas simplement la voir. Quand Lovell et Olsen entrèrent à pas de loup dans la chambre, elle écarquilla les yeux et recula, son regard passant sans arrêt d'Olsen à la redoutable aiguille hypodermique que Lovell tenait d'une main. Elle se tapit dans un coin et se roula en boule, se faisant la plus petite possible.

Lovell avait la mort dans l'âme et le ventre noué, consterné à l'idée de ce qu'il allait faire.

« Nell, murmura-t-il, tout va bien, Nell. Nous voulons t'aider. Il faut qu'on le fasse pour t'aider. »

Nell gémit, sa respiration se fit plus courte. Elle ferma les yeux, le visage déformé, puis se frappa violemment la tête contre le mur.

Lovell tressaillit au son du choc et se sentit faiblir. « Ne fais pas ça, supplia-t-il. Je t'en prie, ne fais pas ça. »

Nell ouvrit les yeux et découvrit avec effroi qu'ils étaient tout près, plus près qu'aucun étranger jusqu'alors. Sa réaction fut instantanée. Elle fut aussitôt au comble de la terreur : elle poussait des cris perçants, battait l'air et se griffait.

Lovell s'arrêta puis recula, horrifié par l'ampleur de son angoisse et de son tourment.

Paula Olsen fit le contraire. Elle se précipita et saisit la femme déchaînée qu'elle étreignit. Pendant un moment, Nell hurla et se débattit. Soudain, elle s'avachit et sombra dans le silence. Elle suivait l'instinct de tous les animaux sauvages face à un danger mortel : elle faisait le mort. Olsen ne relâcha pas son étreinte, elle la serra dans ses bras, sentant son corps chaud et son pouls qui battait. La poitrine de Nell se souleva.

Lovell n'avait pas bougé. Il était paralysé, les yeux rivés sur Nell, bouleversé. Il s'aperçut qu'étrangement il en était arrivé à accepter que Nell soit un animal qui hurlait et battait l'air. La voir se rendre, faire le mort, était encore plus étonnant.

Mais Olsen ne pensait apparemment qu'à profiter de l'occasion. « Allez-y, » ordonna-t-elle.

Lovell semblait incapable de bouger. Il avança d'un pas hésitant vers les deux femmes puis s'arrêta.

La voix d'Olsen s'emporta, grave et insistante, furieuse. « Allez-y ! Tout de suite ! »

Sa colère le poussa à agir. Il se força à approcher, releva la manche ample du tricot de Nell et découvrit le maigre bras blanc. Il avait, cachée dans la main gauche, une boule de coton imbibée d'alcool qu'il réussit à frotter sur la peau. La veine bleue au creux du coude tranchait sur le teint pâle. Il enfonça l'aiguille dedans et eut un mouvement de recul lorsque Nell tressaillit de douleur. Vite, il tira un long flux de sang. Il avait les larmes aux yeux.

Les hurlements de Nell les poursuivirent jusque dehors. Mais sa voix n'avait plus la même insistance. C'était un son grave et affligé, bouleversé et apitoyé, comme si elle avait cédé. On aurait dit qu'elle s'était fait violer.

Lovell jeta sa trousse noire à l'arrière de la Jeep et claqua la porte du hayon arrière. Il s'en voulait de son geste, il en voulait à Paula Olsen de l'y avoir forcé. Il ne supportait pas sa suffisance, son outrecuidance et son manque de compassion si professionnel. Plus que tout, il ne supportait pas son expression, l'idée sous-entendue qu'ils avaient fait quelque chose de bien aujourd'hui.

Sans un mot, Lovell se mit au volant et mit le moteur en route.

« A mon avis, dit Olsen, il faut la faire interner dans un service psychiatrique où elle recevra les soins dont elle a besoin. »

Lovell ne la regarda même pas. « A mon avis, votre avis, c'est de la merde. »

Ses mots coléreux n'ébranlèrent en rien sa réserve professionnelle. « Vous vous impliquez toujours autant avec vos patients, Dr Lovell ? »

Il passa brutalement la première, puis se tourna vers elle. Cette fois, ce fut Lovell qui lui accorda un regard fixe, froid. « Ouais, riposta-t-il, j'essaie. »

NEUF

OBJET DE RECHERCHE : ENFANTS SAUVAGES
Le lent ordinateur démodé de la Monroe Public Library considéra un long moment la requête de Lovell, comme si la machine se demandait si elle allait y accéder. La bibliothèque de Richfield avait fermé deux ans plus tôt, victime de la diminution du nombre de contribuables et d'un manque d'intérêt général. Lovell avait donc dû faire le long trajet à travers les montagnes jusqu'à cet établissement situé au chef-lieu du comté.

L'ordinateur se décida à lui donner satisfaction. La bibliothèque renfermait quatre livres sur le sujet, le grand classique étant *Victor de l'Aveyron : Dernier Enfant Sauvage, Premier Enfant Fou* de Thierry Gineste. Lovell ne comprenait pas assez bien le français pour le lire en entier, mais il saisit le titre qui ne lui plut pas et qui ne défendait pas son point de vue.

Victor était sans doute le cas le plus célèbre dans les annales. Découvert dans la campagne française au dix-huitième siècle, on croyait qu'il avait été élevé par des bêtes dans la nature. Adopté par un médecin de la région qui essaya de le domestiquer, Victor eut une fin misérable à cause des effets suffocants de la civilisation qui, pensait-on, lui avaient vicié l'âme. Victor, l'enfant sauvage*, devint un symbole du noble sauvage si vénéré par les philosophes rationnels de

---

* : les mots suivis d'un astérisque sont en français dans le texte. (N. du T.)

l'époque. On estimait aujourd'hui que Victor était très arriéré, un cas mal compris, qui mourut par bêtise et négligence.

Le livre de Gineste ne pouvait que soutenir les affirmations de Paula Olsen : Nell était une malade mentale qui avait besoin d'être prise en charge par la société. Lovell l'écarta.

Les trois autres titres s'annonçaient plus prometteurs : *Enfants Ours, Enfants Singe* de Paul Massanet, une étude sur des enfants sauvages découverts dans des régions reculées de l'Inde et d'autres lieux en Extrême-Orient. Deux autres volumes le firent palpiter d'émotion : *Langage et Isolement* de Stephen Renquist et *Gennie : Une Étude Psycholinguistique d'un Enfant Sauvage d'Aujourd'hui* de Susan Curtiss.

Lovell trouva les deux livres sur les étagères et s'installa dans un coin, prenant de nombreuses notes au fil de sa lecture. Aucun ne lui fournit une clé pour comprendre le langage de Nell. En revanche, ils l'éclairèrent sur la formation de son parler, sur les mécanismes de pensée en cause.

Quand les portes fermèrent, Lovell avait trente pages de notes mais aussi le sentiment décourageant qu'en termes d'érudition l'adversaire avait des années lumière d'avance sur lui. Il était convaincu que Paula Olsen et Alexander Paley connaissaient très bien la littérature sur le sujet et ils devaient savoir que la plupart des études étayait leurs positions : il n'existait pas de sauvages mais des arriérés dont le développement s'était encore atrophié à la suite d'une éducation asociale et peu orthodoxe. Il faudrait plus de quelques heures à glaner les maigres réserves d'une bibliothèque de province pour les battre sur des faits aussi établis par des années de recherche savante.

Lovell ne prêta pas attention au paysage ni aux voitures en rentrant à Richfield. Il tournait et retournait le problème dans son esprit, cherchant une stratégie pour protéger Nell. Il avait l'impression d'avoir remplacé Violet Kellty, comme si on l'avait chargé de préserver Nell du monde extérieur et qu'il devait se montrer aussi vigilant que sa mère.

C'était dans ses habitudes. Lovell se prenait pour un militant, un médecin combattant qui s'efforçait de guérir ses patients. Pourtant, avec Nell, il se montrait conservateur, il défendait le statu quo. En y réfléchissant, il ne voyait strictement aucune raison de l'enlever à son cadre naturel. Elle était heureuse dans sa solitude, beaucoup plus heureuse que dans un hôpital psychiatrique. Violet avait veillé à sa situation financière : sa fille n'aurait besoin de personne et pourrait satisfaire ses modestes exigences.

Même s'il paraissait noble, même s'il paraissait correct d'essayer de la faire sortir de sa coquille, de la « soigner », Lovell ne trouvait pas de meilleure solution que de la laisser tranquille.

Cependant, le défi se préparait et il allait devoir y riposter. Olsen et Paley prétendraient qu'eux seuls pouvaient s'occuper de Nell, qu'elle était une enfant qui avait besoin de leur aide. Son seul espoir était de leur prouver qu'ils avaient tort, de prouver que Nell était son propre maître, un personnage fonctionnant dans son propre univers. Il devait montrer qu'elle n'était pas une sauvage, ni une imbécile, ni même un cas clinique, mais un être humain.

Il traversa Richfield sans s'arrêter à son cabinet ni chez lui et se rendit directement à la cabane. La lune était pleine sur le lac en cette paisible soirée, on n'entendait que le doux clapotis de l'eau sur le rivage. Il n'y avait pas de lumière dans la maison, pas de fumée dans la cheminée. Pourtant, il n'était pas inquiet cette fois-ci, il ne craignait pas qu'elle se soit enfuie dans la forêt. Il savait qu'elle était toujours là, en sécurité dans la maisonnette délabrée.

Lovell était bien dans cet endroit silencieux. Il se sentait petit et libre sous le grand baldaquin des étoiles et des planètes. Il était bien près de Nell.

Il n'aurait pu dire combien de temps s'écoula alors qu'il était assis là. Longtemps, assez longtemps pour discerner un changement dans les étoiles qui se profilaient à travers le toit ouvrant de la Jeep. Le temps ne comptait pas pour lui.

Quand Nell apparut sur la véranda, il crut d'abord

à un effet d'optique et sonda l'obscurité pour se convaincre qu'elle était bien là. Elle ne regarda pas dans sa direction, ne se doutant pas qu'il se cachait là en l'attendant.

D'un pas rapide et silencieux, elle traversa la clairière et suivit la jetée. Elle s'arrêta tout au bout et resta figée un long moment.

Nell sembla frissonner alors, un geste vif de ses frêles épaules, et elle enleva sa robe. Le tissu léger forma une mare ondulant à ses pieds. Elle était là, nue et mince comme un fil, sa peau pâle brillant sous la pleine lune.

Lovell sentit qu'il retenait son souffle. Il la contempla sans oser bouger comme si le moindre geste risquait d'attirer son regard et de la faire fuir. A la voir ainsi, il découvrit qu'elle était plus belle et plus gracieuse qu'il n'avait imaginé.

Nell leva les bras, souple et élancée, puis tournoya et tomba dans l'eau à la renverse. Il y eut un petit plouf et les eaux sombres se refermèrent sur elle. Lovell scrutait l'endroit, les yeux rivés sur ce point ; il attendait, le cœur battant, qu'elle réapparaisse. Le temps s'éternisait, il céda à de panique.

« Nell... » murmura-t-il pour l'exhorter à sortir des profondeurs. Il avait la gorge sèche, serrée, et se mit à chercher la poignée de la portière. « Nell, pour l'amour du ciel ! »

Elle surgit enfin à la surface. Le visage ruisselant, elle souriait, irradiait de bonheur. Lovell ne la vit qu'une seconde avant qu'elle ne remplisse ses poumons d'air pour replonger, glissant sous les vagues et nageant vers le large, une naïade dans la nuit.

La sonnerie du téléphone réveilla Lovell. Il ouvrit les yeux et, hébété, tendit la main vers le combiné. Il était chez lui, dans son lit. Au sortir du sommeil, il sentit un rêve s'évanouir.

« Je vous réveille ? » La voix au bout du fil était celle de Todd Petersen.

« Ce n'est pas grave, assura Lovell en se frottant les yeux. Je ne me suis pas réveillé. » Il jeta un coup d'œil au réveil sur la table de nuit. Il était plus de neuf heures. Il crut d'abord qu'il avait rêvé de Nell, de Nell qui nageait dans le lac, puis il s'aperçut que ce n'était pas un rêve. Il était resté près du lac jusque tard dans la nuit à la regarder cabrioler.

« Ça va ? s'enquit Petersen.

— Oui... oui, oui... Que se passe-t-il, Todd ?

— J'ai devant moi une demande d'internement. Elle vient d'arriver. C'est pour Nell. »

Lovell était parfaitement réveillé maintenant. Pendant qu'il méditait sous la pleine lune hier soir, Paula Olsen n'avait pas perdu son temps. « Cette salope, hurla-t-il. C'est Olsen, n'est-ce pas ?

— En personne, acquiesça Todd Petersen. Et un certain Paley. Alexander Paley. Vous le connaissez ?

— Ouais. Je le connais. » Lovell brancha le haut-parleur de l'appareil et bondit hors de son lit. Il enfila un jean à la hâte et fouilla le placard à la recherche d'une chemise propre.

« Alors, dit Petersen, qu'est-ce que vous voulez que j'en fasse ?

— Vous pouvez le perdre ou je ne sais quoi ? » Lovell boutonna sa chemise et se mit en quête de ses chaussures.

Petersen rit. « Le perdre ? Non, ça, je peux pas le perdre. Jerry, c'est une décision judiciaire. Je dois l'appliquer.

— Il me faut un peu de temps, Todd. Vous pouvez l'appliquer au ralenti. Faire traîner un peu les choses ? »

Il y eut un long silence. Puis : « Bon, je crois que je peux prendre mon temps.

— J'ai combien de temps devant moi ?

— Je crois que je peux faire patienter jusqu'après le déjeuner.

— Faites-le durer le déjeuner.

— Je vais essayer.

— Et... Todd... Vous savez où est Don Fontana ? »

Petersen pouffa. « Je sais qu'il n'est pas à son cabinet. Pas depuis que la saison de la pêche a ouvert. Si j'étais vous, j'essaierais la branche nord du Told. »

Don Fontana était le seul avocat de Richfield. Lui aussi avait quitté la grande ville et s'efforçait de ne pas laisser son travail empiéter sur ses loisirs. Il y avait juste assez d'affaires en ville pour lui permettre de gagner sa vie correctement mais, dès qu'il avait fini, il abandonnait son cabinet pour aller pêcher dans les ruisseaux et les rivières qui serpentaient dans la campagne.

Lovell le trouva de l'eau jusqu'aux hanches, en amont d'une zone de rapides, devant sa canne qui traînait dans la rivière.

« Salut, Don, lança Lovell en descendant de sa Jeep. Comment se fait-il que tu sois toujours en train de pêcher quand j'ai besoin d'un avocat ? »

Fontana ne quitta pas un instant sa ligne des yeux, suivant le flotteur dans les rapides. « Et comment se fait-il que tu viennes toujours me casser les pieds quand je pêche, Jerry ? »

Lovell eut un large sourire. « Excuse-moi, Don. Mais j'ai un petit problème.

— Je m'en doutais. On ne vient jamais me voir pour m'annoncer de bonnes nouvelles.

— Tu devrais te reconvertir dans la médecine.

— Je devrais me reconvertir en retraité, » répliqua Fontana qui sortit de l'eau en pataugeant. Il s'assit sur la berge et défit les boucles de ses bottes qu'il retira dans un flic flac. « Qu'est-ce qui t'arrive ?

— Tu as entendu parler de Violet Kellty ?

— Oui, oui.

— Et tu as entendu parler de sa fille ? »

Fontana marqua un temps d'arrêt. « Sa fille ? »

Lovell acquiesça. La réaction de Fontana lui faisait plaisir. Cela voulait dire que le secret était resté bien gardé, denrée rare dans une petite ville comme Richfield. « Elle avait une fille apparemment. Elle l'a mise au monde toute seule et l'a élevée là-bas dans sa cabane. Elle doit tout juste avoir trente ans, peut-être vingt-neuf. On ne sait pas exactement.

— C'est incroyable ! s'exclama Fontana. J'entends

raconter des histoires sur la mère Kellty depuis que je suis ici, mais je n'ai jamais rien entendu de pareil.

— Des histoires ? Quelles histoires ?

— Toujours les mêmes, dit l'avocat en haussant les épaules. Que c'est une sorcière... qu'elle est la bête noire. Le genre de choses que racontent les gosses. Mais personne n'a jamais parlé d'une fille.

— Eh bien, elle existe. Et un problème se pose... » Lovell exposa rapidement ses démêlés avec Olsen et Paley, la demande d'internement émise par le tribunal et ses doutes quant à la décision d'arracher Nell à sa maison de toujours.

Même si Fontana n'était pas un fou de travail, il appréciait un bon combat, surtout lorsqu'il s'agissait de se battre contre un adversaire tel que l'État de Washington ou l'Autorité fédérale. Il écoutait avec attention et Lovell voyait qu'il préparait déjà sa stratégie.

« L'État a le droit de l'enlever à son milieu selon un nombre de points bien définis, commença-t-il. Par exemple, si sa vie est en danger là-bas. »

Songeant à Nell qui nageait sans effort dans les eaux sombres du lac, Lovell fit signe que non. « Je ne vois pas comment.

— Et elle n'est pas mineure. Tu en es sûr ?

— Sûr et certain.

— Et son état mental ? s'enquit Fontana. Est-elle mineure sur le plan mental ? »

Lovell fit la grimace. La question était nettement plus délicate. « On ne peut pas nier que son état mental soit un peu... perturbé. Mais c'est normal. Après tout, elle vient juste de perdre sa mère. Ça perturberait n'importe qui, quel que soit son état.

— Bien sûr, acquiesça Fontana.

— En plus, des inconnus n'arrêtent pas de venir la harceler. Alors, elle est bouleversée. » Il ferma les yeux et revit la peur dans le regard de Nell alors qu'ils essayaient de lui faire une prise de sang.

« Mais elle est maître de ses capacités ?

— Peut-être. Peut-être pas. Ça n'a pas encore été établi.

— Elle a de la famille ?

— Personne.

— Un gardien ?

— Personne, dit Lovell. Aux yeux des autorités, Nell n'existe pas. Jusqu'à ces jours derniers, personne ne savait qu'elle était vivante, en dehors de Violet Kellty, naturellement.

— Rien de tout cela ne compte, déclara Fontana en pouffant. C'est la beauté de la chose.

— La beauté de la chose ?

— Elle a quand même des droits. On n'a pas besoin d'une carte de sécurité sociale pour cela. Est-elle capable d'accorder son consentement en toute connaissance de cause ? C'est ça la question.

— Accorder son consentement en toute connaissance de cause ? » Lovell réfléchit un moment. « En principe, je ne vois pas pourquoi elle n'en serait pas capable. Mais je ne sais pas si elle comprendra ce qu'on lui demande.

— Pourquoi ?

— Nell parle son propre langage. »

Fontana écarquilla les yeux. « Son propre langage ?

— Oui

— Génial !... Son propre langage... » Fontana se mordilla la lèvre. « Ce n'est pas si dramatique. La loi est très claire en matière de consentement.

— Qu'est-ce qu'on fait ? s'enquit Lovell.

— Pour commencer, on va aller travailler au bureau, » répondit Fontana qui se mit à rassembler son matériel, démontant sa canne qu'il rangea dans son étui. « En attendant, finie la pêche, » ajouta-t-il avec un gros soupir.

La petite caravane cahotait sur la piste qui menait à la cabane de Nell, Paula Olsen en tête. Elle conduisait sa MG, indifférente aux effets des cahots sur la suspension délicate de la voiture de sport. Juste derrière suivait Todd Petersen dans sa voiture de police. Fermant la marche et faisant le trajet pour la deuxième fois de la semaine, venait l'ambulance de Monroe.

La voiture d'Olsen prit un virage et pila net : la route était bloquée. Au milieu du chemin se trouvait la Jeep de Lovell, ce dernier et Fontana appuyés contre le véhicule, comme montant la garde.

Paula Olsen décocha un regard noir aux deux hommes en descendant de voiture, mais ne leur adressa pas la parole.

« Shérif, dit-elle à Petersen. Voulez-vous régler ce problème, je vous prie. »

Todd Petersen s'extirpa de son véhicule puis se dirigea vers Lovell et Fontana, un papier à la main.

« Le shérif apporte une décision judiciaire en bonne et due forme qui nous réclame d'interner Nell, » déclara Olsen.

Petersen haussa les épaules d'un air impuissant. « Je regrette, Jerry, » s'excusa-t-il. Il toucha le bord de son chapeau. « Salut, Don.

— Comment ça va, Todd ? »

Il lui présenta le document. « Désolé, mais la dame dit vrai. Elle est allée à Monroe chercher une décision judiciaire que je me dois d'appliquer. Je n'y peux rien.

— C'est dans l'intérêt de Nell, » remarqua Olsen d'un ton cassant. Elle était lasse de jouer le rôle du traître dans ce drame. Si Lovell et Petersen ne voyaient pas que Nell avait désespérément besoin d'aide, tant pis. Seule comptait Nell et, plus tôt les fâcheux et les amateurs s'ôteraient de son chemin, plus tôt Paula pourrait s'occuper sérieusement de Nell.

« Dans son intérêt ? répéta Lovell. Qu'en savez-vous ? Vous le lui avez demandé ?

— Écoutez, rétorqua-t-elle, sentant son peu de patience l'abandonner. Vous savez que c'est impossible.

— C'est bien dommage, observa Lovell, un petit sourire éclairant son visage. Parce que nous aussi on est allés à Monroe ce matin et Don a réussi à obtenir une décision judiciaire lui aussi.

— Ah bon ? Et que dit la vôtre ? »

Lovell prit une profonde inspiration. « Elle dit que si Nell n'accorde pas son consentement en toute connaissance de cause pour être internée dans votre établissement, vous violez ses droits. Et si vous le faites, je vous poursuivrai en justice jusqu'à la Cour suprême. Montre-lui, Don. »

Don Fontana sortit un document d'un attaché-case en piteux état. « Voilà. »

Todd Petersen fit de son mieux pour cacher son sourire. Cette fois, Paula Olsen ne parvint pas à se maîtriser. Elle s'empourpra et ses yeux brillaient de colère. « C'est ridicule. Comment peut-elle donner son consentement en toute connaissance de cause ? Elle en est incapable. Elle ne parle même pas anglais.

— Eh bien, expliqua Fontana, la loi est très claire, Mademoiselle...

— Olsen.

— Olsen. Si elle ne parle pas anglais, elle doit nous donner son consentement par l'intermédiaire d'un interprète compétent. C'est aussi simple que ça. »

Olsen roula les yeux et se détourna, prête à partir comme une furie. Puis elle se figea et observa les deux hommes. « C'est de la folie ! Quel interprète ? Il n'y a personne au monde qui parle sa langue. Et vous le savez, Lovell.

— Il faudra donc que quelqu'un l'apprenne, j'imagine, » répondit-il.

Paula Olsen s'adressa à Todd Petersen. « Shérif, vous l'avez vue. Vous devez bien savoir si elle est normale.

— Ce n'est pas un crime de ne pas être normal, remarqua Petersen avec un petit sourire narquois. Surtout dans les parages.

— Écoutez, shérif, riposta Olsen avec rage. Ce n'est pas une plaisanterie.

— Vous avez raison, mademoiselle. » Todd enleva son chapeau et se passa la main dans les cheveux. « Et je vais vous dire une chose... apparemment, on va tous finir devant le tribunal. »

73

DIX

Les décisions expéditives, les petites affaires de petite ville étaient chose habituelle au tribunal de comté de Murray Hazan, mais il était le juge de Monroe. Lovell et Olsen étaient donc bien obligés de se soumettre à son verdict. Le juge reçut la proposition de Don Fontana qui suggéra une audience sans protocole à huis clos. Il accepta aussi que les experts en la matière défendent leurs points de vue plutôt que les avocats.

Toujours aussi pondérée, Paula Olsen se montra plus judicieuse et maîtresse d'elle-même que jamais lorsqu'elle fit sa plaidoirie. Bien qu'elle y mît les formes, ses arguments étaient tout aussi énergiques que raisonnés et convaincants.

« Le Dr Lovell semble croire que le cadre naturel de cette femme soit une cabane primitive au milieu de la forêt. » Olsen marqua une pause et observa Jerry Lovell par-dessus son épaule, le défiant du regard. « En clair, il la prend pour Bambi. Sa mère vient de mourir et il doit la protéger des cruels chasseurs. »

Indigné, Lovell poussa un gros soupir et détourna les yeux. Il savait qu'Olsen ne disait pas la vérité, mais il devait admettre qu'elle défendait bien sa cause.

Comme pour confirmer ses craintes, le juge Hazan eut un sourire affable et lui fit signe de poursuivre.

74

« Je vois les choses autrement, affirma-t-elle. Pour moi, il s'agit d'une jeune femme à qui on a volé la moitié de sa vie. Et je ne vois pas pourquoi on devrait la laisser dans les bois comme un animal domestique. Tout ça pour réaliser les rêves sentimentaux d'un hippie sur le retour. »

Même Don Fontana rit. Jerry Lovell sentit ses joues s'empourprer. Ces mots le blessaient. Il ne se sentait pas seulement gêné ; au fond de lui, il doutait de ses propres motivations. Son intérêt tenait-il du caprice romantique ou du désir sincère de protéger Nell contre les interférences du monde extérieur ?

« Eh bien, dit le juge Hazan qui pouffait toujours. Vous avez été assez convaincante, Miss Olsen. Et vous, Mr Lovell ?

Jerry se leva d'un bond. « Oui, votre honneur ?

— Nous vous écoutons, c'est à vous.

— Merci. » Lovell consulta ses notes un instant. Alors que Paula Olsen s'était montrée mesurée, il fut plus passionné, plus enflammé.

« Nell n'est pas le premier cas de ce genre qu'on découvre, commença-t-il. Il y a eu en Allemagne le garçon loup, Kaspar Hauser. En Irlande, le garçon mouton. La fille truie de Salzbourg. L'enfant panthère en Inde. Et, le plus célèbre de tous, Victor, l'enfant sauvage* de l'Aveyron. »

Si le juge Hazan avait connaissance de ces cas historiques, il n'en montra rien.

« Plus près de nous, enchaîna Lovell, il y a eu Edith de l'Ohio, Genie, l'enfant placard de Temple City en Californie... »

C'était au tour de Paula Olsen d'être impressionnée. Il était évident que Lovell avait planché sur ses devoirs.

« Et tous ces cas ont une chose en commun, poursuivit-il. Que ce soit en Europe au dix-huitième siècle, en Extrême-Orient ou ici de nos jours, à chaque fois, leur vie a été détruite. Détruite par des médecins et des scientifiques qui prétendaient vouloir les aider. On ne peut permettre que cela se reproduise. On ne peut pas rester les bras croisés en les laissant faire de Nell un cobaye. »

Olsen perdit son sang-froid. Elle se leva en hurlant : « Si jamais elle quitte sa cabane un jour, il lui faudra des compétences qu'elle n'a pas aujourd'hui.

— Comment savez-vous qu'elle veut quitter sa cabane ? riposta Lovell. Monsieur le juge, Nell est parfaitement heureuse dans son cadre. Elle ne veut pas en être arrachée. Elle est très bien toute seule.

— Elle est en prison, lança Olsen avec colère. N'avez-vous aucun intérêt à la libérer ?

— Peut-être a-t-elle une autre idée de la liberté. Peut-elle ne veut-elle pas être libre. Pas dans vos conditions, en tout cas.

— Mon Dieu ! » Paula Olsen fit volte-face, furieuse d'avoir perdu la maîtrise de sa défense.

Le juge Hazan s'efforça de calmer les deux parties. « Bon, bon, dit-il. Je crois avoir compris la situation. Apparemment, les deux points de vue ne manquent pas de discernement... » Le juge eut un petit sourire et regarda par-dessus ses lunettes. « Sans parler d'une certaine passion...

« Monsieur le juge... »

Comme Lovell s'apprêtait à intervenir, Don Fontana l'arrêta d'un geste. « C'est au juge de parler, Jerry, » murmura-t-il.

Le juge Hazan marqua une pause avant de poursuivre. « Je vais reporter ma décision à dans trois mois, annonça-t-il. Et ce temps devra servir à observer le cas pour se faire une opinion. » Son regard passa d'Olsen à Lovell. « J'espère que le tribunal en saura plus à la fin de ce délai. »

La décision du juge de ne pas désigner clairement un vainqueur ne donna satisfaction ni à Jerry Lovell ni à Paula Olsen. On crut pourtant, pendant un jour ou deux, que Lovell avait gagné le combat par défaut. Paula Olsen avait quitté le tribunal et, sans un mot à personne, avait pris la direction de la 2, la route pour Seattle.

Fontana et Lovell la regardèrent partir en silence jusqu'à ce que ses feux arrière disparaissent au coin de la rue, comme craignant qu'elle ne les surprît.

« Tu crois qu'on n'en entendra plus parler ? lança Fontana.

— Je ne sais pas. Je l'espère.

— Elle avait l'air assez furieux.

— J'ai l'impression qu'elle aime arriver à ses fins. » Fontana haussa les épaules. « Tu la connais mieux que moi. Qu'est-ce que tu vas faire maintenant ?

— Je vais aller acheter une tente, » répondit Lovell.

Lovell avait discrètement planté sa tente entre deux arbres près du lac. Pour tout confort, il disposait d'un parasol en toile dressé à côté. Nell ne vint pas protester contre l'arrivée de son nouveau voisin. Le calme régna presque toute la matinée : seule la légère brise estivale qui soufflait du lac troublait le silence. Vers midi, Lovell entendit un bruit étrange, faible tout d'abord, puis de plus en plus fort. Il s'écoula une minute ou deux avant qu'il ne le reconnût : c'était le grondement sourd d'un moteur de bateau.

Se protégeant les yeux du soleil, Lovell regarda le lac où, à son immense surprise, il découvrit l'énorme carcasse d'un houseboat qui creusait les vaguelettes. La petite embarcation balourde se dirigeait vers la clairière et Lovell n'avait aucun doute sur l'identité du conducteur.

« C'est une plaisanterie, dit Lovell en secouant la tête. Ce n'est pas vrai. »

Apparemment, l'ingéniosité de Paula Olsen était sans bornes. Avec adresse, elle guida le bateau vers un point d'amarrage non loin de la jetée et coupa les moteurs. Un instant plus tard, elle émergea de la timonerie, largua une ancre de la poupe puis tira un cordage qu'elle jeta dans les bas-fonds, gagna la rive à pied et arrima le cordage au tronc d'un gros pin. Elle installa une passerelle à la proue et se tourna vers Lovell. « Bonjour. » Elle arborait un petit sourire triomphant, ce qui agaça prodigieusement Lovell.

« On peut monter à bord ? » s'enquit-il, s'efforçant de refouler sa colère.

Olsen haussa les épaules d'un air de dire « Faites comme chez vous » et disparut dans la cabine. Lovell entra et inspecta les lieux.

« Vous avez l'intention de dormir ici ? » s'enquit-il. Il s'attendait à une réaction de la part de Paula Olsen, mais rien de cette importance.

« C'est fait pour. » Elle glissa une pile de vêtements dans le tiroir d'une commode. « Vous aussi, je suppose, » ajouta Olsen en montrant sa tente du menton.

Lovell jeta un coup d'œil sur les provisions et les cartons de livres. Il devait reconnaître que l'installation de Paula semblait nettement plus confortable que sa modeste tente. Il y avait une cuisine aménagée, un grand lit, une cabine de douche et, sur la table du carré, était disposé tout son matériel électronique : un télécopieur, un ordinateur et un téléphone portatif ainsi qu'une chaîne stéréo accompagnée d'une collection de compacts disques.

« Vous êtes sûre que vous y arriverez dans ces conditions des plus rudimentaires ?

— Je me débrouillerai, répondit-elle.

— Je ne vois pas le système d'air conditionné. Ça ne vous dérange pas de respirer l'air pur ? »

Paula comprit qu'il lui tendait un hameçon et elle refusa d'y mordre. « L'air centralisé, répliqua-t-elle d'un ton léger.

— Et qui paie ce palace flottant ?

— Mon service. Ce programme est d'une importance primordiale.

— J'en suis convaincu, assura-t-il d'un ton acide. Combien de temps pensez-vous rester ici ? » Il avait l'impression qu'elle comptait rester un moment.

« Trois mois, répondit-elle sans ambage. C'est ce qu'a proposé le juge.

— Vous n'avez rien d'autre à faire ?

— Ça peut attendre. » Elle se pencha pour prendre

un carton de livres. « Et vous, vous n'avez rien d'autre à faire ? »

Malgré lui, Lovell se précipita pour l'aider. « Voilà. » Il sortit un livre du carton. *Autisme et Rituel*, lut-il. Tout ça concerne votre travail, n'est-ce pas ? » Il rejeta le livre sur la pile. « J'avais raison. Vous allez décrocher votre diplôme sur son dos.

— Ça vous ennuie ? » Elle le fixa de ce regard provocateur.

« Il se trouve que oui. Nell n'est pas un rat de laboratoire. Et cette cabane n'est pas une salle de dissection. »

Olsen s'arrêta de ranger ses affaires et poussa un profond soupir pour tenter de garder son calme. « Vous voulez être utile ? lança-t-elle d'un ton cassant. Et si vous arrêtiez de vous conduire comme un amant jaloux et que vous vous montriez coopératif ? Vous voulez jouer les boy-scouts, allez-y. Mais ne vous imaginez pas que vous lui serez plus utile. Alors, je vous serais très reconnaissante de faire un effort pour ne pas tout foutre en l'air. »

Lovell fronça les sourcils et serra les dents. Les mots cinglants d'Olsen frappaient un peu trop juste. « Coopératif ? Tout dépend de ce que vous comptez faire. Dites-moi ce que vous comptez faire et je vous dirai si je risque de le foutre en l'air.

— Je compte en faire le moins possible. Je suis ici pour observer, écouter et apprendre. Aucune intervention, aucune contamination. On la laisse tranquille jusqu'à ce qu'on trouve le meilleur moyen de l'aider. Observer pour me faire une opinion, comme l'a dit le juge. Rien de plus, rien de moins. » A la fin des trois mois, Paula avait l'intention de présenter un rapport si imposant que le juge Hazan n'aurait pas le choix : il devrait lui confier la garde de Nell, à elle et au service psychiatrique du Seattle General Hospital.

« Une espèce de travail d'ornithologue ? » lança Lovell.

Olsen acquiesça et soutint son regard franc. « Exactement. Un travail d'ornithologue... »

Lovell se glissa chez Nell comme un cambrioleur. Il fit le moins de bruit possible : il traversa la véranda à petits pas et, avançant un pied précautionneux après l'autre, entra dans la maison. La porte de la chambre était entrouverte, il la vit allongée sur son lit où elle dormait en boule.

Il s'accroupit par terre, craignant que le craquement de ses articulations ne la réveillât, et sortit un petit magnétophone de sa poche. Il approcha l'appareil aussi près qu'il osa, le brancha et attendit. Immobile, il attendait dans le soir tombant.

Au bout d'un moment, Nell se mit à gémir mais garda les yeux clos. Un petit cri, un son entre le gémissement et la plainte, jaillit de la pièce. « *Aie... aie...* »

Le cri était si plaintif, si affligé, que Lovell en fut bouleversé.

A brûle-pourpoint, le cri s'arrêta, remplacé par une autre voix, plus apaisante. « *Pa p'euré, tita, titachicka, pa p'euré...* »

La voix gémissante, mélancolique, revint. « *Pa peu', pa peu'-p'euré. Nan, nan, doulité, chickabee. Tita chicka, doulité, doulité.* »

L'autre voix était si douce, si tendre, qu'on aurait cru qu'il y avait deux personnes dans la chambre. A écouter les deux voix, Lovell avait la tête qui bourdonnait de questions.

Puis la voix de Nell se fit plus rythmée, tourna à la mélopée, un chapelet de mots chantés en rythme. « *Doulité gard', doulité ven. Doulité ver, doulité oré. Doulité é tou l'ré...* »

Suivit le silence.

Lovell apporta à Olsen son enregistrement qu'il lui offrit en gage de réconciliation.

« Je crois que ça vous intéressera, » dit-il. Ça avait beau être un gage de réconciliation, il ne parvint pas à effacer la suffisance de son ton, comme s'il avait marqué un point sur elle : le petit péquenaud battait le rusé professeur à son propre jeu.

Olsen, qui écouta la bande, se garda bien de dire qu'elle était impressionnée. Elle eut une réaction plus que surprenante. Être contente, émerveillée, stupéfaite, reconnaître qu'il l'avait mise à l'épreuve, il était préparé à tout cela. En revanche, l'éclat de fureur de Paula Olsen le prit complètement au dépourvu.

« Mais qu'est-ce que vous croyez faire ? l'attaqua Paula. Comment osez-vous violer son territoire ? »

Malgré sa stupeur, il ne céda pas de terrain. « Qu'est-ce qu'il y a ? Vous êtes jalouse ? »

Olsen secoua la tête de dégoût. « Dieu, je pensais qu'on en avait fini avec ça. Vous n'en avez peut-être rien à foutre de ce que j'essaie de faire ici mais Nell, vous pourriez au moins la respecter, non ?

— Ce n'est pas un oiseau rare, riposta-t-il. C'est un être humain. Écoutez... » Il mit le magnétophone en route. « *Nan, nan, doulité, chickabee. Tita chicka, doulité, doulité...* » Même si la voix de Nell paraissait fluette dans le mauvais haut-parleur, on ne pouvait se tromper sur l'émotion des mots.

« Je veux apprendre à la connaître, dit Lovell avec ardeur. Je veux apprendre sa langue. »

Bien que ce fût difficile, Paula Olsen s'efforça de se calmer. Malgré sa colère, Lovell était toujours aussi buté. Peut-être le moment était-il venu d'essayer la persuasion.

« Bon... bon... Écoutez-moi. Ce n'est pas un jeu.

— Je le sais.

— Mais savez-vous à quel point c'est extraordinaire ? On n'invente pas de langue personnelle. L'analyse du langage est un terrain très spécialisé dont vous ignorez tout.

— Qu'en savez-vous ? »

Paula rit presque. « Parce que moi, je n'y connais rien. »

Lovell éluda d'un geste sa logique implacable. « Peu importe, de toute façon. Je ne veux pas analyser son langage. Je veux lui parler.

— Pourquoi ? Pourquoi voulez-vous lui parler ?

— Parce que je l'aime bien, répondit Lovell avec simplicité.

— Vous l'aimez bien ? Formidable. Mais on doit se montrer professionnel dans cette affaire. »

Lovell hocha la tête comme s'il commençait enfin à entrevoir la vérité. « Ah, j'ai compris... nous sommes des professionnels. On ne doit donc pas s'impliquer avec les patients, c'est ça ? »

Paula acquiesça. « Exactement.

— Eh bien, je vous dis que ce sont des conneries, Olsen. Désormais, vous jouez un rôle dans la vie de Nell et elle dans la vôtre. Que vous le vouliez ou non, vous êtes impliquée.

— Vous êtes impossible, » répliqua-t-elle. Sur ce, elle se détourna et regagna le bateau. Elle avait les joues en feu et le souffle haletant comme si la justesse de ses paroles l'avait frappée en plein visage, une vraie gifle.

ONZE

La longue journée du Dr Amy Blanchard se terminait enfin. Elle fermait la porte et s'apprêtait à partir quand Lovell gara sa Jeep à sa place habituelle devant le cabinet. Le Dr Blanchard n'avait pas l'air content.

Lovell bondit hors de la voiture, les mains en l'air, comme si elle tenait une arme pointée sur lui. « Je suis désolé, je suis désolé. Ne dites rien. Je sais ce que vous pensez.

— Ah bon ? répliqua Blanchard d'un ton aigre. Et qu'est-ce que je pense ?

— Vous avez envie de me tuer, c'est juste ? »

Blanchard fit non de la tête. « Non. Mort, vous ne me servez à rien, Jerry. Même si vivant, vous ne me servez pas à grand-chose. Pas ces jours-ci, en tout cas. »

Jerry Lovell fit la grimace. Son associée paraissait fourbue, épuisée par le redoublement de travail. « Attendez de savoir la nouvelle. Je voudrais trois mois de congés. »

Amy parut vaciller sous ce nouveau poids qui lui tombait sur les épaules. « Trois mois ! Jerry, c'est impossible...

— Je vais chercher un suppléant, ajouta-t-il aussitôt. Je ne prendrai pas un centime d'honoraire. Tout ce que vous voulez, Amy. Mais accordez-moi ces trois mois. Je vous en prie. »

Amy Blanchard l'observa, comme si elle essayait

de lire dans ses pensées. « Pourquoi est-elle si importante à vos yeux ?

— Elle a besoin de moi, répondit Lovell avec un geste d'impuissance. Je ne peux pas l'abandonner à tous ces pratiquants de la vivisection du cerveau.

— Et dans trois mois ? s'enquit Amy. Qu'est-ce qui se passera dans trois mois ? Vous comptez lui servir de gardien à vie ? Ça peut durer des années.

— Des années, je ne sais pas... Faisons l'expérience des trois mois. Après, on verra. » Il traîna les pieds dans la poussière. « Je ne vous le demanderais pas si je ne pensais pas que c'est important. Je peux lui donner une vie, Amy.

— Vous en êtes sûr ?

— Oui. » En réalité, Lovell était rongé de doutes et se demandait s'il pouvait faire quoi que ce soit pour Nell. Mais il était décidé à lui éviter les institutions, à la préserver des curieux. Nell ne serait jamais un cas clinique ni un objet de curiosité.

« Oh, Jerry..., se lamenta-t-elle. Si c'est si important pour vous... » Elle haussa les épaules et sourit avec regret. « Je n'ai sans doute pas le choix ? »

Spectre derrière le voile rougeoyant du rideau, Nell contemplait la nuit sans bouger. Par-delà la maison flottante, aussi incongru qu'un gratte-ciel en ce lieu, elle observait les arbres et le lac, son regard fouillant la nuit. On aurait dit qu'elle considérait une chose invisible à tous.

Elle se mit à fredonner. Le murmure jaillit de sa gorge et envahit la clairière. Nell se sentit fondre, se diluant dans la mélodie et dans son esprit. Peu à peu, Nell disparut, remplacée par les jumelles, le visage grave et pâle, le chant devenant un dialogue muet entre elles, une chaîne qui les liait comme si elles avaient trouvé l'endroit où elles ne faisaient qu'une...

La boule rouge du soleil s'élevait au-dessus du disque argenté où se reflétaient des guirlandes de lumière. On entendit un petit plouf, pas plus fort que celui d'un poisson : Paula Olsen fendit les eaux et se tourna sur le dos. Les yeux rivés sur le ciel bleu et serein, elle nageait. Paula était une excellente nageuse, elle ne faisait presque pas de vagues en s'éloignant vers le large.

L'eau, froide et revigorante, rafraîchissait son corps et son esprit fatigués. La veille au soir, elle était restée jusque tard à lire et réfléchir pour tenter d'élucider l'énigme que représentait Nell.

Nell ne répondait à aucun des profils d'enfant sauvage et son évolution semblait avoir progressé selon son propre cours. Tous les enfants étudiés jusqu'alors avaient été confinés, souvent physiquement réprimés. Ils montraient des signes de retard mental et avaient subi différentes formes de violence physique, psychologique et sexuel. Un examen rapide de Nell laissait croire qu'on ne l'avait pas maltraitée et le prélèvement sanguin n'avait révélé aucune maladie prénatale ni infantile provoquant la débilité. Aucune anomalie du métabolisme n'entrait non plus en ligne de compte apparemment.

Olsen progressait par longs battements coulés. Ces quelques minutes dans l'eau froide serait sa seule détente de la journée. Elle savait que le temps lui était compté, que les trois mois passeraient très vite... et elle savait d'expérience qu'il fallait parfois des années pour arriver à conclure une étude dans le détail. Or, elle devait partir de rien et explorer les territoires vierges d'un cas unique en un laps de temps très court. Tâche difficile en soi et encore plus délicate car elle opérait en pleine nature, sans accès à un bon laboratoire ou une excellente bibliothèque, sans pairs pour lui donner une opinion ou un jugement. De plus, elle n'était pas libre d'agir à sa guise. Il y avait Jerry Lovell.

Au moment où elle sortit la tête de l'eau, Paula aperçut la Jeep de Lovell qui arrivait dans la clairière. Elle accéléra l'allure et nagea vigoureusement vers le rivage. Elle sortit de l'eau, s'ébouriffa les cheveux, et regagna ses pénates d'un pas vif.

Lovell descendit de voiture et se dirigeait vers sa tente quand il se tourna vers la cabane. On avait tendu au milieu de la clairière, accroché aux basses branches des arbres, une ligne de câble. Elle courait de la maison de Nell au bateau. Jerry suivit la ligne des yeux, puis s'élança vers le houseboat. Même de loin, Olsen vit qu'il était en colère.

Le temps qu'elle rejoigne ses appartements, Lovell était entré et contemplait, avec une fascination horrifiée, un moniteur vidéo installé sur la table. Sur l'écran, on voyait une chambre en plan large — celle de Nell — et, sur le lit, Nell qui dormait dans la lumière ambrée. A en juger d'après le cadrage, on avait monté la caméra dans les chevrons, l'endroit où Lovell l'avait découverte.

L'éclairage atténuait les détails de la scène, mais ne laissait aucun doute sur la situation.

« Vous ne m'avez jamais parlé de caméra vidéo, » lança-t-il quand Olsen entra. Il était furieux. Cela ne l'empêcha pas de remarquer que Paula avait nagé avec pour tout atour un T-shirt et presque rien d'autre. Le coton trempé lui collait à la peau, soulignant sa silhouette élancée.

« Ça la dérange beaucoup moins que si vous ou moi pénétrions chez elle, observa-t-elle. Si ça vous donne l'impression de jouer les voyeurs... » Elle haussa les épaules avec nonchalance et prit dans un placard une serviette dont elle se drapa. « C'est un problème que vous devrez résoudre tout seul.

— La question n'est pas là, riposta-t-il. On est censé collaborer. Et vous ne m'avez pas demandé mon avis.

— Très bien. Alors, je vous le demande. »

Il contempla l'image sur l'écran. Nell n'avait presque pas bougé sous les couvertures. Pour la première fois, il la voyait abandonnée, sans défense. Il devait bien reconnaître qu'Olsen avait réalisé un travail stupéfiant en plaçant la caméra dans la maison sans déranger Nell.

« Vous l'avez installée pendant la nuit ? »

Olsen acquiesça. « Elle ne s'est même pas réveillée.

— Mais comment avez-vous fait ?

— Je n'ai fait aucun bruit, » répondit-elle. Sur ce,

elle eut son petit sourire narquois. « Je n'ai même pas eu besoin de perceuse électrique. Je me suis servie de sparadrap et de clamps.

— C'est ce qu'on vous a appris en cours de troisième cycle, » dit Lovell en se retournant vers l'écran.

Nell se réveillait. Elle ouvrit les yeux et s'assit. Puis elle leva la main gauche et effleura la glace à côté du lit, caressant son reflet.

« Je peux m'habiller ? » s'enquit Olsen.

Lovell ne pouvait se détacher de l'écran. « Ouais. Bien sûr. Dans une seconde. »

"Non, tout de suite.

— Ouais, ouais, » dit Lovell qui se dirigea à regret vers la porte. Il ne s'arrêta que pour s'emparer de la cassette qu'elle avait enregistrée la veille. « Je vous l'emprunte... »

Lovell passa le reste de la matinée à arpenter la clairière, les écouteurs d'un baladeur collés à ses oreilles, passant et repassant la bande avec la voix de Nell.

Tout en écoutant, il répétait les mots comme un acteur qui apprend son texte. L'aspect le plus important — et le plus délicat — de l'exercice consistait à imiter le ton, le ton qui donnait aux paroles un sentiment de réconfort. Nell avait la voix beaucoup plus aiguë que la sienne. Il la baissa donc jusqu'au murmure. Alors qu'il répétait les mots, l'intention, si ce n'est le sens exact, commençait à se faire jour.

« *Nan, nan, doulité, chickabee. Tita chicka, doulité, doulité*, » murmurait-il. Il avait vu sur Nell l'effet produit par « *chickabee.* » Un effet immédiat et profond, si fort qu'un seul mot avait refoulé ses instincts solidement ancrés de peur, de fuite et d'auto-défense. Lovell imaginait que ce devait être un terme d'affection qu'employait Violet Kellty, un mot que Nell entendait dans son berceau, un mot qui signifiait amour et sécurité.

Il remonta la bande et repassa la deuxième partie du couplet. Il avait l'impression que la voix de Nell l'envahissait. « *Doulité lo, doulité do... Doulité gard',*

doulité ven. Doulité ver, doulité oré, doulité é tou l'
ré... »

« Doulité » était manifestement un mot apaisant, un son qui berçait et calmait. Le rythme était doux et tranquille, empreint d'une sérénité réconfortante. Lovell ne percevait pas le sens des autres mots. Mais cela viendrait.

DOUZE

Au moment où il montait les marches usées qui menaient à la véranda, Jerry Lovell entendit un cri effarouché de Nell, suivi d'une bousculade effrénée alors qu'elle se ruait vers le fond de la maison.

Il savait que chaque pas terrorisait Nell et ne supportait pas l'idée de l'effrayer, mais il s'arma de courage et s'introduisit dans la cuisine, puis scruta la chambre. Nell avait battu en retraite dans son coin. Recroquevillée, crispée, elle le considérait, les yeux remplis d'horreur.

Très lentement, Lovell s'agenouilla, les mains ouvertes.

« Tu n'as rien à craindre, assura-t-il d'une voix grave et posée. Je t'en prie, n'aie pas peur. » Il s'approcha de quelques centimètres, pas au point de la menacer ou risquer de la bousculer, mais assez pour qu'elle puisse le voir de près, et ce pour la première fois. Le visage de Nell était blême, hagard.

« Je m'appelle Jerry, dit-il. Jerry. » Il pointa un doigt vers elle. « Nell. » Puis il se désigna. « Jerry. »

La respiration de Nell se fit plus rapide, plus sourde, sa poitrine se soulevant. Elle regardait de tous côtés et se mit à geindre en battant les bras par à-coups. Lovell comprit qu'elle s'apprêtait à hurler. Il n'avait pas le choix : il joua son va-tout.

« *Nan, nan*, chuchota-t-il. *Doulité, chickabee.* »

Ces mots produisirent un effet spectaculaire sur

Nell. La surprise se lut sur son visage. Abasourdie, elle cligna les yeux et regarda de tous côtés comme si la voix venait d'ailleurs. Elle ne se tourna pas vers Lovell.

« *Doulité ver, doulité oré. Doulité é tou l' ré.* »

Peu à peu, sa nervosité céda au calme et sa respiration se fit plus lente. Son corps sembla se dérouler et elle contempla le sol. On aurait presque cru que les mots l'avaient ensorcelée.

Lovell poursuivit. « *Nan, nan doulité, chickabee. Tita chicka...* »

Nell leva les yeux vers lui, des yeux remplis de larmes et suppliants, chargés d'une prière muette. Elle l'implorait de faire quelque chose... quelque chose qu'il ne comprenait pas. Il se sentit oppressé de frustration. Ils avaient réussi à établir un contact mais il ne pouvait aller plus loin. Il avait envie de hurler et de l'empoigner, il avait envie de la conjurer à lui parler, à lui dire ce qu'elle voulait.

Lovell respira profondément et s'efforça de garder son calme. Le comportement de Nell reflétait le sien. S'il restait calme, elle le serait aussi.

« *Tita chicka*, » murmura-t-il.

Il s'était trompé. Son calme s'évanouit. Elle bondit, comme s'il l'avait frappée de toute la force de son poing. Elle était affolée, cela se voyait. Elle rampa vers la glace, leva la main et tenta de caresser son reflet.

« *Mi'i... mi'i...* » hurla-t-elle.

Les faibles mots lui venaient du cœur. Lovell souffrait pour elle. Elle se mit à se balancer en rythme, les mains tendues vers son reflet dans le miroir.

« *Tu y moi y moi y tu...,* » murmura-t-elle.

Elle appuya la main sur la glace et y colla le front, comme pour le rafraîchir. Dans son esprit, le verre céda telle la surface lisse d'une pièce d'eau claire et, l'espace d'un instant, les doigts de deux mains s'enlacèrent. Nell et sa sœur jumelle s'agenouillèrent, front contre front, les mains jointes.

« *Mi'i*, » dit Nell. Elle passa un doigt sur son visage, se caressant la joue. « *Mi'i...* »

« Elle a un moi objectif et un moi subjectif, affirma Olsen. Je n'ai jamais vu une projection aussi parfaite.
— Effectivement » acquiesça le professeur Paley.

Tandis que Paula Olsen faisait son travail sur le terrain à Richfield, Paley s'affairait à Seattle. Il avait fait venir deux médecins, Harry Goppel, un spécialiste du comportement, et Jean Malinowski, un expert en traumatisme de l'enfance. Goppel était un behavioriste invétéré : il était de l'école qui considérait le témoignage objectif du comportement comme la seule base du caractère psychologique. En deux mots : Nell était ainsi parce qu'elle avait été élevée pour être ainsi.

Jean Malinowski avait trop vu les drames de la vie, soigné trop d'enfants maltraités pour être aussi catégorique que son confrère sur quoi que ce soit, surtout dans le domaine de l'évolution des enfants. Il avait pour rôle au sein de l'équipe d'observer Nell à la recherche du moindre symptôme de douleur subsistant qui aurait pu se produire dans son passé et de ses conséquences sur son comportement en tant qu'adulte.

Tous les quatre étaient réunis dans la pénombre d'une salle de conférence du Seattle General Hospital. Ils écoutaient le rapport d'Olsen et regardaient une partie des heures de bandes vidéo qu'elle avait enregistrées. Lovell l'avait baptisé : « Le film des grands moments de Nell. »

Sur l'écran, Nell touchait la glace. « *Mi'i*, disait-elle. *Mi'i.* » Puis elle se caressait la joue.

Olsen se servit d'une télécommande pour remonter la bande. « Vous voyez ? Le moi objectif. » Nell toucha son reflet dans le miroir. Olsen avança la bande en accéléré. « Et le moi subjectif.
— C'est moi dans la glace, expliqua Olsen.
— C'est curieux, remarqua Goppel. Vous ne trouvez pas ? »

Olsen acquiesça. « Oui. On imaginerait le

contraire. Mais c'est « moi » de l'autre côté du miroir. On dirait presque qu'elle change de place. »

Le visage de Nell était figé sur l'écran. Goppel se pencha pour l'examiner. « On a l'impression qu'elle pleure.

— C'est vrai, approuva Olsen. Sans doute en réponse au Dr Lovell qui lui parle dans sa langue. Les larmes seraient la plus naturelle des réponses.

— Dans sa langue ? répéta Goppel. Elle a formé son propre langage.

— C'est une langue personnelle. Elle la parlait avec sa mère, expliqua Olsen. Sa mère est décédée depuis peu et soudain un étranger apparaît qui lui parle une langue connue d'elle seule. En l'occurence, les larmes sont tout à fait appropriées. »

Goppel secoua la tête pour l'éclaircir comme s'il n'était pas sûr d'avoir bien entendu. « Elle a formé son propre langage ? »

Paley sourit. « Paula, montrez un peu de Nellinois à Harry...

— D'accord. » Olsen consulta ses notes, puis remonta la bande.

Jean Malinovski se caressa la joue en une maladroite imitation de Nell. « A quoi était lié ce geste ? interrogea-t-il.

— Difficile à dire. » Olsen fronça les sourcils et consulta ses notes. « C'est un geste caractéristique. Ça peut être une façon de montrer du doigt. Nell l'a fait quand elle s'est désignée « elle ». » Olsen arrêta la bande, l'image disparut.

« Avant de l'entendre parler, je vous demande de ne pas oublier que la dégradation de la parole est trompeuse. La mère était dysphasique. Quant à l'origine des formes verbales particulières... » Elle haussa les épaules et mit la bande en marche. « ... c'est vous qui me le direz. »

Quand les parasites se dissipèrent, ils virent que Nell était assise sur son lit, les genoux contre la poitrine, les pieds au bord du matelas. Elle enserrait de ses bras ses jambes minces telles les cercles d'un tonneau maintenant les douves. Elle se balançait doucement et se parlait à mi-voix. Le timbre était faible, mais les mots pressants comme si elle se convainquait de quelque chose.

« *Ma'eur, nassi péch'esse, peu'pe di crime*, murmura-t-elle. *Rasse di ma'faisan...* »

Goppel et Malinovski la regardaient, figés devant ses actes et le son de sa voix. Même Paley et Olsen, qui avaient déjà visionné la bande, semblaient fascinés.

Goppel finit par parler. « C'est incroyable. »

La voix de Nell se fit plus intense. « *Z'on aban'onné leu chai'yeur, z'on m'prizé leu sè Israal...* »

Sur l'écran, l'image avait du grain et sautait, le son avait ce timbre creux d'un micro ouvert filtré par un minuscule haut-parleur. Pourtant, Nell et ses propos étaient saisissants. Les quatre spécialistes tendaient l'oreille pour capter chaque syllabe, observaient chaque mouvement.

« Y a-t-il des transcriptions de ses paroles ? demanda Goppel.

— J'ai fait de mon mieux mais ce n'est pas facile à rendre avec précision, répondit Olsen. Comme vous l'entendez, l'enregistrement n'est pas très brillant.

— Si besoin est, on peut demander une transcription plus précise à un philologue qualifié. » A son tour, Paley consulta ses notes. « Pour l'instant, l'essentiel est de constituer un dossier pour la faire transférer ici. Une fois l'aspect légal réglé, notre tâche sera nettement plus aisée. »

A entendre le professeur parler, les questions judiciaires n'étaient que des inconvénients mineurs. Paula Olsen paraissait plus sceptique, elle aurait aimé partager la confiance de son mentor.

« Il est impossible de la transférer ici ? intervint Malinovski qui lança un sourire timide à Olsen. Paula, vous avez fait un travail extraordinaire jusqu'à présent mais on ne peut pas faire d'étude approfondie sur le terrain. »

Goppel approuva. « C'est plus de l'anthropologie que de la médecine. »

Paula Olsen s'efforça de cacher sa mauvaise

humeur et de ne pas laisser la colère percer dans sa voix. Elle ne se déroba pas pour autant. Elle affronta Goppel de face : « Le tribunal a jugé qu'on ne pouvait l'arracher à son cadre. C'est aussi simple que ça. On va récuser le jugement quand les trois mois se seront écoulés. En attendant, on doit travailler dans ces conditions. » Son regard passa de Malinovski à Goppel. « Moi, ça ne me pose aucun problème de vivre là-bas. On pourrait dire qu'observer Nell sur son terrain est l'endroit idéal pour une étude approfondie.

— Je ne suis pas d'accord, répliqua aussitôt Malinovski.

— C'est votre droit, docteur, » dit Olsen.

Paley intervint pour aplanir la discorde. « Lovell et le tribunal sont des questions qui finiront par se régler. Dans l'immédiat... continuez à faire du bon boulot, Paula. » Il eut un sourire chaleureux mais ses paroles semblaient dire qu'elle était la benjamine de l'équipe et qu'elle ne devait pas l'oublier.

« Lovell ? interrogea Goppel. Qui est Lovell ? »

Paula roula les yeux. « Jerry Lovell est le médecin du coin qui s'est institué le protecteur de Nell. C'est lui qui a engagé la poursuite en justice.

— Un médecin de campagne ? Qu'est-ce qu'il est ? Généraliste ? » ajouta-t-il avec un petit sourire. Olsen eut l'impression que le Dr Goppel n'avait pas grand respect pour les généralistes. Il fallait passer par la spécialisation pour faire partie de la crème du monde médical.

« Vous voulez que je vous dise une chose intéressante ? intervint Paley. En fait, Lovell n'est pas un simple médecin de campagne.

— Ah bon ? » s'exclama Olsen. Cette nouvelle ne la surprit pas autant qu'elle aurait dû.

« Non. Il y a trois ans, Jerome Lovell était médecin consultant en oncologie pour enfants au Children's Hospital.

— Vous avez pris des renseignements sur lui ?

— J'aime savoir qui conteste mes décisions, répliqua Paley. Je dois admettre que ses références m'ont étonné.

— Quelles sont ses références ? demanda Goppel.

— Tout d'abord, les Physicians and Surgeons de New York, répondit Paley qui paraissait vraiment impressionné. Ensuite, un poste au Farber Institute de Boston... Pas mal pour un médecin de campagne généraliste.

— Oncologie pour enfants, répéta Olsen. Ça explique beaucoup de choses quant à Nell.

— Comment cela ? s'enquit Malinovski.

— Je lui ai demandé s'il s'impliquait toujours autant avec ses patients. Et il a répondu : J'essaie. » Olsen parut triste soudain. « Il n'y a rien de plus prenant que le cancer et les enfants.

— Mais il n'y est plus impliqué, » dit Paley qui ferma son dossier et se leva. Visiblement, la réunion était terminée.

« Que s'est-il passé ? interrogea Olsen. Il est parti ? »

Paley haussa les épaules. « Est-il parti ou l'y a-t-on poussé ? On a une audience qui nous attend au tribunal dans quelques semaines. Faisons en sorte qu'il ne se trouve pas en travers de notre chemin encore une fois. »

A sa grande surprise, Al Paley insista pour raccompagner Paula à sa voiture.

« Entre nous, Paula, que va-t-on faire du Dr Lovell ? »

Paula haussa les épaules et fit la grimace. « Qu'est-ce que je peux faire ? Je lui ai dit de ne pas entrer dans la cabane. Je lui ai dit de la laisser tranquille. Mais ça l'intéresse, non ? Alors, il y va.

— Vous faites du bon boulot. Mais assurez-vous que ça ne nous cause pas de problèmes. C'est trop important.

— Qu'est-ce que je suis censée faire ? Le foutre dehors par la peau du cou ? »

Paley s'arrêta et regarda Paula droit dans les yeux. « Le Dr Lovell croit être le seul ami de Nell, non ? Son défenseur face aux forces du mal ?

— Oui. Quelque chose dans ce genre-là. »

Paley se remit en route. « Alors, maniez-le avec précaution, Paula. Les gens comme ça, ce sont ceux-là qui vous poursuivent en justice. Les feux de l'enfer ne sont rien à côté d'un membre du corps médical méprisé.

— Alors, que proposez-vous ? On baisse les bras ? On le laisse piétiner Nell ?

— Ce n'est pas ce que je dis... trouvez le moyen de collaborer avec lui, de vous en faire un allié. On passe devant le tribunal dans deux mois et demi. Vous pouvez être très charmante quand vous le voulez. »

Paula éclata de rire. « Vous voulez que je séduise ce type ? Bah, mon cher ! »

Sans savoir qu'on discutait de son passé — et de son avenir — dans une salle de conférence à des kilomètres de là, Jerry Lovell, stimulé par les progrès qu'il faisait avec Nell, était assis par terre dans sa chambre. Maintenant, elle acceptait sa présence mais restait sur ses gardes : elle n'osait pas trop l'approcher. Elle faisait le tour de la pièce et tendait la main vers la glace chaque fois qu'elle passait devant. Elle ne regardait jamais Lovell en face ; elle l'observait du coin de l'œil, surveillant le moindre de ses gestes.

« Nell ? » dit-il.

Son appel resta sans réponse. Il essaya les mots qui avaient provoqué une réaction la fois précédente. « *Tita chicka*, » murmura-t-il. Nell resta muette, mais elle s'arrêta de marcher comme pour montrer que ses mots ne la laissaient pas indifférente. Au bout d'un moment, elle se remit à arpenter la pièce.

« Ça te dérange si je parle ? »

Il prit son silence pour un acquiescement.

« Bon... » Il jeta un regard circulaire, notant les jeux d'ombre et de lumière. « J'aime bien cette maison, affirma-t-il. C'est un endroit tranquille. »

Nell continua à marcher, Lovell resta accroupi dans son coin. Il parlait à voix basse, lentement, comme pour tâter le terrain, se parlant plus ou moins à lui-même.

« Tu veux que je te dise une chose ? Tu as fait le bon choix. Quand on vit avec des gens, on a des problèmes. Ils commencent par vous baiser et ensuite, ils vous laissent tomber. C'est vrai, non ? »

« Tu ne te sens jamais seule, Nell ? » Il était fatigué, les inflexions de son accent irlandais semblaient plus prononcés ce soir-là.

Nell gardait le silence.

« Je n'avais pas de frère et sœur, poursuivit-il comme si elle le comprenait. C'est très rare pour une famille irlandaise. Oh, tu ne voudras jamais le croire... on avait des voisins, les Connor, qui avaient sept gosses. Sept ! » Il lui fit un grand sourire, d'un air de dire qu'elle ne pourrait imaginer une famille aussi nombreuse. « Toujours à hurler et à brailler. Ils s'amusaient bien. Et moi, je regardais... » Il encadra son visage de ses mains. « Moi, je regardais par la fenêtre. »

Il remonta plus loin dans ses souvenirs, laissant défiler le passé comme un vieux film au grain marqué. « Un jour, je me rappelle, j'étais à la maison quand j'ai entendu de la musique. Un orchestre de cuivres... Il y avait un défilé dans la rue. Et les enfants se précipitaient à la rencontre de la fanfare. Ça faisait beaucoup de bruit, tu sais. Je suis sorti sur le perron... mais je ne suis pas allé plus loin... Jusqu'au moment où Jamie Connor a débarqué et m'a pris par la main pour m'entraîner dans la rue. »

Lentement, il se redressa, s'animant à ce souvenir. Nell l'observait. « L'orchestre joue. Jamie me tient par la main, on fait ça, dit-il en levant les bras en l'air. Ta-ra-ra-boom-di-ay ! Je chante dans la rue. Des enfants m'attrapent par l'autre main... » Il brandit l'autre bras. Agitant les deux en même temps, il chantait en marchant au pas cadencé. « Ta-ra-ra-ra ! Ta-roo-roo-ray ! Ils jouent ça, juste derrière moi. Les trompettes, les trombones et la grosse caisse... Quand on approche un orchestre de cuivres, on sent l'effet que ça fait. Je marche au pas, je suis avec les autres gamins. Boom-ba-ba-, boom-ba-ba... Tu comprends ce que je dis ? Je n'étais pas seul. On ne parlait pas... on était juste... »

Balançant les bras, balançant le corps, il irradiait de la joie de cette lointaine journée d'été. Nell s'était arrêtée de tourner en rond. Immobile, elle l'observait.

« *Ange ga'ien,* » murmura-t-elle.

Sans la moindre peur ni hésitation, elle se dirigea vers lui. Lovell se figea, les bras toujours levés. Il n'osait pas bouger, de crainte de rompre la magie du moment.

« *Ange ga'ien v'nu less' a Nell,* dit-elle en le regardant. *J'ey leu ange ga'ien ?* »

Il sentait que c'était une question, mais il ne pouvait que tenter de répéter ses paroles. « *J'ey leu ange ga'ien.* »

Sa réaction fut aussi brusque qu'inattendue. Elle eut un grand sourire éclatant, un sourire qui éclaira son visage pâle. Les yeux de Nell étincelaient de bonheur et Jerry fut subjugué par sa beauté soudaine.

Cela ne s'arrêtait pas là. On aurait dit qu'une barrière était tombée, qu'ils avaient établi une confiance fondamentale qui provoqua un flot de paroles et de gestes.

Nell croisa ses mains qu'elle serra. « *'Van ke man é vec leu chai'yeur, elle...* » Elle changea de voix tout à coup, comme si elle en imitait une autre. « *Nell, Nell a p'euré, p'euré, as' ke man lé ma'ad, man va pir.* »

Ses yeux scrutèrent le visage de Lovell pour voir s'il comprenait. On aurait cru qu'elle l'invitait à entrer dans son monde, lui confiant une chose très importante sur elle et sa façon de vivre.

« Nell... » commença-t-il sans trop savoir comment poursuivre. Ce qu'il voyait, c'est que Nell parlait, qu'elle communiquait. Ce flot de paroles prouvait qu'elle parlait bien une langue, une langue aussi complexe et aussi vivante qu'une autre.

Comme pour le convaincre, Nell parla encore : elle semblait vouloir clarifier ou développer son propos. Elle se caressa la joue de cette douce caresse caractéristique qui paraissait faire partie de son vocabulaire au même titre que ses paroles enflammées.

« *Si mi ? Man é di si é pa'ti, leu ange v'nu y Nell féliss, y Nell doulité, y gan féliss. Si ?* » De nouveau, elle le regarda d'un air interrogateur. De nouveau, elle attendait une réponse.

Il ne pouvait s'empêcher de se sentir encouragé par son soudain enthousiasme et sa marque de confiance.

« Si, » dit-il, d'un ton catégorique cette fois.

« *Je'y leu ange ?* »

Lovell acquiesça avec ferveur. « *Jerry sé leu ange ga'ien.* »

A quatre pattes, Nell se mit à ramper vers lui. Ses gestes étaient hésitants mais, quand elle s'arrêta, elle leva la main droite vers lui. C'était le geste qu'il lui avait vu faire dans la glace. Lovell leva sa main gauche qu'il posa contre la sienne. Ils restèrent un moment immobiles, Lovell osant à peine respirer, puis leurs doigts s'entrelacèrent, deux mains étreintes comme en prière.

« *Je'y jenti é leu ange ga'ien, si ?* » murmura Nell.

Lovell acquiesça, pressentant le sens des mots. « *Jerry jenti é leu ange ga'ien.* »

TREIZE

En dehors de l'émotion et de l'allégresse qu'il éprouvait après la découverte capitale de sa matinée avec Nell, Lovell fut surpris de voir que s'y greffait une autre sensation plus subtile : il avait envie de dire à Paula Olsen tout ce qui s'était passé.

Il attendit son retour, son impatience grandissant au fil des heures. Lovell monta à bord du bateau où il trouva l'enregistrement de sa rencontre qu'il passa et repassa jusqu'à mémoriser chaque mot, chaque accent, chaque geste. Le film était si prenant qu'il en oublia le temps et n'entendit pas la voiture d'Olsen arriver dans la clairière.

« Faites comme chez vous, » lança-t-elle. Lovell se leva d'un bond et se retourna. Dans l'encadrement de la porte, Olsen lui souriait, stupéfaite de le voir si absorbé par les images sur l'écran.

« Vous ne croirez jamais ce qui s'est passé, » commença-t-il. Sa voix trahit son émotion, puis se fit soupçonneuse. « Où étiez-vous ?

— Je vous ai manqué ? » répliqua-t-elle. Olsen ne voulait pas lui avouer qu'elle s'était entretenue avec des gens que Jerry Lovell considérerait à coup sûr comme ses ennemis. Elle s'aperçut que son attitude envers Lovell s'était quelque peu modifiée. La condescendance et le dédain des Dr Paley, Goppel et Malinovski à l'égard de Lovell l'avait contrariée, sans parler de son agacement face à leurs airs supérieurs à son propre égard. De plus, la révélation sur le passé de Lovell l'avait intriguée.

Lovell secoua la tête. « Vous avez manqué la grande découverte, un grand pas en avant.

— Montrez-moi. »

Lovell brancha la vidéo, puis se réfugia au fond de la cabine. En silence, il regarda Olsen visionner le film. Elle le visionna deux fois avant de faire des commentaires et se tourna alors vers lui.

« Étonnant, dit-elle simplement.

— Elle a parlé. Elle m'a parlé.

— Effectivement.

— Tendez la main. »

Paula comprit ce qu'il voulait faire et tendit une main ouverte à la façon de Nell. Celle de Lovell se posa sur la sienne et leurs doigts s'enlacèrent. « Je ne l'ai pas demandé, assura Lovell. C'est elle qui le voulait. »

Paula retira sa main. Elle se sentait piquée par la jalousie. « Ouais, je sais.

— *Je'y sé leu ange ga'ien.*

— Vous savez ce que ça signifie ?

— Non. »

Paula Olsen remonta la bande qu'ils regardèrent ensemble seconde par seconde, image par image. Elle dressa une liste de mots, notant chaque expression et ses suppositions quant à son sens probable.

« C'est de l'anglais, affirma-t-elle. J'en suis sûre maintenant. Parfois, c'est très clair, évident même vu la distorsion de langage. *Pa'ti* signifie parti et *p'euré* pleurer. Elle avale certaines consonnes. » Elle mit un passage à la vitesse normale. La voix de Nell emplit la pièce.

« *Si é pa'ti, leu ange v'nu,* » dit-elle. Olsen appuya sur la touche arrêt, Nell se figea sur l'écran. « Vous voyez ? Il n'y a qu'un mot de pur nellinois là-dedans. » Elle repassa la bande.

— De nellinois ? » Lovell secoua la tête et sourit. « Extraordinaire, non ?

— Elle voulait que vous soyez *'leu ange ga'ien'*,

expliqua Olsen. Quand vous avez accepté de l'être, elle a tendu la main.

— *Jerry leu ange*, répéta Lovell. *Jerry jenti é leu ange ga'ien.*

— Ami ? Vous croyez que ça pourrait être ça ? »

Lovell haussa les épaules. « Peut-être... quoi qu'il en soit, c'est un concept important pour elle. C'était la clé pour établir un contact plus fort.

— Évidemment, on est loin d'avoir répondu à la grande question.

— Laquelle ?

— D'où viennent ces mots ? Le langage se forme et évolue en fonction d'influences extérieures. Vous savez à quel point c'est rare une langue personnelle ?

— Vaguement. Je n'y ai jamais réfléchi. »

Olsen contempla l'image sur l'écran, observant le moment où les mains s'étaient touchées. Sans détacher les yeux de l'image arrêtée, Olsen poursuivit.

« Elle vous fait confiance. » Elle regardait, étudiant plus Lovell que Nell cette fois, surprise par les petits gestes tendres de ce grand type, par sa voix sensible, rassurante. « Vous vous débrouillez bien avec elle. »

Lovell fut étonné. Un compliment de la part de cette femme froide, critique.... c'était une première. « Comment cela ? J'ai vraiment fait quelque chose de bien ?

— Oui, acquiesça Olsen avec un petit sourire. Et vous méritez une récompense. Que diriez-vous d'une bière ?

— Vous lisez dans mes pensées. »

Ils s'installèrent sur les deux chaises de plage pliantes sous le parasol à côté de la tente de Lovell. Il faisait encore chaud, la brise était légère, les rayons du soleil couchant dessinaient de longs faisceaux orangés sur l'eau. On n'entendait que le bourdonnement des insectes dans le sous-bois.

Il regarda au loin. « Avouez que ce n'est pas mal comme endroit pour vivre.

— Dites-le à Nell. Peut-être qu'elle ira faire un petit plongeon dans le lac. » Elle lui tendit l'une des boîtes fraîches. « Une bière ? »

102

Lovell la prit, l'ouvrit et but une grande lampée. « Ça lui arrive. La nuit. Elle nage dans le lac. »

Olsen parut déconcertée. « Vraiment ? Comment le savez-vous ?

— Je l'ai vue.

— Vous ne me l'avez jamais dit. » La prudence d'antan se faisait de nouveau jour. Olsen avait oublié un instant qu'ils n'étaient pas du même bord.

« Eh bien voilà, je vous le dis.

— Et qu'avez-vous vu ? » Elle jeta un coup d'œil vers le bateau, se demandant si elle ne devrait pas aller chercher son carnet.

« Elle est sortie de sa cabane, est allée au bout de la jetée, s'est déshabillée complètement et s'est jetée dans l'eau. » Il but une autre lampée de bière et s'aperçut qu'il prenait grand plaisir à surprendre sa rivale.

« C'est tout ?

— Oui, c'est tout.

— Elle avait l'air d'avoir peur ? » demanda Olsen. La nage est une réaction conditionnée chez les humains. En d'autres termes, ce n'est pas naturel, il faut l'apprendre.

« Peur ? Non, elle n'avait pas peur. » Il songea à Nell qui était tombée à la renverse en toute confiance dans les eaux sombres, au long moment qu'elle avait passé sous l'eau à en perdre le souffle, à la façon dont elle avait jailli des profondeurs. « Loin de là.

— Et ça ne la dérangeait pas d'être nue ?

— Pas le moins du monde.

— Et vous ? ajouta-t-elle avec un sourire espiègle. Ça vous dérangeait, vous ?

— Je la trouvais ravissante. » Lovell ne souriait pas, il avait un air désapprobateur, presque guindé. Ce n'était manifestement pas un sujet à aborder sur le ton du badinage.

Paula sirota sa bière en méditant sa réaction. Quelques jours plus tôt, elle l'avait accusé de se conduire comme un amant jaloux à l'égard de Nell. Elle se demandait si elle n'avait pas touché une corde sensible.

103

« Elle est ravissante, affirma Paula d'un ton neutre. C'est pour ça que vous vous intéressez tant à elle ? »

Cette fois, Lovell sourit. « Vous me demandez si j'ai l'intention d'abuser de ma position de médecin. C'est à ça que vous pensez ? »

Olsen acquiesça. « Et vous ?

— Non, dit Lovell. Ce n'est pas parce qu'elle est belle que j'ai envie de faire l'amour avec elle. Je vous trouve belle mais... » Il haussa les épaules d'un air de dire : ça ne m'intéresse pas.

« Merci toujours ! répliqua Olsen avec un rire faux.

— Vous me comprenez. » Lovell se tortilla sur sa chaise, comme s'il sentait qu'il avait mis Olsen mal à l'aise autant que lui.

« Bon, bon, lança-t-elle, éludant le problème d'un signe désinvolte. Ce n'est pas grave. » Elle n'était pas vexée, amusée plutôt. Elle s'enfonça dans son fauteuil et sirota sa bière. Elle se détendait, appréciant la chaleur du soleil couchant, le calme. Elle n'avait aucune envie de se battre, pas pour l'instant en tout cas. Lorsque le moment viendrait, elle serait prête à affronter le combat.

« Vous voulez que je vous raconte quelque chose, reprit Olsen. Quand j'avais treize ans, mon père me disait : Tu es si belle, presque parfaite. » Elle sourit avec regret. « Presque. Ce presque me tapait sur les nerfs. Qu'est-ce que j'ai qui ne va pas ? lui demandais-je. Personne n'est parfait, me répondait-il. »

Lovell acquiesça. « Papa a raison.

— Bien sûr, mais c'était de moi qu'on parlait, répliqua-t-elle en riant. Je n'arrêtais pas de le harceler. Dis-le moi. Qu'est-ce que j'ai qui ne va pas ? Pourquoi ne suis-je pas parfaite ? Ce sont mes hanches ? Non. Mes dents ? Non. Mes nichons ? Non.

— Vous parliez de « nichons » à votre père ?

— Enfin... pas exactement en ces termes... » Elle prit une autre gorgée de bière. « Je persécutai le pauvre homme jusqu'à ce qu'il finisse par me donner une réponse.

— Je sais d'expérience à quel point vous pouvez être agréable quand vous avez une idée en tête.

— Essayez de deviner en quoi j'étais imparfaite aux yeux de mon père ? »

Lovell haussa les épaules. « Je ne sais pas.

— Il m'a dit, ce sont tes oreilles. Elles sont décollées.

— Ah bon ? s'étonna Lovell. Faites-voir. Dégagez vos cheveux. »

Paula secoua vigoureusement la tête et plaqua ses mains sur les oreilles comme un casque. « Non.

— Allez.

— Pas question, déclara-t-elle. Elles sont décollées. Pas beaucoup. Un tout petit peu, si peu que personne ne pourrait s'en apercevoir. Mais ça m'embête... mes oreilles ne sont pas parfaites. Et vous voulez que je vous avoue quelque chose ? Je n'ai jamais pu les montrer depuis lors. »

Lovell fit un large sourire. « Vous auriez pu y rémédier. On peut régler ça en vingt minutes avec une bonne chirurgie plastique.

— Vous croyiez que je devrais le faire ? » Bien qu'il plaisantât, Olsen prit apparemment sa proposition au sérieux.

« Qu'est-ce que j'en sais ? Je ne les ai jamais vues... Non, en fait, je ne crois pas que vous devriez les opérer. Pas d'intervention inutile. C'est contre mes principes.

— Pas de médicament, pas d'intervention chirurgicale. Vous êtes un drôle de médecin.

— C'est simple, expliqua Lovell. L'angoisse se fixe sur autre chose mais elle est toujours là. Loi de Lovell.

— Ce qui veut dire ?

— Si vous vous faites opérer les oreilles, vous allez vous préoccuper de votre poids. Vous allez vous mettre au régime et ensuite, vous vous demanderez si vous n'avez pas un cancer. Vous me suivez ?

— Merci, dit Olsen. Quel programme ! Au départ, j'ai les oreilles décollées et je me retrouve avec un cancer.

— Vous me comprenez, affirma Lovell. C'est logique, non ? »

Elle garda le silence un moment, se demandant si elle devait insister, aller plus loin. Elle était d'une curiosité impitoyable.

« C'est drôle que vous parliez de cancer, reprit-elle enfin.

— Drôle ? Je ne vois pas ce que ça a de drôle.

— J'ai appris que vous étiez spécialisé dans ce domaine. »

Lovell eut un sourire entendu. « Vous avez appris ? répéta-t-il en hochant la tête. Il faut connaître son ennemi, hein ? » Il était évident qu'Olsen s'était renseignée sur lui.

« Il y a de ça, avoua-t-elle.

— Quoi qu'il en soit... j'étais spécialisé dans ce domaine.

— Que s'est-il passé ?

— C'est simple, répondit Lovell. J'ai laissé tomber.

— Pourquoi ? »

Lovell remua sur sa chaise, comme s'il voulait éluder la question. « J'avais mes raisons... des raisons personnelles. Disons cela.

— Je vous ai parlé de mes oreilles, moi, protesta Olsen. C'est le moins que vous puissiez faire.

— Mais il n'y a rien à reprocher à vos oreilles.

— Qu'en savez-vous ? Vous ne les avez pas vues. »

Lovell se pencha et sourit. « Bon, d'accord. Montrez-les moi.

— Non.

— Nous y voilà. On est coincés. »

Olsen et Lovell sourirent et sirotèrent leur bière. Ils éprouvaient la même chose : ils étaient arrivés à un tournant, peut-être était-ce la naissance d'une amitié. A partir de maintenant, ils n'étudieraient pas seulement Nell : ils s'observeraient.

QUATORZE

Le soleil qui perçait entre les arbres dessinait un entrelacs d'ombres sur le rideau de la chambre. Nell se tenait à la fenêtre, elle suivait avec attention les formes dentelées qui tremblaient dans la brise. Elle avait de longs doigts délicats, la peau d'une douceur étonnante pour une personne élevée dans la nature.

Malgré son application à la tâche, son doigt soulignant la résille gris clair sur la vieille mousseline, Lovell vit qu'elle était plongée dans ses pensées. On aurait dit qu'un combat intérieur l'agitait, elle semblait se demander si elle devait approfondir leur embryon d'amitié.

Elle parut se décider en sa faveur mais à regret, avec prudence.

« *Tita ver,* » dit Nell. Son regard resta rivé à ses doigts qui jouaient sur les ombres. « *Tita ver. Si mi ?*

— Je ne comprends pas, » répondit Lovell.

Elle se tourna vers lui. « *Solé v'nu, pui v'nu féliss a tita ver.* » Ses mots étaient pressants, sincères. Elle montra une ombre du doigt. « *Tita ver.*

— *Tita ?* interrogea Lovell. Que veut dire *tita*, Nell ? »

Nell hocha la tête et s'accroupit : elle se fit aussi petite que possible, se servant de son corps pour lui montrer ce qu'elle voulait dire comme un enfant.

« *Tita Nell,* » affirma-t-elle. Puis elle se redressa,

dégagea les épaules, se faisant aussi grande que possible. « *Gan Nell.* »

Lovell acquiesça. Et serra ses mains l'une contre l'autre. « *Tita ?* »

Nell approuva.

Il écarta les mains. « *Gan ?*

« Grand et petit, » dit Lovell.

Nell approuva de nouveau. « *Si mi.*

— Que veut dire *ver*, Nell ? *Ver ?* »

Nell ferma les yeux et leva les bras en un V. Elle se balança, le buste penché, la tête pendant mollement d'un côté puis de l'autre. Tout en mimant, elle poussa un petit sifflement.

Lovell l'observa un instant, subjugué par la grâce et la fluidité de ses gestes. « Tu es un arbre, affirmat-il. Un arbre dans le vent. »

Nell acquiesça. « *Ver danleu ven.*

— Un arbre dans le vent, répéta Lovell, articulant distinctement chaque mot.

— Un arb'e danleu ven ?

— Oui. C'est ça. » Avec circonspection, comme si le moindre mouvement brusque risquait de l'effaroucher, Lovell s'approcha de la porte qu'il entrouvrit.

« Montre-moi, Nell. Montre-moi *'ver'*. »

L'humeur de Nell changea aussitôt. Ses yeux s'écarquillèrent, se plissèrent, la frayeur assombrit son visage. Elle recula en se tassant. On aurait dit qu'il y avait une présence maléfique sur le seuil.

« *Nan, Nell peu'*, dit-elle en secouant la tête. *Nell gan peu'. Gan peu'.*

— *Peu' ?* interrogea Lovell. Que veut dire peu' ? »

Cette fois, Nell n'eut pas à faire semblant. Elle était recroquevillée, tremblant presque de peur. Le mot signifiait terreur, la terreur pure et simple.

« Pourquoi *peu'*, Nell ? demanda Lovell. De quoi as-tu si peur ? »

Ses yeux étincelèrent et les mots se déversèrent en un torrent. « *Danleu tin di solé, ma'faisan v'nu, ma'faisan yo Nell y... Yaah ! Hai ! Hai ! Zzzzzslit !*

— Nell, *ma'faisan ?* Montre-moi *ma'faisan.* »

Nell découvrit les dents, ses mains se refermèrent

comme des griffes, balayant le vide. Ses narines s'évasèrent et un grognement féroce jaillit de sa gorge.

Lovell plissa les yeux et l'observa de près. « Un monstre, Nell ? *Ma'faisan* est un monstre ? »

Elle darda un regard nerveux vers la porte ouverte, comme si *ma'faisan* risquait de faire irruption à tout moment. Lovell la ferma bien. Nell parut se détendre un peu, mais elle était toujours sur ses gardes. Elle se retourna vers le rideau de mousseline, les ombres s'étaient dissipées. Le soleil déclinait et la nuit se refermait sur eux.

« Naie pas peur, dit Lovell. Tu n'as rien à craindre. Je t'assure. »

Un autre flot de mots jaillit. « *Ma'faisan pa'ti danleu tin di féliss, Nell 'pel Mi'i, pa'ti é tou l'ré*, lança-t-elle avec force. *Nell leess'a Mi'i, leess'a Mi'i, tin di été'nité. Titachicka. Si mi ?* »

Lovell était perdu dans l'enchevêtrement de mots dont il ne reconnaissait que quelques-uns. Il ne savait pas ce qu'elle disait. Cela semblait si important qu'il la comprenne qu'il dut malgré tout sourire et acquiescer. « *Si mi, Nell, si mi.* »

Nell hocha la tête, détendue et heureuse. Pourtant, elle se détourna et battit en retraite dans son coin, comme pour lui faire comprendre que l'entrevue était terminée.

Lovell se rua hors de la cabane, agité, exalté, troublé : il était bouleversé par ce qui s'était passé. Il commençait à comprendre que le monde de Nell était plus complexe qu'il ne l'avait cru. C'était un monde vivant, peuplé de créatures imaginaires et néanmoins réelles. Elle n'avait pas été élevée dans un cocon, pas plus qu'elle n'y vivait. Elle n'était pas une enfant. Son esprit n'était pas vierge mais imbriqué et compliqué.

Olsen émergea du bateau, son carnet à la main. « J'ai vu la scène, dit-elle. J'ai tout suivi sur le moniteur. J'ai ajouté les mots à la liste.

— Elle est stupéfiante, s'exclama Lovell en prenant le carnet. *Tita*, petit, lut-il. *Gan*, grand. *Peu'*, terreur. *Ver*, arbre.

— Mais que signifie *ma'faisan* ? interrogea Olsen. Toujours est-il que ça la met dans un état terrible.

— C'est quelque chose de très agressif, soutint Lovell. Quelque chose qui la fait mourir de peur. »

Olsen acquiesça. « Et qui ne se manifeste pas la nuit. C'est étrange. Dans l'esprit, la nuit regorge de dangers. Pourtant, Nell n'a pas peur de sortir la nuit.

— C'est vrai, approuva Lovell. Quel genre de monstres ne se manifestent pas la nuit ?

— Les monstres imaginaires.

— Ça, c'est sûr, mais Nell croit qu'ils sont réels. Même si on ne parle pas sa langue, on perçoit la conviction dans son ton.

— Ils ne sortent pas de son imagination, affirma Olsen. N'oubliez pas que tout ce qu'elle sait lui vient de sa mère. Je suis sûre que Violet Kellty a inventé les monstres — le *ma'faisan* — qu'elle a situés le jour plutôt que la nuit. Elle a raconté à sa fille des histoires qui font peur pour la laisser enfermée. Elle l'a gardée cachée pendant près de trente ans. Il n'y avait pratiquement aucun risque que quelqu'un la voie dans les parages la nuit.

Lovell étudia la transcription. « *Ma'faisan pa'ti danleu tin di féliss*. Dans le... *tin*... C'est le temps, je crois. Le temps *di féliss*... Des ténèbres ? De la nuit ? Quelque chose comme ça ?

— Sans doute, » acquiesça Olsen.

Quelque chose bougea au fond de la clairière, un frémissement fugitif que Lovell entraperçut. L'illusion d'un bruissement blanc au loin entre les pins : Nell.

« Elle est sortie ! » s'exclama Lovell.

Paula Olsen regarda alentour. « Où est-elle ? »

La frêle silhouette de Nell se coula dans l'obscurité, se dérobant aux regards alors même que Lovell partait à sa poursuite. Il s'engouffra dans la forêt et s'enfonça dans le sous-bois, l'épais tapis d'aiguilles de pin étouffant le bruit de ses pas. L'ombre était profonde, il était impossible de voir où Nell était allée. Il n'y avait pas de chemin et elle ne faisait aucun bruit, remuant à peine l'enchevêtrement de broussailles qui lui barrait le chemin.

Il s'arrêta dans un bosquet d'aubépine et d'ajonc, l'oreille aux aguets. Il ne perçut que sa respiration. Sous les arbres, il faisait plus frais que dans la clairière et il y avait une odeur d'humidité, de terreau.

Paula Olsen, qui déboucha de la futaie, le fit sursauter.

« Où est-elle ? s'enquit Olsen.

— Je ne sais pas.

— Il faut qu'on la cherche ?

— Où ? » Lovell fit signe que c'était inutile. « Elle sait où elle va. Nous pas.

— Où croyez-vous qu'elle aille ?

— Qui sait ? » Il resta encore un instant immobile, comme s'il espérait que Nell trahirait sa présence. Mais elle avait disparu. Et ils étaient en pleine forêt. « On ferait mieux d'y aller pendant qu'on voit encore clair. »

Olsen et Lovell s'étaient enfoncés plus qu'ils ne le croyaient. Il leur fallut du temps et de la peine à se battre contre les ronces pour retourner à la clairière. Quand ils arrivèrent au bateau, ils avaient chaud et transpiraient. Olsen disparut dans la cabine. Elle ressortit un peu plus tard avec une bouteille de vin glacée et un tire-bouchon qu'elle tendit à Lovell.

« Le moins qu'on puisse dire, c'est qu'elle est adaptée à son environnement, remarqua Paula. C'est tout juste si on pouvait faire un pas là-dedans et elle a traversé les bois comme une autoroute.

— Le moins qu'on puisse dire, c'est qu'elle réserve des surprises. Bien sûr, je l'aurais formulé autrement. J'aurais dit qu'elle connaît son chemin. Mais il est vrai que je ne suis pas un puriste, moi. » Lovell déboucha la bouteille qui fit un petit bruit sympathique. « Des verres ? »

Pour une fois, Paula Olsen ne se donna pas la peine de relever la pique. « Oui, des verres. »

Lovell l'entendit ouvrir et fermer les portes des placards du bateau : elle faisait l'inventaire de ses provisions. « J'espère que vous avez envie de pâtes. C'est à peu près tout ce que j'ai.

— Excellente idée. »

Paula revint avec les verres. Lovell les servit et ils les levèrent comme pour porter un toast.

« On boit à quelque chose de spécial ? » s'enquit-elle.

Il haussa les épaules. « A Nell ?

— Pourquoi ai-je eu l'impression que vous alliez dire ça ?

— Vous vous adaptez à votre environnement. »

Paula Olsen ne mit pas longtemps à préparer un très honorable plat de pâtes : un simple mélange relevé de tomates, d'ail et de basilic. Ils dînèrent dehors sous le taud, une torche dispensant une douce lumière sur la table. La bouteille, vidée en grande partie par Lovell, était presque finie et l'humeur était à la détente, même si Olsen scrutait de temps à autre les ténèbres de la forêt.

« Où va-t-elle ? se demanda-t-elle. Qu'y-a-t-il dans les bois ? »

Lovell dut avaler sa bouchée de spaghetti avant de répondre. « Vous l'avez dit. C'est sa forêt.

— Elle pourrait quand même se perdre. Ce n'est pas un homme des neiges. Je ne voudrais pas la perdre. Je m'inquiète pour elle. Il fait si sombre là-bas.

— Elle aime la nuit. »

Paula ne voulait rien entendre. « Elle pourrait tomber dans un ravin ou je ne sais quoi.

— Je croirais entendre ma mère.

— Je ne suis pas votre mère, riposta-t-elle.

— Joue dans la cour, Jerry. » Il éleva la voix d'une octave et prit un fort accent irlandais. « Ne t'éloigne pas, Jerry, que je te voie. Sois prudent, Jerry, tu pourrais te faire mal. »

Olsen éclata de rire. « Vous êtes d'origine irlandaise ?

— Ma mère l'est. Mon père est de Boston. J'ai vécu en Irlande jusqu'à l'âge de seize ans. Mon père voulait que j'aie l'âme irlandaise et le portefeuille américain.

— Comme lui ? »

Jerry eut un large sourire. « Exactement ! Il voulait que je sois comme lui. Dieu, c'est fou ce qu'il le voulait !

— Et vous pas ?

— Selon vous ?

— Excusez-moi... » Paula fouilla l'obscurité. « J'aimerais qu'elle revienne. J'ai peur qu'il lui arrive quelque chose.

— Ça vous brouillerait les cartes, hein ? répliqua Lovell. Vous avez une théorie à démontrer. » Un léger sourire atténua la causticité du reproche.

« Vous aussi, allez vous faire foutre, Lovell. » En réalité, sa riposte n'avait rien de très agressif. Elle sirota son vin. « Vous croyez que je ne m'intéresse à Nell qu'à titre personnel, c'est ça ? »

Il posa sa fourchette et la contempla un long moment, pesant ses mots. « Je crois que vous vous intéressez à Nell à titre de phénomène, répondit-il. Je crois que vous la considérez comme un problème dont vous voulez trouver la solution. » Il leva un sourcil interrogateur. « C'est exact ? »

Olsen était surprise. Peut-être était-ce l'influence apaisante du vin, peut-être était-il tout simplement las de se battre contre elle. Toujours est-il qu'il se trompait de peu.

« En partie, admit-elle. Il se trouve que je crois aussi pouvoir transformer sa vie. Pas vous ? »

Il se resservit puis, devant son refus, prit sa part. « Je n'en suis pas sûr, dit-il avec calme. Pas sûr du tout.

— Vous devez en être sûr, s'emporta Olsen. Vous devez croire que vous avez quelque chose à lui apporter. Sinon, qu'est-ce que vous faites ici ?

— Il ne vous arrive jamais de vous mêler de quelque chose sans savoir pourquoi ?

— Non, » répliqua-t-elle d'un ton catégorique.

Lovell se replongea dans son assiette et se débattit

avec ses spaghettis. « Vous pensez être maître de votre vie ?

— Il vaudrait mieux. »

Il secoua la tête, comme stupéfait par l'audace de la jeunesse. « Alors, vous avez de la chance. De la chance pure et simple... pas de la maîtrise. C'est aussi clair que ça. Vous n'avez pas encore tout foutu en l'air.

— Vous si ? »

Il resta un long moment silencieux. Il semblait se demander s'il pouvait lui confier un secret. « Juste une fois, » répondit-il enfin. Il poussa un gros soupir, comme soulagé de l'avoir mise dans la confidence.

« C'est pour ça que vous avez démissionné ?

— Oui.

— Quelqu'un est mort. »

Lovell grimaça. Elle avait trouvé la faille et s'y était enfoncée. « Ouais. »

L'infatigable investigateur qui sommeillait en Paula Olsen reprenait le dessus. Jerry Lovell n'était plus l'homme avec qui elle dînait mais un cas social, un problème à résoudre. Elle pesa ce qu'elle savait de lui et l'appliqua au mystère en question.

« Une erreur de diagnostic ? interrogea-t-elle.

— Une erreur de traitement, corrigea-t-il d'un ton sombre. En matière de cancer, le calcul des doses est crucial. » Il prit une lampée de vin, espérant peut-être qu'il aurait le pouvoir d'anesthésier les tourments de la mémoire.

« Ce sont des choses qui arrivent. » Elle perdit son air de juge. Le visage de Lovell, qui trahissait sa douleur, la touchait.

« C'est ce que tout le monde a dit. Quelque chose dans ce genre-là. C'est la faute de personne. C'est sûr. » Il haussa les épaules et s'efforça de sourire. « Sauf que... c'est arrivé. Ça m'est arrivé, à moi. Et, sans doute encore plus important... ça lui est arrivé, à elle.

— A elle ? Qui était-ce ?

— Une jeune fille de quatorze ans. » Il regarda Olsen, puis détourna les yeux. « Annie. »

114

Le mot, le nom sembla flotter entre eux. Paula garda le silence, elle ne posa pas d'autres questions. Si Lovell voulait en dire plus, il le ferait. Sinon, elle n'avait pas à faire ressurgir son passé.

Lovell contemplait les ténèbres, comme si les événements dramatiques d'autrefois se déroulaient sous ses yeux. Il voyait Annie, son regard brillant, sa tignasse de boucles noires. Son sourire, toujours plein d'espoir, malgré la peur et la souffrance. « Je ne lui ai jamais dit que je pourrais la guérir, » reprit-il. Il parlait d'une voix pesante, le regard triste. « Mais elle savait que je ferais tout ce qui était en mon pouvoir... Et moi, je l'ai tuée.

— Serait-elle morte de toute façon ? s'enquit Olsen.

— Bien sûr, répliqua-t-il d'un ton cassant. On finit tous par mourir... » Sa colère s'apaisa. « Oui, sans doute. Le cancer était très avancé. Elle aurait vécu un peu plus longtemps si je ne m'étais pas planté... » Il prit une gorgée de vin et eut un sourire las. « Je lui faisais écouter de la musique. Des disques des années soixante. Ses parents m'ont remercié ensuite. Ils ont dit que j'avais été très important pour Annie, que j'avais rendu ses dernières semaines supportables. »

Il resta un long moment silencieux. Les minutes s'écoulèrent. Il ne bougea pas, ne la regarda pas. Lovell resta assis, les yeux rivés à l'ampoule de la torche, le gobelet de plastique se réchauffant entre ses mains.

Paula Olsen commençait à croire qu'il ne dirait plus un mot quand il reprit le fil de l'histoire. « Ses parents... Ils prétendaient qu'elle adorait ces chansons.

— Cela ne s'est pas su ? demanda Olsen. Les parents n'ont pas su que les doses de médicaments n'étaient pas justes ? »

Lovell eut un sourire contraint. « Non. Bien sûr que non. On ne fait pas ce genre d'erreurs dans les hôpitaux. Ça coûte trop cher, non ? Le club s'occupe de ses intérêts, vous savez. Tous les confrères rallient la cause et gardent le secret. » Il vida son verre et poussa un gros soupir. « On ne peut pas prendre le risque d'élever encore le taux de ces assurances pour faute professionnelle... non ? »

Plus que tout, Paula voulait soulager sa peine. « Si tous les médecins qui se plantent donnaient leur démission, il n'y aurait plus de médecins.

— Ouais. Ils ne voulaient pas que je parte.

— Vous êtes parti quand même. »

Lovell acquiesça. « Mais ça a été ma fin. Même si eux ne le savaient pas, moi je savais que c'était fini. »

Peut-être Lovell s'était-il convaincu qu'il avait pris la décision de démissionner pour lui. Paula voyait les choses autrement. En tant que psychologue, elle savait que la culpabilité était le plus punitif, le plus mutilant des sentiments. C'était un démon implacable qui, jour après jour, vous rongeait l'âme comme un acide. Lovell était rongé de remords à la suite de la mort d'une jeune fille de quatorze ans. De plus, il voulait — il sollicitait — un châtiment. Il s'était enterré ici, en pleine montagne, rite consacré de pénitence et d'expiation, se transformant en troglodyte pour se repentir de son grand péché.

Il n'y avait pas grand-chose à dire pour le réconforter. Les panacées universelles — *ça aurait pu arriver à n'importe qui, c'est de la faute de personne, ça arrive tous les jours* — sembleraient futiles, des clichés stupides qui ne feraient sans doute qu'empirer la situation.

On entendit alors un plouf dans l'eau. Lovell et Olsen se tournèrent vers le lac où ils virent Nell, son mince corps blanc fendant les eaux sombres. Elle n'était pas à plus de vingt mètres de l'endroit où ils se trouvaient, le bateau et le taud étant inondés de lumière. Il était impossible qu'elle ignorât leur présence. Pourtant, Nell ne montrait pas la moindre timidité. Elle se donnait toute au plaisir du jeu, cabriolant dans les vagues tel un dauphin.

Paula et Jerry la contemplaient. Ils avaient l'impression de voir une autre femme, une femme libre et heureuse qui émergeait de l'eau comme purifiée de ses peurs et de ses troubles. Tandis qu'elle bondissait, Olsen lâcha un instant Nell pour observer Lovell. Il la dévorait des yeux, la peine s'effaçant de son visage.

« Vous avez raison, murmura Paula. Elle est ravissante. »

Lovell continua à admirer Nell. Il ne put s'empêcher de lui sourire devant le plaisir qui l'irradiait toute entière.

« Vous ne voulez pas nous mettre un peu de musique ? » proposa Paula. Lovell, qui se tourna vers Olsen, croisa son regard. Tous deux comprenaient le sens de ses paroles : que le souvenir d'Annie s'apaise à travers Nell par la musique.

Lovell n'hésita qu'un instant avant de se lever pour entrer dans le bateau. Nell regagna la jetée et, sans la moindre gêne, sortit en un mouvement souple. De l'eau coulait le long de ses bras et de ses jambes. Elle se secoua comme un chien après un bain et s'empara de son tricot.

Elle s'était rhabillée et traversait la clairière en direction de la cabane quand Lovell réapparut. L'attitude de Nell avait changé : elle se tenait les épaules un peu voûtées, les yeux baissés. On aurait cru qu'elle était moins à l'aise sur terre, qu'elle ne se sentait chez elle que dans l'eau.

Soudain, des notes de piano rompirent le silence, perçantes et claires dans la douceur de la nuit. Puis la voix au pouvoir évocateur s'éleva avec indolence.

« Crazy... » Patsy Cline attaquait la chanson familière aux accents plaintifs. On avait l'impression que les paroles s'enroulaient et ondulaient, serpentant dans la clairière à l'image des volutes de fumée d'un feu de bois.

L'effet produit par la musique fut brutal. Nell se figea sur place, comme touchée en chemin par une flèche invisible. Visiblement, elle n'avait jamais rien entendu de tel et le son semblait la toucher au plus profond.

« Crazy... » Les paroles étaient douces et mélancoliques, la voix de Cline empreinte d'une tristesse et d'un abandon déchirants.

Nell écoutait les yeux clos, tremblante. On aurait dit qu'elle éprouvait une douleur aiguë mais exquise, transpercée par chaque note.

« *Worry...* » commença le deuxième couplet. Nell contanua à frissonner jusqu'à la fin du couplet.

La dernière note se prolongea, un sombre cri. C'en fut trop pour Nell. Elle se boucha les oreilles, tentant désespérément d'échapper à cette épreuve, épreuve trop difficile à supporter.

« *Oh... Crazy...* »

Nell se mit à courir, chassée par la musique comme si elle la flagellait. Un instant plus tard, la porte de la cabane claqua alors qu'elle cherchait refuge dans l'obscurité de sa chambre pour fuir l'émotion écrasante.

Olsen appuya sur la touche arrêt de la chaîne stéréo : la musique s'arrêta. Lovell contemplait la maison dans l'espoir que Nell réapparaîtrait. Aucune lumière ne filtrait par la fenêtre. Il l'imaginait tapie dans un coin, aux aguets, essayant de comprendre ce qu'elle avait entendu, de démêler la foule d'émotions et de sensations que la musique avait provoquée.

« Mon Dieu, murmura-t-il.

— C'est de ma faute, » dit Olsen d'un ton sec. Elle avait repris son rôle de psychologue. « Elle n'a sans doute jamais entendu de musique. Elle n'a pas de résistance. »

Lovell se rappelait l'effet de cette chanson sur Annie. Elle aussi avait manqué de résistance mais différemment. « Ce n'est pas de la faiblesse, affirmat-il. C'est un don. »

QUINZE

La femme qui entra d'un pas décidé dans la salle de conférence du service psychiatrique du Washington State Medical Facility était une autre. Le style de Paula Olsen n'avait guère changé, hormis le tailleur élégant et l'attaché-case de prix, mais son attitude à l'égard de Nell et de Jerry Lovell s'était considérablement modifiée.

Même si le professeur Paley demeurait son guide et mentor, elle n'avait pas l'intention de céder à des conclusions hâtives ou des décisions immodérées quant à l'avenir de Nell. Paula se considérait toujours comme l'un des membres de l'équipe. Elle aurait simplement aimé que Goppel et Malinovski n'en fissent pas partie. Non qu'elle ne respectât pas leurs opinions ni leurs compétences, mais elle commençait à penser que plus de gens seraient impliqués dans cette affaire, plus le bien-être de Nell risquait d'être compromis.

Quelle ne fut pas sa stupéfaction quand elle découvrit dans la salle de conférence non pas trois personnes qui l'attendaient mais neuf : six autres s'étaient jointes à Paley, Goppel et Malinovski, qui comptaient parmi les grands noms du monde de la psychologie.

« Allez-y, Paula, allez-y, » dit Paley qui la fit entrer. Il avait la tête d'un homme qui juge de l'effet produit sur la jeune fille pour qui il a organisé une fête surprise à l'occasion de son anniversaire.

Paula jeta un regard circulaire et réussit à esquisser un petit sourire.

Paley fit les présentations. « Louis Gottschalk du National Institute of Mental Health... Jim Oleson et Judith Lazorek du Harvard Neurological Institute... »

Paula salua chacun d'un signe, hochant la tête comme une marionnette. Elle devait avoir l'air d'une imbécile.

« Ben Rosa, qui travaille au Hersheim de Stanford, poursuivit Paley. Ralph Harris, rédacteur en chef du *Journal of Autism and Childhood Schizophrenia*. Anniko Morishima dont vous connaissez évidemment le travail... »

Étourdie par ce déploiement de forces universitaires, Paula se laissa choir sur un fauteuil. Elle s'affaira sur ses notes et ses papiers dans son attaché-case afin de gagner un peu de temps et mettre de l'ordre dans ses pensées. Elle comprit tout d'abord que Paley ne s'était pas contenté de réunir quelques pontes pour apporter leur soutien en matière de diagnostic et de traitement. Cette assemblée de sommités était un vote de confiance à Paula et à ses compétences, un aveu quant à l'importance de Nell. Olsen en était reconnaissante, mais les choses ne s'arrêtaient pas là et le reste ne lui plaisait pas du tout.

Paley lui transmettait un message ; deux, en fait. Le premier le concernait. Il soulignait son pouvoir, lui conseillant de ne pas contester son autorité. Seul Alexander Paley pouvait faire appel à de puissants amis et confrères, hommes et femmes éminents des meilleures institutions du monde, qui étaient prêts à traverser le pays par le premier avion à sa demande.

L'autre message concernait Paula. Paley lui faisait miroiter les prix fabuleux, le genre d'honneurs et de notoriété qu'elle pouvait espérer.

Une carrière universitaire ne se construit pas uniquement sur la recherche, mais à travers un réseau d'amis et de protecteurs. Or, chacune des personnes assises autour de la table s'avérerait un précieux allié. Le National Institute of Mental Health, le

Havard Neurological Institute et le Hersheim Institute seraient des établissements prestigieux pour commencer à s'élever dans ce monde. Et un article opportun dans le *Journal of Autism and Childhood Schizophrenia* assurerait cette ascension. Elle pourrait bénéficier de tout cela... à condition de suivre la politique de Paley.

Paley rayonnait devant son assemblée de dignitaires. « Mesdames et messieurs, dit-il cordialement, une occasion unique, me semble-t-il, nous est donnée d'étudier le processus de l'évolution humaine sous des conditions contrôlées... »

Paula fronça les sourcils. Elle n'aimait pas l'écho de cette expression de mauvaise augure : « conditions contrôlées. »

Paley ne remarqua pas le malaise de son jeune confrère. « Dans un instant, je donnerai la parole à Paula Olsen. Mais tout d'abord, voici la vedette de notre spectacle... Nell. »

Il appuya sur la télécommande, l'écran de télévision géant installé au mur crépita sous l'effet des parasites, puis les images se fixèrent et Nell apparut. Elle regardait droit dans l'axe de la caméra vidéo qu'elle venait manifestement de découvrir.

Elle s'en approcha à pas lents, marqua une pause, avança encore, le regard intense, empreint de curiosité et de perplexité. Olsen sentait que Nell observait et réfléchissait, rassemblant son courage pour aller voir de plus près. Quand elle se décida, elle était si près qu'elle forma de la buée sur l'objectif, brouillant l'image.

Durant les quelques secondes pendant lesquelles l'image s'obscurcit, Paula jeta un regard autour d'elle. Les neuf pontes étaient penchés en avant, retenant presque leur souffle. Les yeux rivés à l'écran, pas un ne clignait. Paula Olsen sourit en elle-même : une fois de plus, la magie de Nell avait opéré.

Lovell dormait et rêvait. Il avait bu presque toute la bouteille de vin la veille et somnolait d'un sommeil sonore. Mais quelque chose perturbait son rêve.

Quelque chose bourdonnait dans son esprit, au sens propre du terme, un bruit insistant qui troublait ses songes. Le désordre d'images, de situations, confus et chimérique était déconcertant, un étrange amalgame de fantasmes et de réalité. Nell était là, ainsi que Paula et Annie. Il se sentit transporté de la voir en vie et heureuse. Mais en bruit de fond sourdait sans cesse ce bourdonnement implacable. Lovell se roula en boule et continua à se battre avec son subconscient.

Nell, qui était éveillée, entendit aussi le bourdonnement. Le bruit ne lui était pas inconnu. Cela lui fit peur malgré tout, car c'était un bruit diurne et Nell savait bien que de mauvaises choses se tramaient sous le soleil.

Elle s'efforça de l'oublier, s'abandonnant à la simple mais fabuleuse tâche de la préparation de son petit-déjeuner. Pour d'autres, la cuisson du porridge est une chose banale. A ses yeux, c'était un vrai miracle. La pluie de flocons blancs, illuminée par l'éclat d'un rayon, qui tombait de la boîte et voltigeait dans le bol étaient des merveilles. Le soleil joua sur le filet d'eau du vieux broc en émail bosselé qui miroita comme une cascade.

Le résultat de l'opération ne donna qu'un modeste mélange grumeleux d'eau et de flocons d'avoine dans un bol de porcelaine ébréché. C'était sa nourriture de base, un plat fade et monotone au goût de poussière qui, sous son attention soutenue, tenait du prodige.

Assise à la table de cuisine, elle avait hâte de prendre son petit-déjeuner. Pourtant, elle attendit un moment, la tête baissée en une prière muette, un acte de grâce silencieux.

Puis Nell se mit à manger. Elle plongea une cuillère en bois usée dans le fin gruau et avala son repas spartiate avec précipitation et une certaine satisfaction. Il n'y avait pas de goût prononcé dans son régime, ni épice forte ni préparation écœurante. Avec le temps, elle avait donc appris à apprécier la saveur et la substance subtiles d'un plat de porridge apparemment sans intérêt. Elle mangea vite et avec une extrême concentration. En quelques instants, elle avait vidé son bol jusqu'à la dernière bouchée.

On entendait toujours le bourdonnement, geignard et obstiné.

Nell repoussa son bol et sa cuillère, puis resta figée, fascinée par le rayon de soleil qui tombait sur la table. Elle y mit la main, saisissant le trait de lumière doré entre ses doigts. Ses yeux étaient rivés au faisceau, ses lèvres formaient des mots à mi-voix comme si elle revivait un souvenir.

« *Ma'eur, nassi péch'esse*, murmura-t-elle. *Peu'pe di crime, rasse di ma'faisant...* »

Le bourdonnement grandissait et se rapprochait.

Un moteur gronda dans la forêt, le vrombissement envahissant les bois. A califourchon sur sa moto de trial, Billy Fisher franchit la crête dans un rugissement, arrachant le relief accidenté qui bordait le lac. Il n'était pas venu par là depuis la mort de la mère Kellty. Il avait toujours aimé l'équipée sauvage mais ne supportait pas d'avoir affaire à la vieille folle. Maintenant qu'elle n'était plus là, il pouvait profiter de la randonnée sans subir sa déplaisante conclusion.

Il basculait l'engin de côté et d'autre, sans but particulier. Il ne cherchait que des talus pour grimper et des tremplins pour sauter. Les épaisses bandes de caoutchouc de ses gros pneus soulevaient la poussière des pistes, laissant un énorme nuage dans son sillage.

Billy Fisher gravit une côte raide à pleins gaz et arrêta la moto dans un broiement de cailloux et de poussière. Il était au sommet du versant qui menait à la clairière, se demandant vers où aller, quand il vit deux choses qui le stupéfièrent. Le bateau qui semblait aussi déplacé qu'un vaisseau spatial. Et Nell.

Sous le regard fixe de Billy, la porte de la cabane s'ouvrit à la volée et Nell sortit en trombe, le regard affolé.

Elle hurlait comme un démon, ses plaintes angoissées résonnant sur le lac. Billy regardait bouche bée, convaincu que cette créature avait une crise. Elle agitait les bras, se démenant comme une folle, et frappait des pieds par moments, les talons de ses grosses bottes battant la mesure sur les planches érodées de la véranda tel un enfant qui pique une colère.

Nell rugissait de fureur et d'indignation. « *Yaah ! Hai ! Hai ! Zzzzzzslit !* » Ses yeux hagards survolèrent la clairière, comme si elle cherchait le légendaire *ma'faisan*.

« Ho ! » souffla Billy qui sentit les poils se hérisser sur sa nuque au son de ces plaintes peu catholiques.

Puis la porte de la cabine claqua et Billy fut ébahi de voir le Dr Lovell se précipiter dans la clairière. Il avait les cheveux en désordre, les pieds nus. Et boutonnait sa chemise à la hâte tout en courant.

« Nell ! Que se passe-t-il ? Qu'y a-t-il ?

— *Pa'ti !* brailla Nell. *Pa'ti.* » Elle saisit Lovell par la main et l'entraîna dans la cabane.

Billy Fisher avait peur : il était sûr que cette dingue faisait une crise parce qu'il se trouvait sur ses terres. Il mit le moteur de sa moto en route et détala, fuyant la scène terrifiante. La tête lui tournait. Une folle ! Billy se dit que la bicoque devait être maudite. D'abord, la mère Kellty et maintenant cette dingue qui divaguait !

« Personne le croira jamais ! glapissait-il dans le vent. Personne ! »

Nell frappait la table de cuisine des pieds et des mains, battant des bras et hurlant de sa voix la plus aiguë. « *Pa'ol di chai'yeur ! Pa'ti ! Pa'ti !* »

Lovell ne l'avait pas vue aussi bouleversée depuis les premiers jours. Elle serrait les mains comme des griffes et lacérait le vide, le tenant à distance. Lovell était renversé, comme devant un patient en voie de guérison victime d'une brutale rechute.

« Nell, je t'en prie... » Il ne comprenait pas grand-chose à ses propos frénétiques. « *Pa'ti* » était assez clair mais que signifiait « *Pa'ol di chai'yeur* » ?

Nell donnait des coups de pieds déchaînés dans la table. Elle martelait de sa botte la planchette qui se trouvait dessous. La table tressautait à chaque assaut.

« Qu'est-ce qui est parti, Nell ? » demanda-t-il d'une voix aussi calme que possible.

Elle continua à donner des coups de pied mais, cette fois, elle pointa un doigt furieux vers la planchette. « *Pa'ol di chai'yeur ! Pa'ti !* »

Soudain, tout s'éclaircit. C'était là qu'il avait découvert les documents officiels appartenant à Violet Kellty, de même que la Bible de famille.

« *Pa'ol di chai'yeur !* braillait Nell.

— Parole du Seigneur, dit Lovell. Nell, attends. Je vais aller la chercher. »

Il retraversa la clairière en courant et se rua dans la cabine du bateau. Paula Olsen gardait toutes ses notes, ses cassettes audio et vidéo ainsi que ses travaux de référence rangés et répertoriés dans trois cartons. Lovell, qui tomba dessus, se mit à fouiller les dossiers méticuleusement ordonnés. Les quelques minutes qu'il lui fallut pour découvrir la Bible lui suffirent à réduire l'impeccable inventaire en un véritable capharnaüm. Ce n'était pas grave. Dans l'immédiat, l'important était de calmer Nell.

La Bible produisit sur Nell un effet immédiat et extraordinaire. A peine eut-il regagné la cuisine qu'elle lui arracha le livre des mains et le serra contre sa poitrine. Sa panique s'évanouit aussitôt. Elle se balança doucement en serrant la Bible comme un enfant son jouet en peluche préféré.

Elle sourit et regarda Lovell, les yeux éclairés de réconfort. Elle semblait croire qu'il avait commis un acte héroïque en lui rendant son cher trésor.

« *Man di Nell pa'ol di chai'yeur 'van ke ma'ad*, dit-elle d'une voix posée.

— Je suis désolé, assura Lovell. On n'aurait pas dû te la prendre. »

Elle lui tendit la Bible avec un sourire timide. « *Ange di Nell ?*

— Tu veux que je te la lise ? » Il lui prit le volume

qui s'ouvrit à un endroit où la reliure fatiguée s'était fendue. C'était le début du Livre d'Isaïe, le quatrième verset du premier chapitre souligné d'un gros crayon noir.

« Malheur ! Nation pécheresse..., » commença-t-il. Tandis qu'il lisait, Nell disait les phrases de mémoire, le suivant mot à mot.

« *Ma'eur ! Nassi péch'esse..*

— Peuple chargé de crimes...

— *Peu'pe di crime...*

— Race de malfaisants...

— *Rasse di ma'faisan.* »

Il leva les yeux, le regard fixe. « *Ma'faisan..* Malfaisants, » traduit-il. Huit lignes de la Bible était devenues la Pierre de Rosette de Nell, la clé de son langage mais aussi de ses peurs et de ses tourments.

« *Ma'faisan*, répéta Lovell. Montre-moi *ma'faisan*, Nell. »

Elle hésitait, comme si elle risquait de le libérer en l'imitant. « *Ma'faisan y yo Nell, si mi.* »

— Montre-moi. »

Sa gorge se serra, puis Nell fit une horrible grimace. On aurait dit un cri figé sur son visage. Elle rugit telle une bête sauvage. Et tendit les mains vers Lovell pour le prendre dans ses bras, se léchant les lèvres et roulant les yeux.

« *Ma'faisan v'nu, trap' moi*, expliqua-t-elle. *V'nu doulité, doulité y hai !* »

« *Zzzzzslit !* » Soudain, Nell lui donna des coups de poing dans le ventre. Elle le prit par surprise et la violence suffit à lui couper le souffle. L'expression de Nell était encore plus déconcertante. C'était une pantomine grossière, exagérée de... la luxure.

« Le *ma'faisan* t'a frappée comme ça ? » Lovell s'empara du poing de Nell, le brandit et l'abattit sur lui. Il voulait être sûr de la comprendre.

Nell le regarda en silence, son poing enfonçant encore les muscles de son ventre. Puis elle écarquilla les yeux et sa voix se fit un murmure.

« *Cou' la danleu ventre*, dit-elle.

— *Cou' la ?*

— Cou' la. »

Nell prit sur la table un couteau de cuisine qu'elle pointa vers son nombril, la lame à l'horizontale. Lovell l'observait. La scène s'éclairait. Violet Kellty, traumatisée par son expérience sexuelle et par les hommes, avait transmis à sa fille ses connaissances sommaires en la matière et sa haine de l'acte. Derrière la porte vivaient les malfaisants, des hommes fous de désir qui ne voulaient les femmes que dans un seul but : la douleur et la honte.

Paula regagna la clairière au crépuscule. Lovell l'attendait, assis sur le pont avant du bateau. Il l'inspecta de la tête aux pieds, notant les détails de sa tenue : le tailleur, les hauts talons et l'attaché-case. Elle avait l'air d'un jeune agent de change fortuné qui débarque dans sa maison de campagne après une semaine épuisante au bureau.

« Comment allait la Bourse aujourd'hui ? lança-t-il avec un sourire désabusé. Ou bien vous êtes-vous présentée pour un emploi ? »

Olsen sortit un gros carton de provisions du minuscule coffre de la voiture de sport. Il ne savait pas à quel point il approchait de la vérité. « Je vous en prie, répliqua-t-elle. Je suis fatiguée. La journée a été très longue. »

Lovell lui prit le carton des mains. Olsen retira ses chaussures et marcha sur ses bas jusqu'à l'entrée. « Alors, racontez-moi ce que j'ai manqué.

— Vous avez manqué un énorme coup. Une autre découverte capitale.

— Merde... Mais qu'est-ce qui s'est passé ici ? » Elle considéra son petit salon sens dessus dessous. Lovell fut surpris, il croyait avoir bien rangé.

« Nell voulait sa Bible, expliqua-t-il. En fait, elle en avait un besoin urgent.

— Pourquoi ? » Paula prit deux boîtes de bière dans le réfrigérateur miniature et en lança une à Lovell.

« Elle s'est aperçue qu'elle avait disparu, elle en

était bouleversée. » Il décapsula la bière et but une lampée.

« C'est ça la découverte du jour ? »

Lovell fit non de la tête. « Ce n'est que le début. J'ai découvert ce que redoute tant Nell. J'ai découvert le secret des *ma'faisan*.

— Oh... Ça, ça pourrait être une découverte capitale. Alors, qu'est-ce que c'est ?

— Les *ma'faisan* sont des malfaisants. Et on a appris à Nell que les hommes qui font le mal sont des méchants.

— Il en existe une autre espèce ? J'ai l'impression que Nell a appris une très précieuse leçon.

— Fort drôle... Sauf qu'aux yeux de Nell, il n'est pas d'homme qui ne soit mauvais. J'imagine qu'on lui a dit que tous les hommes sont des monstres. Si on regarde le monde à travers le regard de Violet Kellty, ça paraît logique.

— Aux yeux de Nell, tous les hommes sont des monstres, répéta Olsen. Sauf vous. C'est ça ? »

Lovell fit un large sourire. « Je ne suis pas un homme, affirma-t-il.

— Ah bon ?

— Hé, hé. Vous n'avez pas entendu ? Je suis Jerry *leu ange ga'ien*, je suis un ange. »

Olsen éclata de rire. « Eh bien, s'exclama-t-elle, au moins on sait qu'elle a le sens de l'humour. »

SEIZE

L'ombre d'un sourire aux lèvres, Nell fredonnait et se balançait sur son lit. Lovell et Olsen parlaient tout en la regardant sur le moniteur. Paula prenait des notes, jetant des coups d'œil sur l'écran puis sur son carnet, comme un peintre esquissant le portrait de son modèle. Lovell observait et réfléchissait.

Ça avait été une journée pleine d'émotions pour Nell. Elle était passée d'une agitation extrême à une profonde confiance. Maintenant, elle paraissait calme et détendue, les fortes émotions ne semblaient pas l'avoir marquée. Pourtant, Lovell les sentait, prêtes à poindre, une source de douleur constante.

« Imaginez que votre seule rencontre personnelle avec les hommes ait été d'une violence terrifiante. Un viol, expliqua-t-il. Vous diriez à votre fille que tous les hommes sont des monstres, non ? Ce devait être le point de vue de Violet Kellty, non ?

— Hein, hein. C'est logique. Ce genre de traumatisme est presque impossible à effacer. Par la thérapie, on peut en contrôler les effets... » Elle eut un sourire d'une ironie désabusée. « Mais Violet Kellty n'était pas du genre à suivre une thérapie, non ?

— Effectivement. Je crois qu'elle voulait protéger Nell. Elle voulait la mettre en garde contre ce que risquent de vous faire les hommes. Je pense que Violet lui a parlé de viol. Je suis sûr qu'elle lui a enfoncé cette idée dans la tête jusqu'à ce que Nell ait si peur qu'elle ne pouvait même pas songer au monde extérieur sans devenir hystérique. »

Olsen leva les yeux de ses notes et contempla Nell un moment. « Lui a parlé de viol ? Comment ?

— Violet est restée dans le vague. Elle a dit : « *cou' la danleu ventre.* »

— Ce qui signifie ? » Olsen consulta sa liste de mots.

« Couteau dans le ventre. » Lovell posa la main sur son aine. « Le couteau vient de là.

— Nell vous l'a dit ?

— Oui.

— Vous croyez qu'elle l'a déjà vu ? s'enquit Olsen.

— En réalité ? Non. Je ne vois pas comment. Violet ne la laissait pas sortir, personne ne connaissait son existence. »

Lovell vit qu'Olsen réfléchissait. « C'est peut-être ça qui l'empêche de sortir le jour. Une phobie implantée délibérément.

— Ce n'est pas logique. Pourquoi risque-t-elle plus de se faire violer de jour ?

— Ce n'est pas cela, répondit Olsen. Mais on risque plus de la voir de jour. Et Violet ne voulait pas que qui que ce soit la voie. Elle était la mère poule par excellence, elle voulait protéger sa fille à tout prix contre la terreur qu'elle avait endurée, même si elle devait cacher Nell sa vie durant.

— Ouais, acquiesça Lovell en jetant un coup d'œil sur l'écran, je vous suis. » Il se demanda qui était le violeur, s'il était toujours vivant, s'il soupçonnait le calvaire qu'il avait imposé à deux innocentes victimes. Un nœud de colère lui noua le ventre.

— Le traitement habituel contre les phobies consiste à confronter le patient à la peur même, expliqua Olsen. Pour cela, il faudrait trouver quelqu'un en qui elle a confiance. Quelqu'un en qui elle a confiance et qui se trouve être un homme. » Elle sourit avec douceur.

« Confronter le patient à la peur même ?... » Lovell comprit où elle voulait en venir. « Vous voulez que je... » Lovell rougit. « Hé là. Pas si vite.

— Quelle modestie... Vous ne voulez pas vous montrer secourable ? demanda-t-elle innocemment.

— Si, bien sûr, mais... »

Olsen pencha la tête. « Il faut être bien équipé pour ce genre de travail. Je croyais que vous alliez sauter sur l'occasion de vous pavaner.

— Ah, j'y suis, répliqua Lovell d'un ton sardonique. Vous voulez que j'aille là-bas, que je baisse mon pantalon et que je lui montre mon...

— Non, bien sûr que non, assura Paula.

— Tant mieux parce que, d'après moi, ce serait le meilleur moyen de la faire fuir en hurlant dans les bois. On ne la reverrait jamais et d'*ange ga'ien* je me transformerai en un rien de temps en *ma'faisan*.

— Je ne l'imaginais pas aussi impressionnant. »

Lovell rit. « On dit que la taille n'importe pas.

— Et c'est vrai. Surtout pas dans ce cas. Non, il s'agirait simplement de... *l'insinuer* dans sa conscience, son entendement.

— Vraiment ? Je suis impatient d'apprendre comment je devrais briser la glace, selon vous.

— Très simple, affirma Olsen. Attendez ce soir. Quand elle va se baigner. »

Peu après que le crépuscule eut cédé à la nuit, Paula et Jerry, cachés dans l'ombre, regardèrent Nell sortir de la cabane et, sans un regard vers le bateau, se diriger vers la jetée. Elle se déshabilla et plongea, disparaissant sous l'eau presque sans bruit.

« Je crois que c'est à vous, » murmura Olsen.

Lovell la prit par la main et l'entraîna vers l'embarcadère. « Venez, dit-il. Je veux que vous soyez à côté de moi. » Lovell ne portait qu'un short.

« Vous avez besoin d'un chaperon ?

— Pour le rapport officiel. »

Ils s'assirent au bord du môle et regardèrent Nell s'ébattre dans les eaux sombres. Elle ne parut pas surprise de les voir. C'était la première fois qu'ils l'approchaient pendant qu'elle se baignait. Pourtant, elle ne montra ni peur ni timidité de sa nudité. Elle sauta comme un poisson et revint vers eux, rayonnante sous l'effet tonifiant de son bain de nuit.

Olsen donna un coup de coude à Lovell dans les côtes. « C'est pas un plus mauvais moment qu'un autre. »

Sa gorge se serra. « Je lui fais signe ?

— Faites-le, c'est tout. Faites comme si ça n'avait rien d'extraordinaire. »

Lovell pouffa de rire. « Mais je vous assure que ça n'a rien d'extraordinaire. » Il retira son short et, nu comme un ver, s'assit au bout de la jetée, les jambes pendantes, effleurant l'eau glacée de ses orteils.

Nell, qui avait de l'eau jusqu'à la poitrine, l'observa avec curiosité. Elle commença par le visage, puis parcourut le corps, le torse nu, et s'arrêta à l'aine. Il lui fallut apparemment un instant pour se concentrer sur son pénis. Quand elle comprit ce qu'elle voyait, elle resta bouche bée, le regard médusé. Elle leva alors les yeux vers Paula Olsen et le désigna du doigt, impatiente de partager sa stupéfiante découverte.

« *Gard', Pau'a ! Tita lo !* »

Olsen se mit à rire. « Oui, Nell. Je sais. »

Lovell se glissa dans le lac, tremblant sous le choc de l'eau glaciale sur son corps chaud. L'eau lui arrivait à la taille. Nell continuait à le regarder, sondant le fond tel un pêcheur.

« *Pa peu', tita chickabee. On é danleu tin di féliss, si mi ?* » Elle parlait d'une voix douce, comme pour calmer une petite bête effrayée.

A ce moment, Nell fut frappée de découvrir que le corps de Lovell était différent du sien. Elle tendit sa main qu'elle posa gentiment sur son torse ferme, puis sur le bout du sein, caressant les poils drus qui l'entouraient. De là, sa main s'aventura plus loin : elle se coula du cou à la mâchoire, suivant la forme du maxillaire, pétrissant sa barbe de plusieurs jours.

Paula Olsen observait l'exploration muette. Troublée soudain, elle s'aperçut qu'elle aussi redécouvrait l'autre, la beauté du corps masculin.

132

Nell se tourna vers elle, les yeux écarquillés de surprise.

« Ça s'appelle un homme, Nell.

— Homme, répéta Nell.

— Il ne te fera pas de mal. »

Elle se tourna vers Lovell, comme si elle cherchait confirmation. Il croisa son regard, il se sentait gauche mais était décidé à tenir bon.

« *Tou é be'e, mona'i co'e Ti'sah, cha'ante co'e Je'usa'em.* » Ni Lovell ni Olsen ne reconnurent cet extrait du Cantique des Cantiques.

La main de Nell erra de la mâchoire à la joue de Lovell, le caressant du geste qu'il avait vu si souvent. Comprenant que c'était une déclaration de confiance, il leva la main vers la joue de Nell et tenta d'imiter son geste.

Les yeux de Nell se remplirent de bonheur, elle se tortilla et se pelotonna sous ses doigts comme un chat. Puis elle se jeta dans ses bras et le serra, la tête au creux de son cou. Lovell perçut la chaleur de son corps contre le sien et, instinctivement, l'étreignit avec force.

Paula Olsen éprouva une pointe de jalousie, un pincement aigu.

Comme sortant d'un rêve, Nell se libéra de l'étreinte et s'élança dans l'eau avec l'agileté d'un poisson. Lovell la regarda s'éloigner, il sentait encore la trace brûlante de ses mains sur son dos.

DIX-SEPT

« Certains diraient que c'est contraire à l'éthique, » fit remarquer Lovell.

Il était habillé de pied en cap et se séchait les cheveux dans une serviette. Olsen, qui avait sorti une bouteille de vin de son réfrigérateur, s'escrimait dessus.

« J'ai été plutôt impressionnée, avoua-t-elle en se débattant avec le bouchon. Je n'aurais pas pu le faire. »

Lovell se laissa choir sur l'une des chaises longues installées sous le taud et poussa un gros soupir. Il voulait avoir l'air de rien, mais Paula voyait qu'il était troublé. Il semblait fatigué, épuisé.

Paula extirpa le bouchon et lui servit un verre. « Il fallait avoir du courage.

— Plus que vous ne l'imaginez, répliqua Lovell avec un sourire las. Quand j'étais plus jeune, je ne supportais pas qu'on me voie nu. Lorsque je passais la nuit avec une fille, j'attendais qu'elle aille dans la salle de bains pour me déshabiller et me mettre au lit.

— Moi, je le fais toujours. Je pensais que j'étais seule dans mon cas.

— Loin de là. » Ils se mirent à rire. Toute expérience en commun semblait plus agréable, plus forte, à la lumière de l'animosité qui les opposait il y a encore peu.

« Comment se fait-il que les gens n'aient jamais de problèmes pour se déshabiller au cinéma ? » Elle but une gorgée de vin. « On a l'impression que ça ne les dérange pas du tout.

— Ils le font tout habillé.

— Et sur la table de la cuisine. Comme Michael Douglas et Glenn Close dans *Liaison Fatale*. »

Lovell la corrigea aussitôt. « Non, c'était l'évier. La table... c'était Jack Nicholson et Jessica Lange. *Le facteur sonne toujours deux fois*.

— Vous êtes spécialisé dans les scènes érotiques ? demanda Olsen.

— Rien qu'un amateur éclairé.

— Vous est-il jamais arrivé de voir une scène érotique à laquelle vous croyiez ? »

Lovell acquiesça avec conviction. « Bien sûr.

— Laquelle, par exemple ?

— Debra Winger et Richard Gere dans *Officier et Gentleman*. Kathleen Turner et William Hurt dans *La fièvre au corps*.

— Il n'y en a qu'une qui m'ait convaincue. Julie Christie et Donald Sutherland dans *Ne vous retournez pas*. Vous vous en souvenez ? Là, j'y ai cru.

— C'était facile, observa-t-il d'un air entendu. Ils étaient ensemble quand ils ont tourné ce film.

— Non, ce n'est pas pour ça. Vous savez ce qui était formidable dans cette scène. Ils étaient mariés. C'était de l'érotisme torride avec la bague au doigt.

— Vous êtes mariée ?

— Est-ce que j'en ai l'air ?

— Vous l'avez peut-être été, » dit Lovell en haussant les épaules. Le genre de geste qui signifie : « Tout est possible ».

« Non, assura Olsen d'un air faussement solennel. Je ne le suis pas et je ne l'ai jamais été.

— Vous avez un homme dans votre vie ?

— Non.

— Pourquoi ?

— En quoi ça vous regarde ? » lança-t-elle d'un ton cassant qui n'était qu'un jeu.

Lovell fit aussitôt marche arrière. « Bon. Excusez-moi.

— Et vous, vous êtes marié ?

— Je l'étais. »

Son mariage s'était cassé après la mort d'Annie. Il avait sombré dans la dépression et était devenu invivable. Sa femme avait tenté de l'en sortir mais il s'y refusait, repoussant toute tentative avec obstination. Même s'il ne pouvait lui en vouloir de l'avoir quitté, son départ n'avait fait qu'accentuer son sentiment de culpabilité.

« Et vous, vous avez quelqu'un dans votre vie ?

— Non.

— Pourquoi ?

— Ça ne s'est sans doute pas trouvé.

— Nous y voilà ! s'exclama Olsen. Ceux qu'on veut, on ne peut pas les avoir. Et ceux qu'on a, on n'en veut pas. On avait la Loi de Lovell... ça, c'est la Loi d'Olsen.

— Nell ne doit pas connaître tout ça, observa Lovell qui prit la bouteille de vin. Une chance pour elle. Peut-être la seule, non ?

— Vous voulez dire qu'elle a de la chance de ne pas connaître le désir ? Ou l'amour ?

— Non, pas l'amour. Nell connaît tout de l'amour. Ça, c'est sûr. » Il imita la caresse de Nell dans le vide. « Quand elle fait ça...

— Elle dit je vous aime.

— C'est ce que je pense aussi. » Lovell était content qu'ils commencent à voir les choses de la même façon.

« Elle est donc capable d'aimer mais elle ne connaît pas le désir, selon vous ?

— Je crois que c'est un monde inconnu pour elle. En dehors de *'cou' la danleu ventre'* qui n'est pas son expression la plus saine. Et je ne vois vraiment pas comment y remédier.

— Vous vous êtes bien débrouillé dans l'eau.

— Vous ne voulez pas laisser entendre que...

— Bien sûr que non. » Olsen rit tandis qu'il remuait sur sa chaise d'un air gêné. « Je disais simplement que vous avez agi avec doigté pour le premier pas. C'est tout.

— Tout ce qu'elle a appris, c'est que les hommes et les femmes ne sont pas faits de la même façon. Le désir lui demeure un concept inconnu.

— Eh bien... elle le découvrira un jour. »

Billy Fisher en était à sa septième bière de la soirée au Frank's Bar. Il passait à la vitesse supérieure : il n'était pas assez ivre pour être dans un état comateux, mais il avait descendu plus qu'assez d'alcool pour être parfaitement odieux.

Il n'était pas seul. Trois de ses amis lui tenaient compagnie au comptoir : Jed, Stevie et Shane. A l'instar de Billy, ils allaient sur leurs vingt ans et faisaient de temps en temps des petits boulots mal payés. Aucun n'avait guère d'espoir en l'avenir. Aussi trouvaient-ils refuge dans l'excès de boisson qui débouchait sur des chahuts et, les jours de chance, sur une bonne bagarre. Hormis cela, pas grand chose ne les intéressait, si ce n'est de parader dans les ruelles de Richfield ou de rouler comme des fous sur leurs vieilles bécanes au beau milieu de la montagne.

Si Billy et ses copains s'étaient donnés la peine de regarder sur leur gauche, ils auraient pu avoir une vision assez précise de ce que l'avenir leur réservait. Les seuls autres clients du bar sombre et humide faisaient partie des habitués, des hommes plus âgés qui avaient débuté dans la vie comme Billy Fisher et ses potes. Ils n'étaient que huit, dont cinq types du coin, licenciés depuis longtemps des industries du bois et des mines, qui vivaient chichement sur de maigres pensions et des allocations complémentaires. Ils étaient voûtés devant leur verre. On aurait dit qu'ils priaient que la chance tournât, ne bougeant que pour avaler une lampée de bière ou jeter un coup d'œil sur le match des Seattle Mariner's qui se disputait en silence sur l'écran de télévision au-dessus du bar.

Les trois autres clients du Frank's étaient des étrangers. Plus âgés que Billy et ses amis, ils avaient au moins vingt ans de moins que les vieux routiers.

Ils portaient des jeans, des chemises de flanelle et des bottes de marche, mais leur tenue de campagne dénonçait leurs origines citadines. A les voir, si tant est qu'on voulût se faire une opinion, n'importe qui à Richfield aurait dit que c'étaient des types de Seattle venus faire un peu de camping, de la randonnée et un retour à la nature. Et il aurait eu drôlement raison.

Billy Fisher n'avait rien remarqué : ni les étrangers, ni personne. Pour ce que ça comptait. Il posa violemment sa chope sur le comptoir. « Une dingue ! Whouah !

— Y a pas de dingue, répliqua Jed avec lassitude.

— Mais j'te dis, espèce d'enfoiré, que c'est la putain de vérité. » Billy s'envoya une lampée de bière et s'essuya la bouche du revers de la main, puis émit un rot aussi sonore qu'un coup de fusil.

La véhémence des propos ou la force du rot parurent impressionner Jed. « Tu l'as vue ? T'as vu cette dingue, Billy ?

— Pour sûr que je l'ai vue.

— Ah ouais ? le défia Stevie. Et qu'est-ce qu'elle avait de dingue cette bonne femme ? »

Les descriptions perspicaces n'étaient pas son fort. Billy haussa les épaules. « Elle est dingue, c'est tout. On dirait une bête.

— Alors, elle était à poil, hein ? lança Shane avec un regard concupiscent. Peut pas être dingue et se fringuer. Une dingue doit se balader les fesses à l'air, non ? »

Jed sembla se prendre au jeu. « Pas se balader les fesses à l'air, Shane. Le cul à l'air ! Se balader dans les bois le cul à l'air !

— Une dingue ! beugla Shane. Whouah ! Tu crois qu'elle baise comme un chien ? » Il leva la tête vers le plafond bas et se mit à aboyer. « Oua ! Oua ! » Puis projeta son bassin qu'il remua contre le comptoir, s'escrimant sur le bois usé tel un chien sur une chienne.

« Une dingue, » brailla Billy Fisher.

Ses copains partirent au quart de tour.

« Une dingue ! Whouah ! Oua ! Oua ! »

Les types du coin étaient habitués à ce genre de tapage, mais ils savaient que se plaindre serait jouer le jeu de Billy. Les objections ne mèneraient qu'à une discussion sans fin qui risquait de dégénérer en bagarre. Les vieux se contentèrent donc de prendre un air dégoûté et continuèrent à boire, faisant semblant d'être si passionnés par le match qu'ils n'avaient même pas entendu le chahut des garçons.

En revanche, les trois étrangers semblaient s'amuser de ce bel entrain campagnard. L'un d'eux se leva et se dirigea vers les mauvais garçons.

« Salut, les gars, » lança-t-il d'un ton affable.

Billy, Shane, Jed et Stevie cessèrent de hurler et lui jetèrent un regard noir.

« Qu'est-ce que tu veux ? grogna Billy.

— Tu as dit que tu avais trouvé une dingue dans la forêt ? »

Ses potes l'observaient. Aussi Billy s'efforça-t-il de prendre un air provocateur. « Et qu'est-ce que ça peut te faire ?

— Ça m'intéresse, répondit l'étranger. Parle-moi d'elle. »

Même un garçon aussi borné que Billy était capable de comprendre qu'il tenait là une situation dont il pourrait tirer profit. « Peut-être ben que oui, peut-être ben que non, » répliqua-t-il sournoisement.

L'étranger se coula sur un tabouret de bar et fit signe à Frank, le patron. « Qu'est-ce que vous diriez d'une tournée ?

— C'est déjà mieux. » Billy fit un large sourire devant les cinq bouteilles de bière fraîche que leur servit Frank. Les occasions de boire à l'œil était rare, encore plus dans une gargote pareille. « Mais qui vous êtes, d'abord ? »

L'homme ouvrit son portefeuille et poussa une carte de visite sur le comptoir. Billy la prit et la lorgna. L'étranger l'aida à la déchiffrer.

« Mike Ibarra, se présenta-t-il. Du *Seattle Times*. Je suis journaliste. »

DIX-HUIT

S'il n'avait eu le statut d'ami, sans parler de son état d'ange, Nell aurait cru que Jerry Lovell avait perdu la raison. Il était assis sur la véranda, face à elle, la langue pendue. Nell le regarda un moment puis tira la langue, comme par représailles.

Lovell eut du mal à parler ainsi. « Bon. Regarde. »

Il prit dans le sachet posé devant lui sur la table un grain de pop-corn au caramel qu'il posa au milieu de sa langue et le suça.

« Humm, s'exclama-t-il en riboulant des yeux. C'est sucré... » Il avala le popcorn et se lécha les lèvres. « Bon, dit-il. C'est à toi. »

Nell avait toujours la langue tirée. Il plaça un morceau de pop-corn dessus. « Mange-le, l'exhorta-t-il. C'est bon. »

Nell hésitait. Elle loucha en essayant de voir la chose posée sur sa langue.

« Ça va te plaire, assura Lovell. Vas-y... »

Elle rentra la langue au fond de sa bouche, laissant le pop-corn à sa place, comme pour empêcher qu'il ne colle à ses joues. Mais, en fondant, la douceur du maïs soufflé aiguisa ses papilles gustatives et elle suffoqua, presque renversée par la sensation forte, exquise. C'était son premier extra, en dehors des tristes flocons d'avoine et d'un verre de lait frais de temps à autre. Son regard s'éclaira de plaisir. Puis sa langue sortit, prête à prendre une autre bouchée.

« Tu vois. Je t'avais dit que ça te plairait. » Il n'avait pas l'intention de lui en redonner pour l'instant. Pas avant d'avoir été payé de retour.

Lovell se leva, recula jusqu'à la première marche et tendit la main, lui montrant la friandise.

Nell le suivit, la langue toujours tirée, et s'arrêta tout près de lui. Lovell la recompensa malgré tout d'un peu de pop-corn.

« Bon. Pour l'instant, c'est bien. » Lovell descendit les trois marches. « Allez, Nell, l'encouragea-t-il d'un ton câlin. Viens en chercher d'autre. » Il en tendit une poignée entière fort alléchante.

Nell ne bougea pas, elle resta vissée en haut de l'escalier. Il voyait qu'elle en voulait d'autre, elle en mourait d'envie tel un enfant. Elle jeta un regard alentour, scrutant la lumière vive d'un œil suspicieux.

« Personne ne te fera de mal, affirma Lovell. Viens en chercher d'autre.

— *Jenti Je'y. Jenti, jenti Je'y,* » gémit-elle. Nell trépigna sur place comme une petite fille. « *Ooo-oooooh ! J'veu, j'veu, j'veu, j'veu.*

— Viens le chercher. »

Nell le regardait avec convoitise. Soudain, elle rassembla son courage, se rua dans la clairière, s'arrêta en dérapant et sauta sur Jerry. Elle prit une poignée de pop-corn dans le sachet, puis refoula aussitôt vers les marches et la véranda. Nell se jeta à terre et enfourna dans sa bouche les sucreries qu'elle avala d'un coup. Elle avait les joues en feu et le cœur battant, mais Lovell fut content de voir qu'elle était prête à affronter les méchants pour satisfaire sa nouvelle passion.

« Tu vois, dit-il. Il n'y a pas de *ma'faisan* ici. Il n'y a que moi. »

Sa gorge se serra et elle se lécha les lèvres, avide d'en manger encore. Elle suivait du regard le moindre geste de Lovell.

« Bon, maintenant on va essayer autre chose. » Lovell posa un tas de pop-corn dans l'herbe à quelques mètres de la dernière marche, se retourna, avança de quelques pas et en posa un autre. Il fit cela tout au long du chemin qui menait au bord de l'eau. Puis il s'assit sur l'escalier et attendit.

Il fallut un moment pour que Nell quittât son refuge sur la pointe des pieds : elle s'éloigna de la cabane, s'arrêtant pour ramasser les petits trésors. A chaque fois, elle tournait vivement la tête, à gauche et à droite, regardant alentour comme un animal aux aguets avant de s'agenouiller.

Au milieu du chemin, elle dévora le pop-corn tout en lorgnant le tas suivant : elle se demandait si elle aurait le courage de faire quelques pas de plus pour le récupérer.

Lovell et Olsen observèrent Nell attentivement pendant la demi-heure qu'elle mit à arriver jusqu'au rivage. Vers le bout du chemin, elle accéléra un peu l'allure tel un funambule approchant de la terre ferme.

Lovell goûtait son plaisir, content que son simple plan eût si bien marché. « Je vous l'avais bien dit ! Ça l'a fait sortir de la cabane.

— C'est la partie la plus facile, remarqua Olsen. C'est de la garder dehors qui va être difficile.

— Elle s'amuse bien. Elle a découvert le pop-corn. Maintenant, elle peut aller au cinéma. »

Nell ne s'était jamais aventurée si près du bateau. Elle avait l'impression d'avoir quitté son territoire pour pénétrer dans un domaine étranger. Elle s'attarda à quelques mètres de la frontière et sourit gaiement en mâchant la fin du pop-corn. Cependant, elle était sur ses gardes : elle semblait se demander quel accueil on lui réserverait.

« *Pa peu', si mi ?* » demanda Lovell.

Nell secoua la tête. Elle n'avait plus peur. En revanche, elle paraissait stupéfaite d'avoir enfin réussi à se risquer hors de la cabane en plein jour, et ce pour la première fois.

« *Solé é tou' l' ré,* » dit-elle. Elle leva les yeux vers le soleil qui brillait haut dans le ciel et tendit les bras comme pour l'étreindre. Elle tourna sur place, tourbillonnant de joie. Puis elle se mit à chanter d'une voix enjouée.

« *Crazy... A crazy fo 'fee'in' so lone'ey... Ah crazy, crazy fo fee'in so blue...* » Nell avait une belle voix argentine mais ce n'était pas le plus incroyable : elle se rappelait parfaitement la chanson de Patsy Cline qu'elle n'avait entendue qu'une fois.

« C'est sidérant, s'exclama Lovell. Elle se rappelle chaque mot. Jusqu'au dernier.

— Une mémoire exceptionnelle est parfois un trait caractéristique de l'autisme chez les adultes et les adolescents, » remarqua Olsen.

Lovell se mit à rire. « Arrêtez, Paula. Ne jouez pas les profs, pour une fois. »

Olsen sourit d'un air penaud. « C'est plus fort que moi. Vous avez raison. Excusez-moi.

— *Crazy...*, chantait Nell. *Ah crazy fo' thi'kin I co'ho you...*

— Elle adore ça, dit Olsen. La musique compte beaucoup pour elle.

— Si elle aime cette chanson, attendez de voir quand elle entendra... » Lovell s'engouffra dans le bateau et revint un instant plus tard avec la chaîne stéréo. « Ça ! »

Il glissa le compact disque dans la platine. Aussitôt, la voix de Roy Orbison jaillit du haut-parleur.

Nell se mit à tourbillonner au rythme de la musique, grisée par toutes ces sensations nouvelles : elle succombait à la lumière, l'espace, la mélodie autant qu'au goût sucré qu'elle gardait sur la langue. Lovell et Olsen admiraient Nell comme des parents orgueilleux. Elle dansait joyeusement. Toute pensée de danger et de menace sous le soleil s'évanouirent.

La voix de Roy Orbison envahit la clairière.

Nell ferma les yeux. Le soleil semblait plus fort, il flamboyait à travers ses paupières en une explosion de couleurs. La musique s'intensifia, elle en avait la tête pleine. Olsen et Lovell n'existaient plus.

Dans son esprit, Nell vit les jumelles. Elles tournoyaient ensemble, enlacées, et se regardaient dans

143

les yeux avec ardeur tandis que la chanson les entraî-
nait.

Olsen et Lovell avaient l'impression que Nell
s'abandonnait au transport de la musique. Elle tour-
billonnait, gambadant en mesure et rebroussant chemin. Ils détournèrent les yeux un instant, le temps
d'échanger un fier regard de propriétaire. Quand ils
se retournèrent, la musique s'était tue : flottant
encore une seconde, la voix de Roy Orbison s'éteignait.

Lovell cligna les yeux. « Où est-elle passée ? »

Comme emportée par les derniers accords de la
chanson, Nell avait disparu.

DIX-NEUF

Sans prendre le temps de réfléchir, Jerry Lovell s'élança dans le sous-bois à la poursuite de Nell. Olsen le suivait. Ils s'engouffrèrent dans la forêt, courant à l'aveuglette. Ils savaient que Nell connaissait son chemin, mais espéraient avoir plus de chance de la rattraper de jour.

Pourtant, elle les sema une fois de plus. Ils étaient montés au sommet d'une colline couverte d'arbres et de broussailles, une éminence surplombant la clairière et le lac. Lovell haletait, cherchant sa respiration.

« Merde ! Merde de merde de merde ! » Il brandit les poings et frappa dans le vide. Tous deux étaient très curieux de découvrir où se rendait Nell lors de ses expéditions. Olsen estimait que c'était une importante pièce du puzzle, qu'il resterait un blanc dans son profil psychologique tant qu'ils ne sauraient pas où elle allait et pourquoi.

Lovell aussi était intrigué, mais il avait surtout envie de mieux la connaître. « On l'a perdue. Merde !

— Chut ! » La tête penchée, aux aguets, Olsen scrutait les taillis. Elle entendit un bruit un peu plus haut, le bruit d'une branche cassée, puis entr'aperçut un morceau de tissu blanc.

« Elle est là-haut, murmura-t-elle.

— Où ?

— Là. » Olsen montra la crête. « Allons-y. »

Ils se dirigèrent vers l'endroit d'où venait le bruit, avançant à pas plus lents dans l'espoir vain de la surprendre. L'idée vint soudain à Olsen que Nell voulait peut-être qu'ils la suivent. Ils savaient qu'elle pouvait se déplacer dans la nuit sans se faire repérer. Cette fois, elle leur avait laissé un indice, leur tendant une main secourable au moment où la piste se perdait. On aurait dit que Nell était prête à leur confier un grand mystère, un mystère qu'ils devraient éclaircir cependant.

Ils étaient en eau quand ils arrivèrent au faîte de la colline, l'air moite sous les branches basses des pins les faisait transpirer. Ils s'étaient enfoncés dans les terres et surplombaient une profonde faille, une gorge étroite creusée par un torrent rempli de pierres. Cette vallée cachée était isolée — encore plus que le lac — vierge, belle. Un manteau de sérénité la recouvrait, une paix presque tangible, un silence presque palpable.

On entendait le flot impétueux de la rivière qui coulait un kilomètre plus bas. Les sons portent par une calme journée d'été comme celle-ci. Lovell mit ses mains en porte-voix et hurla.

« Nell ! » Sa voix résonna dans le silence mais resta sans réponse. Pas même l'écho ne lui répondit.

Ils commencèrent à descendre avec prudence, sans savoir où ils allaient. Ils glissaient et tombaient quand ils perdaient l'équilibre sur la pente raide. Ils progressaient lentement et s'arrêtèrent à mi-chemin pour se reposer. Lovell contempla le paysage sauvage qui se profilait devant eux. De l'endroit où ils se trouvaient à la ligne d'horizon, ils découvraient un paisible décor de pins que rien ne troublait : pas une route, pas une construction. Une impression flottait dans l'air, l'impression qu'aucun étranger n'avait jamais vu ce spectacle.

« C'est fou. Elle peut être n'importe où. » Le panorama poussa Lovell à baisser le ton presque jusqu'au murmure.

« Non. Elle est là.

146

« — Comment le savez-vous ? Pourquoi en êtes-vous si sûre ?

— Si elle bougeait, on l'entendrait... » Elle esquissa un sourire. « De plus, elle veut qu'on soit là.

— Elle veut qu'on soit là ? »

— Elle s'est montrée. Elle n'était pas obligée, expliqua Olsen.

— Alors, où est-elle ? Je crois qu'on ferait mieux de rentrer et de l'attendre à la cabane. »

Paula soupira et haussa les épaules. Elle ne voulait pas renoncer après être allée si loin, mais elle s'en retourna avec Lovell. Ensemble, ils gravirent la colline.

Nell était là, immobile entre les arbres, comme surgie de nulle part. Ils étaient passés là quelques instants plus tôt sans rien voir, aucune trace d'elle. Elle tenait un bouquet de fleurs sauvages à la main.

« *Je'y v'nu gard' Mi'i, si ?* »

Lovell allait répondre quand Olsen l'arrêta : elle se posta devant lui alors qu'il ouvrait la bouche. « Où est 'moi', Nell ? Montre-nous où est moi ?

— *Mi'i danleu tita féliss.* »

Olsen parut perplexe. « Qu'est-ce qu'elle a dit ? » C'était Lovell qui parlait le mieux la langue de Nell.

« Euh... Je crois que c'est quelque chose comme 'moi est dans un endroit heureux.' Il me semble.

— Quel endroit heureux, Nell ? Montre-nous, je t'en prie. »

Nell hocha la tête et disparut entre les arbres. Elle avançait vite, d'un pas assuré dans la pente. Lovell et Olsen crurent qu'elle s'enfuyait, essayant de les semer. Mais elle s'arrêta quelques mètres plus loin et regarda par-dessus son épaule, comme pour les inviter à la suivre.

Là où la crête était la plus à-pic, Nell disparut de nouveau. Cette fois, elle se glissa dans une crevasse à flanc de colline, une fissure creusée à même le roc et couverte de feuillage. La faille était haute et étroite. Il n'était pas facile à un homme de la corpulence de Lovell de s'y faufiler. Il s'y introduisit malgré tout, déchirant ses vêtements sur la pierre.

Une fois l'entrée franchie, l'anfractuosité s'élargissait. Il faisait complètement noir, mais Lovell sentit qu'il se trouvait dans une espèce de grotte, une profonde entaille dans la roche.

« Nell ? » Sa voix se répercuta contre les parois. Paula Olsen se fraya un passage tant bien que mal et le rejoignit. Ils attendirent que leurs yeux s'habituent à l'obscurité.

Nell était agenouillée au fond de la grotte, là où la fracture avait taillé une longue fissure horizontale qui formait une saillie naturelle.

« *Chicka Mi'i. Doulité, doulité tin di été'nité.* » Nell parla d'une voix basse et calme.

Ils voyaient assez clair maintenant pour discerner la raison des visites de Nell en ce lieu. Étendu sur un replat, comme dans une catacombe, se trouvait un squelette, entier mais petit : la dépouille d'un enfant.

« Mon Dieu, » souffla Olsen.

Dans les orbites, Nell avait déposé les têtes des fleurs sauvages, des pétales blancs et un cœur doré. Terrible vision : on aurait dit des yeux.

Olsen et Lovell contemplèrent l'étrange spectacle en silence, ne sachant que penser. Nell semblait parfaitement à l'aise en présence du squelette dont elle caressait les os desséchés des pommettes.

« *Chicka Mi'i,* » dit-elle.

Lovell tenta de reproduire sa prononciation à la lettre. « *Mi'i.* »

Nell fit un sourire éclatant. « *Mi'i é vec leu chai'yeur.*

— *Mi'i* est avec le seigneur, traduisit Lovell.

— *Mi'i féliss po' leu tin di été'nité,* » Nell se tourna vers Lovell pour avoir confirmation. « *Si ?*

— *Si,* » acquiesça-t-il.

Nell se retourna vers le squelette qu'elle contempla, caressant la pommette émaciée comme une mère réconfortant un enfant endormi. Il était évident que pour elle la dépouille était encore vivante, un être avec lequel elle avait un lien profond et réel. Nell resta un long moment immobile, plongée dans ses pensées, absorbée par la carcasse. Puis elle leva les yeux , sourit et se dirigea vers la faille dans le roc.

Après l'obscurité de la grotte, le soleil leur parut chaud, l'air frais. Ils clignèrent les yeux dans la lumière vive et tous trois rebroussèrent chemin dans la forêt. Nell montrait la route, on aurait cru une famille de sortie pour une promenade dominicale.

Paula Olsen passa la majeure partie de la journée à trier ses bandes, sélectionnant chaque instant où Nell réagissait face à son reflet dans la glace. Jusqu'à la découverte du squelette, Olsen supposait que Nell se divisait en deux personnes, un moi subjectif et un moi objectif. Elle pensait que Nell avait fait un transfert de personnalité qu'elle projetait dans le miroir. L'un des moi, son enveloppe physique, était Nell. Le reflet, un autre côté d'elle : *Mi'i*.

Elle commençait à comprendre que la vérité était beaucoup plus simple.

Quand ils regagnèrent la clairière, Nell les mena à la cabane, comme impatiente de leur montrer quelque chose. Dans la chambre, elle ouvrit une caisse dont elle sortit des habits, de vieilles robes et des chaussures, des vêtements d'enfant.

« Deux robes à smocks, dit Paula. Deux tricots. Deux paires de sandales... Des jumelles. »

Nell prit l'une des robes qu'elle mit devant elle, baisant le tissu usé. « *Mi'i*.

— Elles ont tout gardé, constata Paula. C'est à vous donner la chair de poule. »

Nell aima la consonnance du mot. « *Chai' deu pou'*, répéta-t-elle.

— Non, ce n'est pas vrai, » protesta Lovell qui caressa la robe, imitant le geste préféré de Nell. « Nell... *Mi'i, si ?* »

Nell acquiesça avec enthousiasme. « *Mi'i*.

— Elle ne comprend pas qu'elle est morte, selon vous ? demanda Paula.

Lovell haussa les épaules. « Je ne sais pas. Elle dit que sa sœur est avec le seigneur. Nell... *Mi'i é vec leu chai'yeur ?* »

Nell le regarda, son visage s'assombrit et elle hocha la tête.

« *Mi'i pa'ti po' leu tin di été'nité ? Mi'i pa'ti po' leu tin di été'nité ?* » demanda Lovell.

Nell voulut répondre, puis elle secoua la tête avec force comme pour rejeter les mots de Jerry Lovell.

« *Mi'i ress vec Nell*, gémit-elle.

— Sa jumelle est avec elle, traduisit Lovell. C'est comme si elle n'était pas morte. »

De plus en plus bouleversée, Nell s'écartait d'eux et tendait la main vers le miroir. « *Mi'i pa pa'ti !* insistait-elle. *Mi'i ress vec Nell !* »

Lovell tenta de la calmer. « D'accord, Nell. Excuse-moi. Je ne voulais pas... »

Nell ne voulait rien entendre. Elle appuyait la tête contre la glace et fredonnait d'un ton lugubre. Entre les pleurs surgissaient des mots, répétés sans relâche.

« *Tu é moi y moi é tu... Tu é moi y moi é tu...* »

Lovell et Olsen la regardaient, impuissants face à son chagrin.

« Je me suis trompé, avoua Lovell. Excuse-moi. Je ne savais pas.

— Elle le sait, assura Olsen. Mais elle ne veut pas l'accepter. »

Paula retourna au bateau où elle passa et repassa les enregistrements, sélectionnant toute référence à « *mi'i.* »

« Ce squelette était sa sœur que Nell a projetée dans la glace. Si elle ne peut avoir sa sœur en chair et en os, elle garde, en réalité, l'esprit de l'enfant vivant. »

Sur l'écran vidéo, Nell touchait son reflet, se caressant la joue. « *Mi'i,* » murmurait-elle.

Lovell examina son regard qui brûlait presque dans la glace. « C'est sa vraie jumelle, affirma-t-il. Et, à ses yeux, elle est présente. Nell la voit... ici, de l'autre côté du miroir.

— Les jumeaux forment leur propre langage, expliqua Olsen. C'est un phénomène courant. On dirait qu'ils sont sur une espèce de longueur d'ondes personnelle.

— Elle continue à lui parler. Comme si elle n'était pas morte, » poursuivit Lovell. Une partie de lui souffrait pour Nell. Seule en un monde qui lui était étranger, elle s'était inventé une amie, une sœur, quelqu'un en qui elle pouvait avoir confiance. « Et le mot : *Mi'i*. Ce n'est pas 'moi', dans le sens elle, Nell. C'est le nom de quelqu'un. J'avais remarqué que Nell avait du mal à prononcer les l et les r quand ils tombent au milieu d'un mot.

— Ça pourrait être Milly ou Mimi ?... suggéra Olsen.

— On ne le découvrira sans doute jamais. Mais elle est vivante, non ? »

Olsen acquiesça. « Vous voyez, Nell vit dans son monde... au sens propre du terme.

— Je commence à m'en rendre compte.

— Je me demande comment elle est morte, s'interrogea Olsen. Ce pourrait être utile si on pouvait transporter ce squelette dans un laboratoire... »

Lovell fit la grimace. « Elle ne le comprendrait pas. Pour Nell, ce serait un sacrilège. Cette grotte est un lieu sacré à ses yeux. Elle est sans doute encore bouleversée à l'idée qu'on lui ait enlevé sa mère, sa « Man ».

— Vous savez... si on doit découvrir un jour ce qui s'est passé, on va bien devoir bouleverser un peu les choses. »

Lovell s'effondra dans un fauteuil à côté d'Olsen et l'observa d'un regard dur. « Je croyais qu'on commençait à partager le même point de vue, dit-il. Je croyais qu'on voulait tous les deux le bien de Nell. Et vous me proposez une chose pareille. J'aimerais que vous changiez d'avis. Vous êtes de quel bord ? Pour ou contre ? »

Olsen fut prise d'une colère soudaine. « Ce n'est pas si simple et vous le savez. Nell n'est pas une espèce de race en voie d'extinction, un oiseau rare qu'il vous faut protéger.

— Rare ? Elle est unique en son genre !

— C'est un être humain. Un parmi des milliards.

— Elle est unique. »

Olsen eut un sourire sardonique. « Nous sommes tous uniques, docteur. Chacun de nous à notre façon.

— Je ne supporte pas que vous jouiez les docteurs ès médecine.

— Et moi, je ne supporte pas que vous jouiez les hippies sur le retour dans le genre 'Tout le monde il est beau'.

— Très bien. Essayez toujours. Si vous tentez de déplacer ce squelette, je vous coince devant le tribunal pour le restant de vos jours. Qu'en dites-vous ?

— Allez vous faire foutre, Lovell. » Elle jeta un coup d'œil à sa montre, puis se mit à entasser ses notes et ses vidéocassettes dans son attaché-case. « Je vais être en retard.

— En retard ? » Lovell parut perplexe. « On n'est jamais en retard à Richfield.

— Pas à Richfield, riposta Olsen d'un ton cassant. A Seattle. »

Paula Olsen était en retard, mais pas très en retard. Elle traversa la montagne le pied au plancher. Seul un orage estival la ralentit, des trombes d'eau qui s'abattirent sur l'autoroute entre Everett et les faubourgs de la ville. Elle parcourut les couloirs de l'hôpital au triple galop et arriva au bureau de Paley hors d'haleine. Elle s'arrêta un instant pour se calmer avant d'ouvrir la porte, et entra.

Paley étudia en silence la pile de documents, de notes et de profils sur le terrain qu'elle avait rassemblés, écoutant Paula lui relater pas à pas les découvertes les plus récentes. Elle avait du mal à garder un ton mesuré.

« Je ne peux rien dire sans analyser le squelette, mais je suppose qu'il s'agit de la dépouille d'un enfant, de sexe féminin, âgée de six à dix ans.

— Pourquoi ne pas l'examiner ? demanda Paley sans quitter les yeux les pages étalées devant lui.

— Ce serait délicat.

— Délicat ? Pourquoi ? »

Olsen crut bon de ne pas faire allusion à Jerry Lovell. Elle défendit cependant son point de vue. « Risque de traumatisme profond pour Nell. Cela pourrait détruire toute la confiance qu'on a réussi à instituer jusqu'à présent. Ce serait risqué à l'heure actuelle. »

Paley grommela et acquiesça.

« Si l'enfant est mort entre six et dix ans, il s'est écoulé au moins vingt ans depuis la disparition de la jumelle. Pendant tout ce temps, son évolution s'est arrêtée sur le plan du langage. Peut-être aussi sur le plan émotionnel.

— Un enfant de trente ans, commenta Paley qui continua à feuilleter les pages.

— Elle a mon âge. Je pourrais être sa sœur jumelle. »

Paley repoussa ses lunettes sur le bout de son nez et la regarda par-dessus ses verres. « Agit-elle avec vous d'égal à égal ? Vous traite-t-elle comme une sœur ?

— Non, répondit Paula qui fronça les sourcils. En fait, elle réagit mieux au Dr Lovell qu'à moi.

— Encore lui, grogna Paley.

— Il s'est montré utile. »

Paley reporta son attention sur les notes. « C'est très bien, Paula. Très bien. » Il lui décocha son sourire de vieil oncle. « Ça mérite qu'on s'en occupe correctement...

— Et en quoi cela consiste-t-il ?

— Je vais organiser pour Nell un service spécial sur le site. Je veux un contrôle total de son environnement. Je veux surveiller chaque donnée, chaque stimulus, chaque réaction. Personne n'a jamais fait ça. Vous vous rendez compte.

— Oui. » Olsen n'était pas sûre d'avoir envie de cela pour le moment. Elle voyait des escouades de scientifiques et de chercheurs débarquer dans la clairière de Nell, envahir sa maison, sans se soucier de la fragilité de son état aussi bien physique que mental. Ou pire, Paley risquait de vouloir la transférer, l'interner à l'hôpital. Une image frappante lui vint à l'esprit : Nell confinée dans l'une des mornes salles d'observation de l'établissement, soumise à l'examen implacable du voyeur derrière la glace sans tain. Paula imaginait le regard vide des yeux bleus de Nell.

Paley ne soupçonnait pas les craintes d'Olsen. Même s'il le niait avec véhémence, Nell n'était pas un être humain pour lui. Elle était une étude de cas, une fascinante ressource en matière de psychologie qu'il comptait bien exploiter.

« On va lui faire une maison, annonça Paley qui s'échauffait sur son sujet. Une famille. Un endroit sûr où grandir.

— Et Jerry Lovell ?

— Comment cela ?

— Il est très attaché à Nell.

— Raison de plus pour l'en éloigner. » Il esquissa un sourire. « Vous avez découvert ce qui a fait dérailler sa carrière ? »

Olsen n'hésita qu'un quart de seconde avant de se décider à mentir. « Non, assura-t-elle. Ça ne s'est pas trouvé.

— Ce serait intéressant de savoir ce qui s'est passé. Cela nous dirait à quel genre d'homme on a affaire. »

Olsen aurait pu lui en raconter sur le genre d'homme à qui ils avaient affaire, mais elle préféra tenir sa langue.

Paley se renversa dans son fauteuil. « C'est un doux, non ? » Il avait presque l'air amusé, comme s'il se réjouissait à l'idée de chasser Lovell de la vie de Nell. « C'est un rat qui a quitté le navire car il s'est révélé être une souris. Quelque chose dans ce genre-là, non ?

— Je n'en sais rien, » répondit Olsen d'un air pincé. Le professeur Paley commençait à lui être antipathique.

VINGT

Mike Ibarra abandonna sa voiture au début de la piste qui menait au lac et fit le reste du chemin à pied, traînant un gros sac chargé d'appareils photo. Il gravit la dernière côte : le lac, la cabane et le bateau lui apparurent. C'était un endroit magnifique, mais pas des terres sauvages comme l'avait prétendu Billy Fisher. Ibarra commençait à se dire que tout cela était bidon, que Billy Fisher avait inventé cette histoire de folle pour se faire offrir une ou deux tournées à lui et à ses copains.

Ibarra parut perplexe quand il s'arrêta le temps de prendre quelques photos : pour ce qu'il en savait, les folles ne vivaient pas dans des houseboats. Et il déboula la colline en direction de la maison.

Il monta les marches du perron et frappa sur le cadre de la porte grillagée, jetant un coup d'œil à l'intérieur. « Bonjour. Il y a quelqu'un ? »

Personne ne lui répondit, la maison était silencieuse. Il hésita, puis ouvrit la porte et entra.

Ibarra regarda les installations démodées, les meubles bruts. Sur cela au moins, Billy Fisher n'avait pas menti.

« Tout le confort d'un foyer, » murmura-t-il. Il sortit un carnet de sa poche et griffonna quelques notes au crayon.

Tandis qu'il avait le dos tourné, la porte donnant sur la chambre de Nell s'entrouvrit. Ibarra l'entendit

155

grincer et se retourna : il découvrit Nell dans l'entre-bâillement qui le regardait d'un air interrogateur, son visage trahissant un mélange de peur et de curiosité.

Ibarra tenta de cacher sa surprise. « Salut, lança-t-il avec un grand sourire. J'ai frappé, mais j'ai cru qu'il n'y avait personne. Désolé d'être entré comme ça... » Il avança d'un pas ou deux, la main tendue. « Mike Ibarra. Je suis journaliste. Au *Seattle Times*. »

Nell l'observait toujours. Elle ne réagissait pas à ses mots, elle était figée. Ibarra pensa que ce devait être la folle. Même s'il ne l'imaginait pas ainsi d'après la description de Fisher, elle avait vraiment un air bizarre. Il leva son appareil qu'il lui montra.

« Je peux vous prendre en photo ? » Il s'approcha, portant le viseur à ses yeux.

Cédant à la curiosité, Nell se pencha, les yeux rivés à l'objectif. Elle fut ébahie de voir son reflet dans l'appareil. Ibarra fit le point et déclencha l'obturateur : le flash crépita, inondant Nell d'une énorme vague de lumière blanche. Elle recula d'un bond et se mit à trembler, regardant les taches rouges qui dansaient devant elle.

Puis elle poussa un cri, un cri empreint de panique et de terreur. « *Yaah ! Hai ! Hai ! Zzzzslit !* » Et claqua la porte. Ibarra l'entendit tourner en rond comme un fauve, ses cris s'intensifiant.

Il aurait été difficile de dire qui était le plus effrayé des deux. Mike Ibarra battit en retraite. « Hé... non... tout va bien, balbutia-t-il. Je ne voulais pas vous faire peur... Je vous en prie, je vous en prie, arrêtez. »

Apparemment, ses mots produisirent l'effet contraire à celui désiré. Nell hurla plus fort, sourde aux prières d'Ibarra. Il sentit alors une forte poigne s'abattre sur son épaule. Lovell entraîna le journaliste qu'il envoya dinguer au bas des marches. Ibarra atterrit les quatre fers en l'air, son appareil et son matériel valdinguant. Lovell se dressait au-desssus de lui tel un ange vengeur.

« Si vous la touchez, vous êtes mort, vieux ! » Dans la maison, les cris de Nell faisaient toujours rage.

Ibarra se releva tant bien que mal. « Je ne lui ai rien fait. Je l'ai prise en photo, c'est tout.

— En photo ? » Lovell s'empara de l'appareil. « Vous l'avez prise en photo ? Qui êtes-vous ? Un journaliste ? »

Ibarra acquiesça. « Du *Seattle Times*. » Tandis qu'il s'époussetait, Lovell ouvrit le boîtier, pour surexposer la pellicule à la lumière, et le referma.

« Bon, dit-il, rendant son bien à Ibarra. Excusez-moi. J'ai sans doute exagéré.

— Il n'y a pas de mal, marmonna Ibarra. Qui êtes-vous ?

— Son médecin, répondit Lovell. Faites-moi plaisir, vous voulez bien ? Faites comme si vous ne l'aviez pas vue. » Il jeta un coup d'œil vers la cabane. Les cris de Nell s'étaient apaisés. Elle avait baissé la voix et mettait le méchant en garde d'un grognement menaçant. « Oubliez tout ça, je vous en prie. »

Ibarra sourit et lui tendit la main. « Mike Ibarra. » Ils se saluèrent. « Jerome Lovell.

— C'est comme ça, Dr Lovell, dit posément Ibarra. Je suis journaliste. Et j'ai le pressentiment que cette femme pourrait être un scoop. »

Lovell l'observa avec attention. « Comment avez-vous appris son existence ? Ne me dites que vous vous baladiez dans les parages par hasard. Qui vous en a parlé ?

— Dr Lovell, vous avez sûrement entendu parler des journalistes et de leurs sources. On a tendance à les protéger.

— Allons, Mike. Ce n'est pas une question de sécurité nationale.

— Désolé, docteur. »

Lovell voulait à tout prix tenir la presse à l'écart. « Si vous écrivez un article sur Nell, tout ce que vous y gagnerez, c'est d'en faire une bête de cirque.

— Pas forcément, protesta Ibarra. On pourrait le présenter de façon que...

— Si vous ne donnez pas dans le sensationnel, un autre s'en chargera. Vous gâcheriez sa vie et pour quoi ? Une tape dans le dos de votre rédacteur en

157

chef et un bravo, mon gars. 'Super ton article, Mike. Continue comme ça.' C'est ce que vous recherchez ? »

Mike Ibarra se retourna vers la cabane. Crispée et prête à s'enfuir, Nell les regardait de la porte grillagée. « Elle s'appelle Nell ?

— Oh, je vous en prie, répliqua Lovell d'un air écœuré. Écoutez, il n'y a rien à raconter... rien que l'occasion de détruire la vie d'une innocente si vous écrivez votre article. C'est clair ?

— On pourrait peut-être en parler...

— On en a déjà parlé. Maintenant, j'aimerais que vous foutiez le camp d'ici.

— C'est votre propriété ?

— Non. »

Ibarra haussa les épaules. « Dans ce cas, je ne pense pas que vous ayez le droit de me chasser.

— Vous avez vu l'effet que vous avez produit sur elle. En tant que médecin, je vous demande de partir. Et si vous refusez, le shérif est l'un de mes bons amis... »

Ibarra leva les mains en un geste de capitulation. « D'accord, d'accord. Je m'en vais... » Il se dirigea vers le chemin à flanc de colline.

Lovell le regarda partir. Il avait la désagréable impression qu'il le reverrait.

Au fil des semaines de leur vie commune par la force des circonstances, Lovell et Olsen s'étaient réparti les tâches sans préséance : ils cuisinaient et rangeaient à tour de rôle. Ce soir-là, c'était à Lovell de préparer le dîner. Il s'affairait devant le petit évier de la kitchenette à couper des légumes. Assise à la table de la salle à manger, Paula Olsen étudiait ses listes de mots choisis dans sa vaste collection de vidéocassettes et d'enregistrements.

Ni l'un ni l'autre n'entendit la porte de la cabane s'ouvrir, ni ne vit Nell traverser la clairière à pas de loup. Elle se tapit dans l'obscurité et les observa dans la cabine : elle regardait agir Olsen et Lovell avec la même intensité qu'il mettait à l'examiner. Elle entendait vaguement leurs voix et, même si elle ne comprenait pas les mots, elle sentait une tension entre eux. Il y avait de la tension dans l'air ce soir-là.

« Un journaliste est venu aujourd'hui, » annonça Lovell qui s'acharnait sur un bouquet de persil.

Olsen leva les yeux de ses listes de vocabulaire, l'air inquiet. « Un journaliste ? Comment est-ce possible ?

— Je n'en sais rien. Il ne me l'a pas dit. Peut-être a-t-il consulté les dossiers du tribunal de Monroe. » Il abandonna sa tâche et considéra Olsen d'un œil sévère. « Il n'y a que trois personnes qui soient au courant : Don Fontana, le shérif Petersen et mon associé, Amy Blanchard. » Il marqua une pause. « Et le professeur Paley, naturellement. »

Ce n'était pas la peine d'être devin pour savoir à qui Lovell reprochait la fuite. Olsen nia d'un signe. « Vous vous trompez. Paley sait que la publicité gâcherait tout. Il n'a pas informé la presse. Croyez-moi.

— Ah non ? » Lovell reprit son travail. « Quoi qu'il en soit, ce type était du *Seattle Times*. Et il a flanqué une trouille bleue à Nell. A moi aussi, par la même occasion. »

Olsen posa son stylo et se frotta les yeux. « Ça finira par arriver. On ne la gardera pas secrète à tout jamais.

— Pourquoi ? » Une pointe de colère perça dans sa voix, comme s'il reprochait cette situation à Olsen.

« Je vous en prie, soyez réaliste. Les gens parlent. Ils ne sont pas aveugles. Même au fin fond de la cambrousse. Vous devriez savoir mieux que personne combien il est difficile de garder un secret dans une petite ville. Je ne serais pas étonnée d'apprendre que la moitié de Richfield sait qu'il se passe des choses ici.

— Eh bien, grommela Lovell. Ça ne les regarde foutrement pas.

— Peut-être... Mais la vie est ainsi. C'est aussi simple que ça. »

Lovell jeta son couteau. « C'est insupportable !

Pourquoi ne peut-on la laisser vivre en paix comme elle l'entend, nom de Dieu ?

— On en est tous là ! riposta Olsen. Pourquoi Nell ne serait-elle pas comme les autres ? Qui a la paix ? Même vous, vous ne vivez pas comme vous le voulez. Le monde finira par interférer.

— Pourquoi Nell ne serait-elle pas comme les autres ? Parce qu'elle ne l'est pas.

— On en a déjà parlé, répliqua Olsen d'un ton las. Si seulement il y avait moyen de la protéger.

— Comment ? On ne peut pas construire un mur tout autour de la forêt ! » Il retira le persil de la planche à découper et se mit à peler un oignon jaune.

« On pourrait l'emmener ailleurs, suggéra-t-elle. L'installer dans un endroit dont on pourrait contrôler l'accès. Elle serait en sécurité, personne ne la dérangerait. Et on l'aurait à disposition pour l'étudier. » C'était l'idée du professeur Paley, naturellement. Bien que Paula eût des doutes sur la question, l'honneur lui dictait d'essayer de la mettre en pratique.

Lovell lui jeta un regard froid. « Un service psychiatrique, par exemple ?

— Et que proposez-vous, alors ? lança Paula d'un ton cinglant. De l'installer à l'Holliday Inn ? »

Une expression méprisante déforma le visage de Lovell. « C'est l'œuvre de Paley, n'est-ce pas ? Vous voulez l'arracher à sa maison pour l'enfermer comme un rat de laboratoire, c'est ça ? Je n'aurais jamais dû vous laisser vous en mêler. Je donnerais n'importe quoi pour repartir à zéro. »

Olsen était furieuse, mais elle s'efforça de garder son calme. « Je veux l'aider par tous les moyens. Si vous me proposez une meilleure solution, je vous écouterai. »

Nell était arrivée sur le pont : elle jeta un œil timide par la fenêtre, scrutant l'étrange monde de Jerry et Paula. Leur ton commençait à la troubler. A chaque offensive, elle tremblait un peu.

Lovell coupa les oignons en morceaux, assénant de grands coups sur la planche. « A chaque fois que vous partez, à chaque fois que vous allez en ville, vous vous précipitez dans les bras de Paley pour lui raconter tout ce qui se passe ici. » Il versa de l'huile d'olive dans une poêle, alluma le gaz et jeta les oignons dedans.

« Je ne m'en suis jamais cachée. » Les mots d'Olsen étaient secs.

« Je me demande ce que vous mijotez pour Nell. » Il secoua la tête et prit un air écœuré. « Vous devriez avoir honte de vous, tous les deux. »

Paula perdit son sang-froid. « Ne soyez pas si puéril ! Al Paley est un psychologue de renommée mondiale. Vous avez eu une foutue chance d'être tombé sur lui ! »

— Ah bon ? Regardez ce que j'y ai gagné : vous ! » Les joues d'Olsen s'empourprèrent. « Dites de moi ce que vous voulez mais n'oubliez pas qu'Al Paley est le meilleur dans son domaine.

— Formidable ! » Lovell reprit sa tâche, tranchant en deux une gousse d'ail du manche du couteau. Il n'avait plus faim. « Alors, dites-lui d'y rester dans son putain de domaine, d'accord ? Et je resterai dans le mien. Quant à Nell, elle n'a pas besoin de lui non plus.

— Et de qui a-t-elle besoin ? De vous ?

— Elle pourrait trouver pire, marmonna Lovell.

— Ah, vraiment ? » Paula Olsen eut un rire sarcastique. « Et qu'est-ce que vous avez à offrir ? Quel est votre grand projet pour elle ? Quel genre d'avenir pouvez-vous lui proposer ? »

Alors que la voix de Paula s'élevait, celle de Jerry se fit plus douce, plus mesurée. « Je n'ai pas l'intention d'organiser son avenir. Je ne fais pas de projets, moi. C'est votre spécialité, ça. La vôtre et celle de Paley. Allez jouer ailleurs et laissez-nous en dehors de tout ça.

— Ah, on en est là : nous ? Jerry et Nell. Vous deux vivant ici en pleine nature. La femme enfant et son puissant protecteur muet.

— Taisez-vous. » Il n'avait plus envie de préparer le dîner. Il repoussa le couteau, s'empara du tire-bouchon et sortit une bouteille de vin — la réserve d'Olsen — du réfrigérateur.

« C'est ainsi que vous voyez les choses, n'est-ce pas ? L'heureux couple insouciant loin du grand méchant monde.

— Que savez-vous des couples heureux ? hurla Lovell.

— Et vous, que savez-vous de quoi que ce soit ? » riposta Olsen.

Nell était figée sur place. La respiration rapide, la poitrine haletante, le cœur battant, elle se tenait à la fenêtre. Elle ne supportait pas le ton cassant, courroucé, des mots. Un gémissement jaillit de sa gorge, l'orage de la dispute le couvrit.

« Vous n'avez pas les couilles de vous colleter à une femme adulte, lança Olsen. Alors, vous résolvez votre problème en vous accrochant à Nell. C'est pathétique !

— Vous êtes une vraie salope !

— Et vous, vous êtes trop trouillard pour prendre des responsabilités...

— Non mais, écoutez-la ! rugit Lovell. Et c'est vous, la femme adulte dans l'histoire ? Vous n'êtes qu'une gamine qui veut faire plaisir à son papa, son papa grand et fort là-bas à Seattle. Voilà ce que vous êtes.

— Sûrement pas ! » Olsen était folle furieuse. Elle hurlait aussi fort que Lovell. « Moi, je fais quelque chose, je tire quelque chose de cette situation. C'est pas comme vous. Vous êtes si sensible. Trop sensible pour prendre le moindre risque, pour faire quoi que ce soit, bordel ! »

Ils se disputaient comme des chiffonniers, se jetant des mots à la figure pour se blesser, se blesser cruellement. Emportés par la colère, ni Olsen ni Lovell ne remarquèrent que chacun connaissait le point faible de l'autre. Sans s'en rendre compte, ils en étaient arrivés à se connaître trop bien.

« Vous voulez savoir quel est votre problème ? lança Lovell d'un ton cinglant. Je vais vous le dire moi quel est votre fichu problème... »

Elle le coupa avec agressivité. « Mon problème ? Et le vôtre ? Vous crevez trop de trouille pour avancer d'un pouce. Vous avez tellement peur de commettre une erreur, de vous tromper, que vous êtes paralysé !

— Et vous, vous avez peur des hommes ! »

Ce trait la laissa sans voix un instant, mais rien qu'un instant. Elle se dressa de toute sa taille et hurla : « Qu'est-ce que vous en savez ? Vous n'êtes pas un homme ! Vous êtes un enfoiré de jobard ! »

Sans réfléchir, Lovell saisit sur le fourneau la grosse poêle qu'il brandit comme s'il allait l'en assommer. Une pluie d'oignons brillant d'huile bouillante voltigea.

« Vous allez me frapper ? railla Olsen. Vous allez me tuer ? Vous en connaissez un bout là-dessus, hein ? La seule putain de décision que vous ayiez prise dans votre vie et vous... »

Ses mots le blessèrent tel un coup de poignard. L'espace d'une seconde, Lovell craignit de l'étourdir avec la poêle à frire. Il lui fallut tout son sang-froid pour abaisser son arme non pas sur la tête d'Olsen, mais sur la table. Le métal heurta le bois dans un fracas terrifiant.

« Allez vous faire foutre ! beugla Lovell.

« *Aiee !* » Soudain, la porte de la cabine s'ouvrit à la volée. Nell les regardait, l'air affolé. Elle hurlait et geignait, agitant la tête de côté et d'autre. Elle s'abattit sur Lovell et prit son visage entre ses mains, comme pour endiguer le flot de mots coléreux. « *Leu ange ga'ien di pa'ol di chai'yeur !* » gémit-elle.

Lovell et Olsen étaient trop abasourdis pour réagir. Nell s'effondra, tremblant et sanglotant. C'était terrible de l'entendre, on aurait dit un enfant qui souffre. Elle pressa le front contre le sol et hurla, comme pour les supplier d'arrêter. « *Ange ga'ien... Jentil ange ga'ien... Ange ga'ien ressa chai'yeur...* »

Aussitôt, Lovell s'agenouilla auprès d'elle, la prit dans ses bras et la serra contre lui. Il la sentait frissonner, son cœur battant la chamade. « Oui, oui. *Ange ga'ien ressa chai'yeur* » murmura-t-il. Tout va bien. Je t'assure... » Il jeta un coup d'œil vers Olsen. « Dites quelque chose. Montrez-lui que tout va bien. »

Olsen esquissa un sourire, puis se pencha vers Nell et lui caressa les cheveux. « Tout va bien, Nell. Maman aime papa. C'est vrai, je te le jure... »

Il fallut un moment pour calmer Nell. Au bout d'une heure de caresses et de mots doux, elle tremblait moins et n'était plus roulée en boule. Ne pensant qu'à rassurer Nell, Olsen et Lovell en avaient oublié leur colère.

« Nell ? » Elle tourna vers lui son visage zébré de larmes. « Tout va bien maintenant. *Si* ?

Nell acquiesça. « *Si.*

— Tu veux rentrer chez toi ?

— Euh, euh.

— Je vais la raccompagner, chuchota Lovell à Olsen. D'accord ?

— Allez-y. »

Main dans la main, Nell et Jerry regagnèrent la cabane. Lovell avait honte à l'idée que Nell l'ait vu — que Nell les ait vus tous les deux — hors d'eux et il ne savait comment s'expliquer.

Quand il était enfant, réveillé en pleine nuit par les cris de rage de ses parents, il les avait surpris qui se disputaient. A sa connaissance, son père et sa mère formaient un couple heureux, mais il leur arrivait à eux aussi de se quereller de temps en temps.

Les tensions qui existent dans n'importe quelle famille en arrivent parfois au point de rupture et font éclater des polémiques aveuglées par la colère. Lovell se rappelait mal les motifs de discorde, sans doute toujours les mêmes banalités qui nuisent à tout mariage : l'argent, les problèmes de travail, la vie sexuelle, la maison, la famille ; les choses désagréables de la vie. Un trait, une remarque mordante, et une étincelle suffit à déchaîner un enfer de fureur et de douleur.

Lovell se rappelait qu'il se pelotonnait dans son lit, écoutant la dispute monter comme un orage. Il était au supplice, torturé par ses peurs, craignant que ses parents ne s'aiment plus, que la famille ne se disloque. Pire encore, il craignait d'être responsable de toute cette hostilité, de l'avoir provoquée.

Lovell se bouchait les oreilles et balançait la tête, il se chantait une mélodie, écoutant sa voix résonner dans son crâne. Il aurait fait n'importe quoi pour enrayer le bruit de la colère.

Puis cela s'apaisait.

Le lendemain matin, il était toujours étonné de voir que l'orage avait passé, que la vie reprenait. Lovell observait ses parents au petit-déjeuner, il les regardait agir comme d'habitude, comme si de rien n'était. Il n'arrivait pas à croire qu'ils s'étaient pardonnés, qu'ils oublieraient chacune des paroles hostiles qu'ils avaient prononcées, qu'ils ne concevraient pas une éternelle rancune, une secrète répugnance.

En grandissant, il découvrit les remarquables propriétés du corps et de l'esprit humain à se reconstituer, il apprit que les meurtrissures se cicatrisent, que l'amertume s'efface et disparaît telles de vieilles blessures. Pourtant, il n'y croyait pas. Dans son couple, il avait si peur des conflits qu'il ne s'était jamais disputé avec sa femme. Pas même lorsqu'elle lui avait annoncé qu'elle le quittait.

Lovell laissa Nell à la porte de la cabane, puis repartit vers le bateau. A mi-chemin, il s'aperçut qu'Olsen se trouvait sur la jetée, tout au bout, à contempler le ciel étoilé. Il l'approcha timidement, il avait encore en tête les horreurs qu'il lui avait dites. Il avait honte de lui.

« Elle va bien ? demanda-t-elle.

— Oui.

— Je regrette... » Elle fit un geste vers le bateau, comme si les décombres de leur altercation gisaient encore là.

« Moi aussi.

— Papa et maman avaient l'habitude de se bagarrer ainsi, avoua Olsen en souriant. Des éclats de voix terribles. Des scènes très spectaculaires.

— Je pensais à la même chose. A mes parents. On aurait cru la fin du monde. »

Olsen acquiesça. « Et quand ma mère me disait de ne pas m'inquiéter, que parfois les papas et les mamans se chamaillaient... je ne la croyais pas.

— Moi non plus. »

Ils restèrent un moment silencieux, écoutant la musique du vent sur l'eau.

« Ma mère disait que ça aère, reprit Lovell. Qu'une bonne dispute fait sortir les choses au grand jour. Vous pensez que c'est vrai ?

— Je ne sais pas, répondit Olsen. Ça fait long-temps que ça ne m'était arrivé.

— Cette situation a sans doute un côté un peu claustrophobe. On est opposés mais on travaille côte à côte.

— Sans doute. » Paula jeta un coup d'œil vers la maison. « Qu'en a pensé Nell, d'après vous ?

Lovell rit. « Elle a eu exactement la même réaction que la mienne. J'avais dix ans et je n'avais qu'une idée : que ça s'arrête. Ça m'était égal de savoir quelle en était la cause, qui avait tort ou qui avait raison. Je voulais juste que ça cesse. Nell aussi, c'est tout ce qu'elle voulait.

— Je suppose.

— Écoutez. Quoi que j'aie pu dire tout à l'heure... je me vantais. Qu'est-ce que j'en sais ? Je ne sais rien de vous. Oubliez tout ça.

— Vous en savez assez, répliqua Paula. Assez pour m'avoir touchée une ou deux fois.

— Ah bon ? Vous n'y êtes pas allée de main morte non plus. J'ai l'impression que vous m'avez cassé deux côtes.

— Merde ! s'exclama Olsen en riant. Vous alliez me frapper avec la poêle à frire.

— Allons. Vous n'imaginiez tout de même pas que j'allais le faire ?

— Vous aviez l'air exaspéré.

— Vous aviez touché une corde sensible. Bien visé. Comment y êtes-vous arrivé ?

— On s'est sans doute raconté plus de choses qu'on ne croit ces dernières semaines. »

Lovell se frotta le visage et éclata de rire. « Je ne me rappelle pas vous avoir dit que j'étais un jobard.

— Ça, je l'ai trouvé toute seule.

— Stupéfiant. Il a fallu deux ans à mon ex-femme pour s'en apercevoir. Il faut reconnaître que ce n'est pas son métier de lire dans les pensées. »

Olsen fit un grand sourire, désarmée par sa franchise. Elle garda le silence, songeant qu'une confidence en appelle une autre. « J'ai fait mon rapport à Al Paley.

— Je le sais. Et vous avez raison...

— Vraiment ? » Elle paraissait surprise.

Lovell sourit. « Vous n'auriez jamais cru que je dirais une chose pareille, hein ? Ma magnanimité vous impressionne ?

— Ça dépend. A propos de quoi ai-je raison ?

— Qu'on doit avoir un projet pour Nell. Je ne veux pas qu'on l'enferme dans un hôpital, c'est tout. Je crois sincèrement qu'elle en mourra si on l'enlève à son cadre.

— C'est possible. Et je n'ai aucune intention de l'interner.

— Vraiment ?

— Les hôpitaux sont faits pour les malades, affirma Olsen. Les gens qui ne peuvent se prendre en charge. Si Nell peut assumer sa vie, elle n'a rien à faire dans un hôpital.

— C'est une condition de taille, » répliqua-t-il sobrement. Il jeta un regard alentour. « Tant qu'on lui fournit de quoi manger, elle peut vivre ici. Mais si vous estimez qu'elle doit avoir des contacts avec le monde extérieur... c'est une toute autre affaire...

— Il n'y a qu'une façon de le découvrir, répondit Olsen.

— Laquelle ?

— L'emmener en ville pour voir comment elle réagit... »

VINGT ET UN

Fascinée, Nell contemplait son reflet dans la glace en pied. Cette fois, elle ne regardait pas, par-delà sa propre image, sa sœur défunte dans les yeux ni, de l'autre côté du miroir, le monde qu'elles partageaient. Cette fois, c'était elle qu'elle regardait — elle seule — et elle n'en croyait pas ses yeux. Nell ne portait plus son ample chemise grise délavée. Elle avait revêtu une simple robe bain de soleil bleu marine, une tenue de Paula Olsen. L'effet était saisissant : le coloris sombre soulignait la blancheur délicate de son teint et le bleu profond de son regard. Un étranger, qui n'aurait pas connu l'état de Nell, aurait vu en elle une assez jolie jeune femme, habillée sans prétention mais avec élégance.

Paula Olsen, qui se tenait derrière Nell, la regardait frotter le tissu entre son pouce et son index, le lisser comme une étoffe rare. Nell paraissait ravie de son nouveau style et Olsen ne pouvait que réprimer son sourire. On aurait dit une petite fille qui s'amuse à mettre les vêtements de sa mère. Pour la première fois de sa vie, Nell cédait à une innocente vanité.

« Attends, on va ajouter un petit quelque chose à ta nouvelle image, proposa Paula. Essaie ça. » Elle tendit une large veste beige de lin brut qu'elle passa sur les frêles épaules de Nell, puis recula de deux pas pour admirer son œuvre.

« C'est bien, non ? »

Un grand sourire aux lèvres, Nell s'étudia dans la

glace, captivée par sa toilette, stupéfaite de se reconnaître en cette personne. Ses mains s'affairaient à fouiller les poches. Elle en extirpa un billet froissé d'un dollar, décoloré par le blanchissage, qu'elle déplia. Son visage s'assombrit lorsqu'elle l'examina. Elle considéra la reproduction de George Washington avec méfiance.

« *Ma'faisan*, déclara-t-elle d'un air guindé.

— Non, non, assura Olsen. Il est avec le Seigneur. »

Nell acquiesça, acceptant l'affirmation sans broncher. « *Y Mi'i. Y Man*.

— C'est ça. » Olsen se rappela de faire une note sur l'incapacité de Nell à toute pensée critique. Elle acceptait toute information comme une vérité et de n'importe qui. C'était une dangereuse faiblesse qui la laissait sans défense face à des inconnus moins scrupuleux qu'Olsen et Lovell.

« Bien, Nell, dit-elle. On n'a pas encore fini. » Paula sortit de son sac un peigne et une brosse, puis rassembla les cheveux courts de Nell.

« C'est un peigne.

— *Pein'*, répéta Nell.

— On s'en sert pour les cheveux. » Olsen passa le peigne dans les cheveux de Nell, surprise de ne pas les trouver tout emmêlés. Elle lui fit une raie et la brossa d'une poigne énergique.

« Brosse.

— *Brosse*, » répéta Nell consciencieusement.

Nell suivit toute l'opération dans le miroir. Elle semblait un peu perplexe au début. Lorsqu'elle s'aperçut que ses cheveux devenaient doux et soyeux, elle parut trouver cela logique.

« Tu es ravissante, Nell. Allons montrer ça à Jerry. »

Lovell attendait dehors, assis sur les marches du perron. Quand Olsen et Nell sortirent de la cabane, il se leva d'un bond. A sa vue, il resta bouche bée, ébahi de la transformation.

« Whaouh ! »

Nell descendit l'escalier en sautillant, un sourire

béat aux lèvres. « *Com' Pau'a,* » lança-t-elle. Pour souligner l'effet, elle releva l'ourlet de sa robe et tournoya avec la grâce d'une danseuse à un grand bal.

Lovell acquiesça. « Comme Paula. Tu es magnifique, Nell, vraiment magnifique.

— Alors, on y va ?

— Sans doute... si vous pensez que c'est une bonne idée.

— Oui. On va prendre ma voiture.

— Nell, tu as envie de faire un tour dans la voiture de Paula ? » proposa Lovell.

Elle le regarda d'un air interdit : manifestement, elle ne savait pas de quoi il parlait.

Jerry jeta un œil inquiet vers Olsen. « Vous êtes sûre que c'est une bonne idée ? La robe, la veste, les cheveux... Vous ne croyez pas que ça suffit pour aujourd'hui ? Ou bien je joue les jobards une fois de plus ? ajouta-t-il avec un large sourire.

— Oui, vous jouez les jobards.

— Bon, c'est vous le chef. »

Jerry et Paula firent traverser la clairière à Nell à qui ils montrèrent la rutilante MG surbaissée rouge vif. Lovell ouvrit la portière et lui fit signe de s'installer sur la banquette arrière.

« Allez, Nell. Monte. »

Nell ne bougea pas.

« Montrez-lui.

— D'accord. » Lovell se glissa dans la voiture de sport et s'effondra sur le siège étroit. Il tapota la place à côté de lui. « Allez, Nell. Ici. »

Nell s'exécuta. Elle avait un curieux petit sourire aux lèvres lorsqu'elle monta dans l'auto, comme si elle n'arrivait pas à croire ce qui lui arrivait.

Jerry Lovell songea que rien de ce qu'elle faisait ne pouvait plus l'étonner. Il pensait avoir tout vu, mais sa totale inexpérience du monde quotidien le sidéra. Une chose aussi simple que de monter dans une voiture était un événement qu'elle vivait intensément.

Olsen se glissa au volant. « On y est ?

— Allons-y, » dit Lovell.

Quand le moteur gronda, Nell sursauta et jeta un coup d'œil nerveux à Lovell.

« Tout va bien, assura-t-il en lui pressant l'épaule. Ne t'inquiète de rien. »

Lorsque la voiture démarra, une expression d'une telle surprise se peignit sur son visage qu'Olsen faillit rire tout haut. Tandis que le véhicule cahotait sur la piste, Nell se retourna vers la cabane qu'elle vit s'estomper, ébahie de s'en éloigner.

Elle reporta ensuite son attention sur Paula et sa conduite. Tout était fascinant : la façon de tourner le volant, le geste de Paula sur le changement de vitesse, les aiguilles du compteur et du compte-tour qui grimpaient. Elle détourna les yeux le temps de décocher un joyeux sourire à Lovell.

Quand la MG quitta le chemin et s'engagea prudemment sur la route, Nell contempla avec une craintive admiration le long ruban d'asphalte. Puis un klaxon retentit et un énorme camion les dépassa en trombe dans un terrible grondement. Ballottée sous les ondes de choc du poids lourd, la suspension de la petite voiture de sport s'en ressentit. Nell se jeta sur les genoux de Lovell, gémissant de terreur. Elle enfouit son visage contre lui pour échapper au bruyant mastodonte.

« Tout va bien, dit Lovell en prenant soin de garder un ton posé. Il ne te fera pas de mal. Ne t'inquiète pas. *Pa peu'*, Nell. »

La curiosité l'emporta sur la peur. Nell se redressa, mais s'accrocha au bras de Lovell. Quand deux voitures passèrent en un éclair, elle le serra, lui enfonçant ses ongles dans la chair.

Paula regarda par-dessus son épaule. « Ça va ? On y est ? »

Lovell fit signe qu'ils étaient prêts. « On y va. »

Paula passa la vitesse et appuya sur l'accélérateur. La MG regimba, les roues arrière tournoyèrent sur le gravier, puis ils décollèrent.

Dans la forêt, ils n'avaient pas dépassé les vingt-cinq kilomètres heure. En quelques secondes, ils atteignirent les quatre-vingt.

Prise de panique, Nell glapit et se nicha au creux de l'épaule de Lovell. Une fois de plus, sa curiosité triompha. Elle risqua un coup d'œil furtif et aperçut les arbres qui défilaient le long de la route. Le spectacle était trop déconcertant. De nouveau, elle se terra, mais pas longtemps. Ce nouveau monde était beaucoup trop passionnant, beaucoup trop intéressant. Malgré sa frayeur, elle fut contrainte à regarder.

« Comment se débrouille-t-elle ? hurla Olsen dans le vent.

— Très bien. Elle s'y fait. Ça va finir par lui plaire, je crois. »

Comme pour lui donner raison, Nell s'écarta de lui, la tête droite, les yeux écarquillés. Elle tremblait un peu, mais pas de peur. Nell commençait à goûter le plaisir de la vitesse.

Le vent soufflait dans ses cheveux. Soudain, elle lança les bras en l'air et se mit à planer. Puis elle poussa un cri, un énorme cri de joie qui exprimait son émotion : la vitesse la grisait.

« *Aah-aaa-whaaa-aaa ! WHAAA-HAAA-WOUOU-OU !* » C'était un cri d'extase, le bonheur total. Nell n'aurait pu traduire, dans aucune langue, la sensation qu'elle éprouvait en cet instant. Pourtant, Lovell la comprit. Il avait toujours eu envie de pousser ce cri quand il fonçait sur l'autoroute dans une voiture de sport décapotable.

Instinctivement, il célébra avec Nell la beauté de la vitesse. Il agita les mains en l'air et brailla à pleins poumons. « *Whaouh-ouh-whaouh-ouh !* »

Paula Olsen voyait ses deux passagers dans le rétroviseur. Nell était au septième ciel : les cheveux au vent, elle hurlait de toute sa voix. Ces dernières semaines, Paula Olsen avait parcouru cette route une centaine de fois sans jamais avoir l'impression de faire une chose magique, enivrante. L'enthousiasme innocent de Nell était contagieux. Soudain, Paula se mit à brailler à son tour.

« *Ouais-ais ! Ouais-ais-ais !* »

Ils hurlèrent tout le long du chemin jusqu'à l'arrivée aux abords de Richfield où la MG déboula à vive allure. Ils hurlèrent en passant devant les stations service et les caravanes, ils hurlèrent en passant devant les magasins et les relais, ils hurlèrent en passant devant les entrepôts de chiffonnier-ferrailleur et les centres commerciaux, décor habituel des faubourgs d'une petite ville.

Nell s'arrêta de vociférer quand un bruyant cortège de motocyclettes les rattrapa, puis les doubla dans un grondement de moteurs et un concert de klaxons, Billy Fisher en tête. Les autres mauvais garçons de Richfield — Jed, Shane et Stevie — le suivaient, déployés en éventail sur les deux voies comme un chasse-neige volant. Nell en resta bouche bée.

La MG passa en trombe devant Lorene et Calvin Hannick assis dans leurs fauteuils sur le seuil de leur caravane délabrée. Le couple regarda débouler la voiture de sport d'un air hagard, sans rien comprendre.

Les Hannick fascinèrent Nell qui tendit le cou pour voir disparaître le couple impassible. Lovell comprit que tout le monde exerçait un pouvoir de fascination sur Nell, même des gens sans intérêt tels que les Hannick. En dehors de sa mère, de lui, d'Olsen et de quelques autres, Nell n'avait jamais vu un être humain de sa vie. Devant son regard ébahi, la moindre rencontre semblait unique, rare, singulière.

Aux yeux de Nell, des choses que Lovell ne remarquait plus depuis longtemps devenaient des merveilles comme le Jolly Chef Diner, un boui-boui en ruine aux abords de Richfield. On n'y mangeait pas spécialement bien, on n'y était pas aimablement reçu et la propreté laissait à désirer, mais Nell trouva que le restaurant tenait du miracle. Le clou du repas fut la statue en plâtre du Jolly Chef en personne qui décorait le toit branlant de la gargote. Le personnage arborait un sourire idiot peint sur son visage de bande dessinée. Quand Nell le vit, elle lui rendit son sourire, imitant l'expression à la perfection.

Paula ralentit lorsqu'ils entrèrent vraiment en ville. « Bienvenue à Richfield, Nell. »

L'idée que Nell avait vécu si longtemps près de Richfield sans savoir que cet endroit existait semblait ahurissante, songeait Lovell. Naturellement, pour quelqu'un qui avait vécu dans l'isolement le plus total, le concept même de la vie communautaire, d'avoir des voisins, d'échanger quelques mots avec des étrangers, était pour ainsi dire incompréhensible. Nell avait tant à apprendre.

Paula Olsen se gara dans Main Street, se glissant dans un créneau juste à côté de la voiture de police du shérif Petersen. Nell contempla les quelques piétons sur le trottoir et fut sidérée de voir le nombre de gens qui vivait sur cette planète. Personne ne lui prêta la moindre attention, personne hormis un petit garçon de six ou sept ans qui trottinait derrière sa mère. Lui seul remarqua son regard étrange, intense, et il l'observa à son tour d'un air médusé. Puis il fit une grimace et lui tira la langue. Nell fit de même, l'imitant à la perfection. Choqué qu'un adulte se comportât ainsi, le petit garçon éclata en larmes et s'accrocha à la robe de sa mère. Nell baissa les yeux, consternée d'avoir fait de la peine à un enfant.

Jerry Lovell descendit de voiture et lui tint la portière. « Bien. On est arrivé, Nell. » Il la prit par la main et la guida vers le trottoir. « Voilà la grande vie que tu n'as jamais connue. » Il embrassa la grand-rue endormie du regard, la considérant d'un bout à l'autre. « Toi, je ne sais pas mais moi, je me trouve déjà mal. »

« Hé, Lovell. Comment ça va ? » Jerry se retourna vers Todd et Mary Petersen qui sortaient du poste de police et se dirigeaient vers leur voiture.

« Holà, Todd. Bonjour, Mary. » Mary Petersen ne répondit pas à son salut. Lovell vit que la femme du shérif allait mieux que lors de leur dernière rencontre mais elle avait toujours cette expression hagarde, comme si elle n'avait qu'une vague notion de l'endroit où elle se trouvait et des gens qui l'entouraient.

« Miss Olsen, dit Petersen. Je vois que vous êtes toujours parmi nous.

— Ça m'en a tout l'air, shérif, » répliqua Paula.

A sa grande surprise, Petersen s'aperçut alors que

la jeune femme qui se tenait entre Olsen et Lovell n'était autre que la mystérieuse Nell. « Eh bien, je serai..., commença-t-il. Qu'est-ce qui se passe ?

— Nous faisons une petite expérience, expliqua Lovell. Nell, je te présente le shérif Petersen.

— Bienvenue à Richfield, Nell. »

Le regard de Nell survola Petersen, puis se posa sur Mary. Elle l'observa avec attention. On avait l'impression qu'elle cherchait à percevoir le sens caché de son visage inexpressif. Les yeux inanimés de Mary la fixaient, toujours aussi vides.

Lovell prit Petersen par le bras et le détourna du groupe.

« Je suis désolé d'avoir disparu de la circulation, s'excusa-t-il. J'avais, comme qui dirait, fort à faire là-haut.

Petersen acquiesça. « Je comprends... » Il jeta un coup d'œil oblique vers sa femme. « Il n'y a rien de neuf.

— Comment va-t-elle ?

— Mary est égale à elle-même, Jerry. Elle traverse une phase de calme en ce moment. »

Nell examinait toujours le visage de Mary. Elle tendit la main et lui effleura la joue. A l'instant où Nell la toucha, Mary écarquilla les yeux de surprise et prit une profonde inspiration, comme parcourue d'une décharge électrique. Le mouvement fut imperceptible. Ni Lovell ni Petersen ne s'en aperçurent. Paula Olsen, elle, le remarqua et suivit la scène : le regard des deux femmes se scella.

« Allez, Mary, dit Petersen. Il est temps de partir. »

Mary Petersen monta dans la voiture sans quitter Nell des yeux, apparemment incapable de s'en détacher. Le shérif jeta aussi un coup d'œil vers Nell, ne pouvant croire que cette jeune femme docile et soignée était celle qu'ils avaient découverte le jour de la mort de Violet Kellty.

« Vous faites du bon boulot, Lovell.

— Ce n'est qu'un début, Todd. » Jerry prit Nell par le bras et l'entraîna sur le trottoir. Mary Petersen suivit Nell des yeux tout le long du chemin.

175

Larry's Supermarket était un banal supermarché situé au milieu de Main Street, sauf si on le voyait à travers le regard de Nell. Pour elle, c'était un pays des merveilles, une profusion de couleurs et d'excitants. Nell erra dans les étroites allées à contempler la marchandise, ne pouvant croire qu'il existât un endroit pareil en ce monde.

Un étalage de papier hygiénique l'arrêta. Elle cligna les yeux devant les pyramides de rouleaux aux coloris vifs, se repaissant de ces teintes prodigieuses : rose bonbon, jaune chèvrefeuille, vert menthe.

Un casier de bouteilles d'huile dorées attira alors son attention. Elle colla le museau contre le liquide brillant. A travers les bouteilles, elle aperçut une montagne de pommes, chacune étincelant avec l'éclat d'un rubis.

Olsen et Lovell suivaient Nell qui regardait de côté et d'autre, examinant les produits sur les rayonnages comme dans une galerie d'art. Elle tendait la main à demi, n'osant approcher ces objets extraordinaires. Une femme attrapa au passage un énorme paquet de couches jetables qu'elle jeta sans façon dans son chariot. Nell s'empara à son tour d'un paquet et étudia le portrait d'un gros bébé aux joues roses qui suçait son pouce. Imitant assez fidèlement le modèle, elle mit son pouce dans sa bouche.

Olsen lui prit gentiment des mains les couches qu'elle remit à leur place. « Ça, tu n'en as pas besoin, dit-elle.

— Pourquoi ? s'enquit Lovell. Tout le monde prend ce qu'il veut. Pourquoi pas Nell ? »

Olsen mit les mains sur les hanches et regarda Lovell d'un œil critique. « A quoi on joue, là ? lança-t-elle. On est censés lui laisser prendre tout ce qu'elle veut ?

— Pourquoi pas ? » Il jeta un coup d'œil vers Nell qui était béate d'admiration devant un étalage de pain de mie en sachet.

« Elle ne connaît pas tous ces trucs. Comment pourrait-elle savoir ce qu'elle veut ?

— Et alors ? Allez lui chercher un chariot et laissons-la découvrir par elle-même.

— Très bien, acquiesça Olsen. Mais c'est vous qui payez.

— D'accord. »

Nell poussa son chariot dans le magasin pendant plus d'une heure, choisissant des articles au hasard. Quand elle eut fini, elle l'avait rempli d'un mélange hétéroclite : une pile de poivrons verts, du papier d'aluminium, une demi-douzaine de boîtes de nourriture pour chien, une passoire en plastique et une collection complète de gants de cuisine pour le four.

« C'est ridicule ! » s'exclama Olsen tandis que Lovell déchargeait les provisions à la caisse. Nell surveillait un à un les articles qui passaient devant le lecteur optique, sursautant à chaque fois que la machine émettait un petit bip électronique.

« Qu'est-ce que ça a de ridicule ? »

Olsen prit l'une des boîtes de nourriture pour chien dans le chariot. « Elle a six boîtes de nourriture pour chien... et elle n'a pas de chien.

— Qui dit que c'est de la nourriture pour chien ?

— Moi, répondit Olsen. Vous voyez ? C'est écrit dessus. D'après moi, ça veut dire nourriture pour chien.

— Bien sûr. Pour vous, c'est une boîte de nourriture pour chien. Pour Nell, c'est la photo d'un animal accompagnée d'un support rond en métal. C'est une simple question de perception.

— Je vous en prie... »

Nell attendait devant l'entrée du magasin, regardant dans la rue. Dans son dos, l'employée emballait ses achats et Lovell fouillait ses poches à la recherche de son portefeuille. Il s'arrêta soudain dans son geste et prit quelque chose sur le présentoir à côté de la caisse. C'était un gros paquet de bonbons, un paquet de cellophane bourré de bonbons ordinaires en tout genre aux papiers criards. Il l'ajouta au reste.

« Hé, hé, protesta Olsen d'un air sévère. Moi, je ne lui achète pas ça. » Elle s'empara du sachet qu'elle remit en place.

« Pourquoi ?

— Elle n'a jamais mangé de cochonneries de sa vie et je ne tiens pas à ce qu'elle commence aujourd'hui. »

Lovell rit et secoua la tête. Il récupéra les bonbons qu'il remit avec les autres achats de Nell. « Allez. Faites pas la tête. Vous voulez dire qu'elle n'aura jamais le droit de goûter un petit bonbon ? »

Olsen se sentit un peu agacée. « C'est toujours la même histoire. Papa joue les gentils et maman les rabat-joie qui empêchent tout le monde de s'amuser. »

La main sur le sachet, la caissière attendait de voir qui allait remporter le combat avant de le débiter. Derrière Lovell, une femme qui avait un chariot plein poussa un soupir et leva les yeux au ciel.

« Maman ? Papa ? répéta Lovell, stupéfait. Écoutez, ce n'est qu'un paquet de bonbons. Pas de l'héroïne. Vous vous souvenez qu'elle avait adoré le pop-corn au caramel ? Imaginez à quel point elle va aimer le chocolat.

— C'est quand même une drogue, insista Olsen. C'est du poison. Vous voulez qu'elle ne puisse plus se passer de sucre ?

— Je vous en prie, Paula, ne jouez pas les gros durs. Vous ne mangiez pas de bonbons quand vous étiez enfant ? » Le regard de Lovell se perdit dans le vague. « Vous ne vous rappelez pas avoir déchiré un emballage de caramel fourré un jeudi matin ? La découverte de la douceur totale ? Il n'y a rien de mieux dans la vie.

— Ah bon ? Et vous avez encore toutes vos dents ? »

Lovell lui décocha un grand sourire, retroussant les lèvres pour lui montrer ses dents. « Presque toutes.

— Bon, vous vous décidez tous les deux ? demanda la caissière. Il y a des gens qui font la queue. »

Olsen s'était désintéressée de la question. Elle jeta un coup d'œil vers la devanture du supermarché. « Où est passée Nell ? »

VINGT-DEUX

Nell était sortie d'un pas nonchalant sur Main Street où elle avait l'intention d'attendre Paula et Jerry. C'est alors qu'elle entendit de la musique. Une musique comme elle n'en avait jamais entendue, bien loin de la mélancolie des mélodies de Patsy Cline et de Roy Orbison. Celle-ci était différente : du rock dur, rythmé, qui se déversait dans la rue par la porte ouverte du Frank's Bar.

Sans prêter attention aux feux de signalisation, Nell traversa la rue, suivant la piste de la musique avec la même assurance que celle du délicieux pop-corn dans la clairière.

Le Frank's Bar venait d'ouvrir. A cette heure, les seuls clients étaient les mauvais garçons. Une pinte fraîche à la main, Billy Fisher et Stevie paressaient au comptoir tout en regardant Shane et Jed qui disposaient les boules sur le billard pour la première partie en huit coups d'une interminable série.

Frank, le patron, servit quatre bières et se retira dans un coin, comme pour mettre le plus de distance possible entre lui et ses habitués les plus fidèles mais les plus embêtants. Il se plongea dans l'édition du jour du *Snohomish County Prospector*, espérant que les garçons ne feraient pas de grabuge.

Ils s'étaient déjà disputés pour savoir qui devait mettre de l'argent dans le juke-box, discussion qui se poursuivit jusqu'à ce que Shane glissât un dollar dans l'appareil. Son choix n'avait rien de surprenant : Aerosmith, Guns N'Roses, Bon Jovi, Metallica. Malgré tout, quelques minutes sans éclat de voix lui importaient plus que la musique.

Billy but une lampée de bière et regarda alentour. « On va passer la journée à ça ? Assis à ne rien foutre ? »

Jed mit en ligne la queue de billard qu'il abattit sur la table. Les boules disposées en triangle se dispersèrent sur le tapis vert tâché. « T'as une meilleure idée ? »

Billy, naturellement, n'en avait pas. Il se contenta de grogner en s'envoyant une lampée de bière.

Aucun des quatre n'avait de travail ce matin-là. En réalité, ils n'avaient rien à faire de la journée et s'ennuyaient déjà. Ils aimaient la bière et ils aimaient le billard, mais cela ne suffisait pas à passer le temps, même s'ils n'attendaient pas grand-chose de la vie.

Dans l'immédiat, Billy Fisher s'était résigné à sa morne existence. Une fois deux bières avalées, il deviendrait méchant, prêt à faire de l'esclandre.

Évidemment, Nell ne savait pas où elle mettait les pieds. Elle ne cherchait qu'à découvrir d'où venait cette musique grisante. Elle se tenait dans l'embrasure de la porte, éclairée en contre-jour par le soleil éclatant, envoûtée par les accords. Tout ouïe, elle scrutait la taverne, sans prêter aucune attention aux gens qui se trouvaient dans la salle sombre.

Il fallut un moment à Billy pour remarquer Nell. Il se retourna et marqua un temps d'arrêt en une mimique presque théâtrale. Il resta bouche bée, puis donna un violent coup de coude à Stevie dans les côtes.

« Regarde, murmura-t-il. C'est elle. C'est la dingue dont je t'ai parlé. »

Stevie jeta un œil vers Nell par-dessus son épaule. Il ne vit qu'une jolie jeune femme dans une robe d'été — spectacle exceptionnel chez Frank's à n'importe quelle heure du jour et de la nuit, il fallait bien l'admettre —, pas la harpie vociférante que Billy leur avait décrite.

« Elle est pas dingue, » répliqua Stevie. Personne n'avait jamais accusé Billy de se soucier de la vérité.

« Mais j' te dis que c'est elle, insista Billy. C'est cette putain de dingue.

— Tu parles ! »

Billy parcourut le corps de Nell d'un regard de connaisseur. En contre-jour, il se découpait parfaitement dans la pénombre du bar. Sa robe sombre était transparente sous le soleil éblouissant, ses lignes délicates se dessinaient sous le tissu fin.

Billy prit une autre lampée de bière et s'essuya la bouche du revers de la main. « Dingue ou pas, observa-t-il l'œil concupiscent, elle a rien sous sa robe. »

Stevie se retourna brusquement et s'aperçut que, pour une fois, Billy Fisher disait vrai. « Whaouh, s'exclama Stevie. Elle a pas de soutien-gorge non plus. »

Nell ne se rendait compte de rien. Elle avait suivi la musique et comprit qu'elle sortait de la boîte scintillante au coin du comptoir. Les yeux rivés au juke-box, elle entra d'un pas furtif.

Billy fit un clin d'œil à Stevie, puis descendit du tabouret de bar et s'approcha de Nell d'un air fanfaron. « Salut, ma belle. Comment ça va, aujour-d'hui ? »

Nell détacha les yeux du juke-box et l'observa.

« Tu veux que je t'offre un verre, chérie ? » proposa Billy qui s'efforçait de jouer de ses charmes. « Tu veux une mousse ? »

Nell le regardait toujours. Au billard, Jed, qui essaya d'envoyer la troisième boule dans le trou, rata son coup : trois ou quatre billes valdinguèrent sur le tapis vert. Nell entendit le cliquetis des boules et se retourna vers la table où elle les vit rouler.

Billy Fisher fit un large sourire et souffla à Stevie en aparté : « Elle est débile.

— Débile mais mignonne, répliqua Stevie.

— Y a rien de mieux, affirma Billy, reluquant la poitrine de Nell. Hé, chérie, t'entraves rien de ce que j' dis, hein ? »

Les billes s'étaient immobilisées, Nell se retourna vers Billy. Elle n'avait pas vraiment conscience qu'il s'adressait à elle. Elle avait de la musique plein la tête, ce qui la clouait sur place.

« Hé, Jed, Shane, appela Billy. Venez voir... »

Penché vers la table, Shane préparait son coup. « Pour quoi faire ?

— Regarde-moi ça. »

Les deux joueurs levèrent les yeux et aperçurent Nell.

Shane fit un grand sourire, découvrant ses dents inégales. « Hé, mon canard, lança-t-il.

— Qui c'est ? s'informa Jed.

— Une amie à moi. » Il fit un clin d'œil appuyé à ses copains. « Regarde ça. » Il remonta son T-shirt, exhibant les muscles tendus de son ventre. « Tu veux me voir à poil ? » Il joua de ses muscles de la façon la plus provocante possible. « Pas mal, hein ? Tu veux me montrer comment t'es, toi ? »

Shane, Jed et Stevie s'étaient approchés. Tous trois arboraient un large sourire.

« Ah ouais, putain ! s'exclama Stevie.

— Montre-leur.

— T'as rien sous ta robe, hein ? » Avec force sourires et clins d'yeux, Billy désigna la robe du doigt. « Tu veux pas l'enlever ? »

Nell comprit qu'il parlait de sa nouvelle tenue, elle était fière qu'il eût remarqué son élégance. Elle souleva l'ourlet comme sur les marches du perron et tourna à la manière d'un mannequin présentant un modèle.

Billy gloussa et battit des mains. « C'est bien, chérie. Faut que tu nous montres c' que t'as. »

Les autres se tordirent de rire et braillèrent. Leur tapage couvrit presque les mots de Nell.

« *Com' Pau'a*.

— Ouais, si tu veux. » Billy se frappa le torse et saisit sa poitrine. « Montre-leur tes jolis petits nichons, mon cœur ! » Il se retourna et agita son postérieur sous son nez. « Allez, chérie, montre ton petit cul bien ferme ! »

Frank le mit en garde : « Billy... » Le patron posa son journal et chercha la matraque en cuir qu'il avait sous le comptoir. Il ne voulait pas que les choses dégénèrent, mais comptait s'en servir si besoin était. Ce ne serait pas la première fois qu'il rosserait le crâne de Billy Fisher. Ça faisait partie du boulot au Frank's Bar.

« Allez, Frank, répliqua Billy d'un ton échauffé. On s'amuse, c'est tout. »

Nell avait saisi la pantomime de Billy. Elle n'avait aucun sens de la pudeur. De plus, Jerry l'avait convaincue que les hommes n'étaient pas les méchants qu'on lui avait laissé croire.

La musique s'arrêta brusquement, le dollar de Shane ayant fait son temps. Le silence rompit l'envoûtement. Dans le calme soudain, Nell enleva sa veste, puis s'empara du bas de sa robe qu'elle retira par la tête et jeta par terre. Elle se tenait là, nue, en slip et en sandales.

Leur rire se figea sur leur visage ; un à un, ils se décrochèrent la mâchoire et restèrent bouche bée. Les garçons se sentaient nerveux, dépassés. Billy ne pensait pas que Nell se déshabillerait. Même Frank, qui avait plus ou moins tout vu dans sa vie de cafetier — parut choqué.

Les yeux clairs de Nell les contemplaient. La franchise de son regard, sa candeur, sa droiture étaient insupportables. Nell était innocente et ils avaient honte de leur conduite. Ils s'écartèrent, comme si elle brûlait.

« Nell ! » Lovell se tenait dans l'embrasure. Il entra en martelant le plancher. « Mais qu'est-ce qui se passe ? » Il ramassa les vêtements de Nell qu'il essaya de lui enfiler. Puis se tourna vers les garçons qui battaient en retraite. « Mais qu'est-ce que vous lui avez fait ?

— Rien, marmonna Billy qui évita le regard courroucé de Lovell. On a rien fait. Elle est folle, c'est tout. Complètement « crazy ». »

Nell, qui écoutait Billy, ne comprit qu'un seul mot.

« Crazy ? » répéta-t-elle. Et elle se mit à chanter : « *Crazy... Fo' thinkin' tha' ma love coo' ho' you...* »

« Oh, Nell... » s'exclama Lovell, soudain très las. Il lui passa la robe par la tête et glissa ses bras dans les emmanchures, l'habillant comme une petite fille. « Qu'est-ce que je vais faire de toi ? »

Cachée sous les plis du vêtement, Nell continuait à chanter : « *Ah crazy fo' tryin'... An' ah...* » Sa tête jaillit du col, ses yeux brillants se posèrent sur Lovell. « *Crazy.* »

« Perversité polymorphe, » déclara Olsen à Lovell. Ils entraînaient Nell sur le trottoir de Main Street. Elle fredonnait un air, heureuse et inconsciente du fâcheux incident qui avait eu lieu au Frank's Bar.

« Il n'y avait rien de pervers là-dedans, assura Lovell. Elle ne se rendait pas compte.

— Enfin, oui et non. La perversité polymorphe est un terme de psychologie ampoulé qui en revient au concept bien connu de « Montre-moi le tien, je te montrerai le mien. » C'est un vilain mot qui désigne un comportement sexuel infantile parfaitement normal.

— Alors, quand je jouais au docteur lorsque j'étais enfant... c'était de la perversité polymorphe ? »

Olsen rit. « Plus ou moins.

— Pas étonnant que je sois devenu médecin.

— Nell n'a pas encore identifié les organes génitaux comme étant une source d'activité sexuelle, expliqua Paula. Et elle n'en sait pas plus sur l'acte même. Pourtant, quelque part dans son conscient, elle sait qu'il se passe quelque chose.

— On devrait le lui dire ?

— Vous voulez vous en charger ?

— Non. Et vous ?

— C'est vous le médecin.

— Ouais, mais... » Gêné, il se tortilla. « Je ne suis pas doué pour ce genre de choses.

— Alors, que va-t-on faire ? Attendre qu'elle retombe sur Billy Fisher et ses copains ?

— Ils crevaient de trouille, répliqua Lovell. Jamais ils n'oseraient poser la main sur elle.

— Et s'ils avaient bu deux bières de plus ? Ou si elle tombait sur quelqu'un qui ose poser la main sur elle ? Vous savez aussi bien que moi qu'une personne diminuée dans ses capacités risque de subir des sévices sexuels.

— Elle n'est pas diminuée, » insista Lovell.

Paula Olsen n'était pas d'humeur à se disputer sur des problèmes de terminologie. « Nell est vulnérable, Jerry. Elle devrait avoir une vague idée sur les questions sexuelles.

— Bien, bien... Vous, vous la raccompagnez à la maison. Je vais m'en occuper... »

Jerry Lovell emprunta la voiture d'Amy Blanchard. Quelques minutes plus tard, il dévalait la montagne en direction de Monroe. C'était la seule ville digne de ce nom dans la région, la seule ville qui pût se vanter d'avoir une vraie librairie, les amateurs de littérature de Richfield devant se contenter d'un présentoir de livres de poche au drugstore du coin.

La librairie de Monroe ne valait tout de même pas grand-chose. Lovell n'était pas sûr d'y trouver ce qu'il cherchait.

« Vous avez un rayon sur l'éducation sexuelle ? » demanda-t-il à la vendeuse de la caisse principale. Il parla à voix basse et jeta un regard alentour, espérant ne voir personne de connaissance. Lovell savait que c'était idiot, mais il se sentait comme un gamin qui veut acheter un exemplaire de *Playboy*.

La vendeuse lui fit un sourire effronté. « Bien sûr. C'est pour un adulte ou un enfant ? »

Lovell était convaincu que son interlocutrice n'imaginait pas à quel point il était difficile de répondre à une question pareille. Il eut un instant d'hésitation. « Un enfant, je crois.

— Bien, venez avec moi. » Elle traversa le magasin. Lovell la suivit d'un pas traînant. « Quel âge a l'enfant ?

— Ah. Eh bien... elle ne sait pas encore lire.

— Vous voudriez donc quelque chose avec des images, c'est ça ?

— C'est ça. »

La vendeuse survola un rayon des yeux et prit un livre qu'elle lui tendit. « Bien, dit-elle. Voilà ce qu'il vous faut.

— *Dis-moi d'où je viens*, lut Lovell. Ça doit être une question que tout le monde se pose à un moment ou à un autre. Non ? »

La vendeuse commençait à se demander si elle n'était pas tombée sur un drôle d'oiseau. « Si, si. Il paraît qu'il a beaucoup de succès auprès des parents. »

Lovell feuilleta l'ouvrage. Il était écrit en gros caractères avec des dessins aux couleurs vives dans le genre des bandes dessinées. On y voyait des oiseaux qui folâtraient, des abeilles qui butinaient, mais aussi des papas, des mamans et des petits enfants qui s'étreignaient avec bonheur. Il y avait même des dessins enfantins d'œufs et de spermatozoïdes, chacun arborant un grand sourire.

« Je ne vois pas d'images qui montrent ce qui... se passe vraiment, dit Lovell. Un homme et une femme en train de...

— Ah, s'exclama la vendeuse. Vous voulez de l'éducation sexuelle pour adulte. »

Lovell parut perplexe. « Les enfants ne sont pas censés être au courant ? »

La femme eut un rire nerveux. « C'est une question délicate, non ? On entend tant d'histoires par les temps qui courent. On n'est jeune qu'une fois, non ?

— Sans doute... Écoutez, je suis un peu pressé et je me demandais si vous auriez quelque chose d'un peu plus... d'un peu plus graphique.

— Pour un enfant ? » La vendeuse avait la tête de quelqu'un qui songe à appeler la police.

« Non.

— Mais vous aviez dit le contraire, monsieur.

— Oui. Oui, je sais. » Sa gorge se serra et il sentit qu'il commençait à transpirer. « En réalité, c'est pour moi. »

La vendeuse lui décocha un regard dur, d'un air de dire que s'il ne savait toujours pas comment on faisait les bébés à son âge, il était sans doute trop tard. « Naturellement. »

Elle prit un gros livre au haut d'une étagère de l'autre côté du magasin. En couverture, un dessin de bon goût représentait un couple nu enlacé.

« Voilà, monsieur. *Le Grand Livre de l'amour.* »

Lovell s'empara du livre qui était enveloppé d'un épais papier plastique. « Je peux l'ouvrir ?

— Bien sûr, monsieur, répondit la vendeuse. Dès que vous l'aurez acheté... »

*
* * *

Jerry Lovell regagna la clairière avant le coucher du soleil. Nell avait quitté les vêtements de Paula et remit sa vieille chemise. Elle était assise sous la véranda avec Paula. Son visage s'éclaira quand elle vit Lovell.

« *Je'y !*

— Salut, Nell. Je t'ai apporté un cadeau. » Il posa le livre entre ses mains. Nell l'accepta avec vénération comme un objet sacré. C'était logique. Jusqu'à ce jour, elle n'avait connu qu'un livre, sa chère Bible de famille, la Parole du Seigneur.

« *Pa'ol di chai'yeur ?* s'enquit Nell.

— Pas tout à fait. »

Nell regarda le volume avec curiosité, tournant les pages une à une.

« Nell, dit Lovell. Je voudrais que tu jettes un coup d'œil sur ce livre. On va t'attendre là-bas, ajouta-t-il en montrant le taud. Si tu as des questions, tu viens nous les poser. D'accord, *si ?* »

Nell acquiesça sans quitter l'ouvrage des yeux. « *Si, Je'y.*

— Bien. »

Lovell et Olsen se retirèrent et s'installèrent à l'ombre. « Je ne voulais pas rester pendant qu'elle parcourait le livre. Je pensais que ça risquait de l'intimider.

— Elle n'a pas la notion de son moi, répondit Olsen qui le raillait gentiment avec ses termes professionnels.

— Trêve de jargon. Elle en saura assez et sera intimidée une fois qu'elle aura regardé les images de ce manuel. Ça lui donnera une bonne dose de culpabilité... comme à nous tous.

— *Le Grand Livre de l'amour ?* » s'exclama Olsen en riant. « Je voudrais l'emprunter quand elle aura fini. Je meurs d'impatience de connaître la fin. »

Lovell sourit d'un air penaud. « Il n'y a pas de problème. Peut-être avez-vous une meilleure idée ?

— Non, répondit-elle en haussant les épaules. Il faudra que *Le Grand Livre de l'amour* fasse l'affaire. »

Ils restèrent un moment à observer Nell en silence de l'autre côté de la clairière. Elle était plongée dans le livre, concentrée sur le moindre détail de chaque image. Lovell et Olsen trouvaient à la fois drôle et touchant de la regarder : ses traits mobiles changeaient d'expression à tout instant. Elle tournait les pages, passant de l'incrédulité au choc et à l'admiration. Elle aperçut quelque chose et son rire radieux résonna dans le soir.

« Si on se moquait de moi de cette façon, je resterais célibataire à vie, déclara Lovell.

— Ne le prenez pas pour une attaque personnelle.

— Vous n'avez toujours pas compris que je prends tout comme une attaque personnelle ? répliqua Lovell.

— Maintenant que vous le dites... »

Lovell montra Nell d'un signe du menton. « Vos parents ont fait ça pour vous ? Ils vous ont acheté un livre qui révèle tout le mystère du sexe ?

— Vous plaisantez. Ma mère mourrait plutôt que de m'offrir un livre pareil. Et vous, vous y avez eu droit ?

Lovell hocha la tête. « Oui, oui. Vous pensez bien ! *Le guide de la vie et de l'amour pour la jeunesse.*

— Ça devait couvrir le sujet.

— Très vaguement. C'était si abscons que ça m'éclairait à peu près autant que si j'avais lu

Nietzsche. J'avais l'impression que c'était sexy, mais je n'arrivais pas à mettre le doigt dessus. Si j'ose dire.

— Moi, je n'ai même pas eu droit à ça.

— Alors, comment avez-vous appris ?

— Des filles à l'école. Et vous ? Comment avez-vous découvert les choses de la vie ?

— Mon frère Jack m'a tout raconté. Il avait six ans de plus que moi. Je croyais qu'il avait réponse à tout. Comment aurais-je pu penser le contraire ? Jack avait déjà son permis de conduire. On fait forcément confiance à quelqu'un à qui papa confie son Oldsmobile, non ?

— Ah bon ? Quel âge aviez-vous quand il vous en a parlé ? »

Lovell regarda le ciel, puis Olsen. « Je devais avoir dans les dix ans. J'avais déjà entendu des allusions sur la question. Il n'a fait que confirmer les on-dit. Par contre, il m'a appris une chose que j'ignorais. Et qui m'a beaucoup impressionné.

— Quoi ? Quoi donc ? »

Lovell rit à ce souvenir. « Jack m'a dit que lorsqu'on fait l'amour à une femme — il n'a pas employé des termes aussi délicats —, Jack a dit que le corps prend le pouvoir.

— Prend le pouvoir ?

— Ouais. Il a dit que c'était comme si on mettait sur pilote automatique. Je ne l'ai jamais oublié. Mais la première fois que je suis allé avec une fille... » Il grimaça. « Pas de pilote automatique. J'ai attendu. Rien.

— Quelle tactique ! s'exclama Olsen. Vous deviez avoir des tonnes de femmes qui campaient sur votre paillasson.

— Pas vraiment, non.

— Et que s'est-il passé ?

— Ciel ! » Lovell ne pouvait que rire de lui. « Au bout d'un moment, la fille a dit : Je ne peux pas le faire pour toi, Jerry. J'avais envie de mourir. J'étais sûr que la première fois serait la dernière.

— Sur pilote automatique. Mon Dieu !

— J'étais jeune et bête, avoua Lovell, anxieux de

189

se défendre. Et j'avais un grand frère qui était un imbécile. Comme si c'était de ma faute. »

Le Grand Livre de l'amour à la main, Nell venait vers eux. Elle s'arrêta devant Lovell et Olsen à qui elle montra un dessin sur deux pages d'un homme et une femme qui faisaient l'amour. L'illustration était pudique dans la mesure où elle n'était ni excitante ni pornographique, mais elle ne laissait aucune place à l'imagination.

« *Je'y* ? lança Nell qui se dandinait timidement comme une petite fille.

— Oui, Nell.

— *Com' toi di sa* ? demanda-t-elle en montrant le dessin.

— Ça s'appelle faire l'amour, Nell.

— *Fai' l'amour...* » Elle y réfléchit un moment, puis fit semblant de prononcer les mots comme pour les apprendre par cœur. Elle montra ensuite l'homme sur l'illustration. « *Je'y.* » Et la femme : « *Pau'a.* »

Jerry jeta un coup d'œil vers Paula et remua d'un air gêné. « Euh, pas exactement... »

Olsen l'interrompit, hochant la tête avec force. « Tu as raison, Nell. C'est Jerry et Paula. »

Nell parut très contente de cette nouvelle. Elle mit le livre de côté, prit Lovell par la main et lui fit caresser la joue d'Olsen. Puis elle fit de même avec Olsen.

Nell retira ses mains, s'assit et regarda ce qu'elle avait mis en œuvre. Elle murmura : « *Fai' l'amour.* »

Lovell contemplait Olsen tandis qu'ils se touchaient et il prolongea sa caresse un instant de plus qu'elle. Il fut surpris par la violence de son désir soudain...

Dans son lit ce soir-là, Nell pensa à toutes ces choses merveilleuses qu'elle avait découvertes. Sa nouvelle tenue pendait sur un cintre qui se balançait à un clou fixé au mur. Nell l'admirait, parcourue d'une onde de bonheur, stupéfaite et ravie d'avoir de si beaux vêtements.

Nell était grisée par sa découverte de la vitesse :

190

elle sentait encore le vent dans ses cheveux. Elle était ébahie par le nombre de gens qu'elle avait vus et bouleversée par la femme triste qu'elle avait croisée dans la rue. Elle était étonnée par l'énorme quantité d'articles étranges du supermarché. Et perplexe après sa rencontre au bar.

Mais c'était le livre qui l'avait le plus touchée. En repensant à ces images, ses yeux se voilèrent de mélancolie. Au fond d'elle, Nell sentait quelque chose, comme une douleur, alors qu'elle aspirait à l'intimité qu'elle sentait se dégager des pages de l'ouvrage.

Dans le noir, Nell tendit la main. Ses doigts fouillaient l'obscurité, à la recherche de quelque chose, semblait-il. Puis, comme par magie, sa main en étreignit une autre et Nell fit apparaître l'image de sa sœur.

Ensemble, elles chuchotèrent : « *Chicka, chicka, chickabee... Tu y moi y moi y tu... Ressa, ressa, ressa moi... chicka, chickabee...* » Soudain, Nell avait retrouvé ses sept ans. Allongées dans son lit, Nell et sa jumelle se pelotonnaient dans les bras l'une de l'autre, enlacées tels des amants.

VINGT-TROIS

Ni Lovell ni Olsen n'avaient senti combien la journée avait été fatigante et éprouvante jusqu'à ce qu'ils aient dîné et bu deux verres de vin. Jerry regardait Paula autrement. Il était sensible à sa beauté, ce qui le perturbait. De son côté, Olsen était consciente du changement subtil qui s'était opéré dans leurs rapports, non seulement entre eux mais aussi avec Nell.

« Vous pensez qu'on a tort de faire ça ? demanda Paula.

— De faire quoi ? » Lovell n'était pas sûr de vouloir entendre la réponse.

« On se permet d'imposer une image parentale à Nell. C'est bien ou pas ?

— Tout dépend quel genre de parents on est. Vous ne croyez pas ?

— Cela ne peut être utile que si...

— Si quoi ?

— Si on donne l'impression de bien s'entendre. Elle ne peut pas nous voir nous disputer comme l'autre soir. Vouloir que les représentants de l'autorité symbolisent un lien fort est un instinct bien ancré.

— Vous parlez de la peur de papa et maman qui se querellent la nuit ? » Lovell se servit un autre verre.

« Oui. Les images du livre l'ont beaucoup impressionnée, poursuivit Paula. C'est pourquoi je l'ai laissé nous identifier à ces dessins. J'espère que ça ne vous dérange pas.

— Non.

— La recherche montre que les enfants qui ont le sentiment que leurs parents ont une vie sexuelle harmonieuse ont ensuite de bien meilleurs rapports eux-mêmes.

— Ah bon ? C'est ce que montre la recherche ? » Lovell ne put réprimer un petit sourire narquois. « Est-ce si important que Nell ait de bons rapports sexuels ?... à ce stade, en tout cas.

— Ça ne peut pas faire de mal. »

Lovell but une gorgée de vin. « Alors dites-moi, vos parents avaient-ils de bons rapports sexuels ? »

Ce fut au tour d'Olsen d'esquisser un sourire suffisant. « Essayez de deviner.

— Voyons... » Il l'observa par-dessus son verre en plastique. « Votre père a quitté votre mère quand vous aviez... quinze ans, c'est ça ?

— Faux. Onze ans. La recherche affirme que c'est l'âge où les enfants réagissent le plus violemment. » Olsen ne souriait plus. Son regard pâlit, une expression douloureuse creusa son visage comme si sa mémoire rouvrait une blessure.

« Pourquoi le dites-vous ainsi ?

— Comment devrais-je le dire ?

— La recherche, toujours la recherche. Si ce n'est pas prouvé par la recherche, ça ne s'est pas produit. Ça ne peut pas se produire. Ça ne devrait pas se produire. C'est ça ? s'enquit Lovell.

— La recherche, c'est mon domaine, répliqua Olsen en esquissant un sourire. J'ai investi beaucoup de temps dans la recherche. Si elle se trompe, j'ai perdu mon temps. A ce point, ce serait une réalité difficile à affronter.

— Non, ce n'est pas cela votre domaine. Loin de là, en fait. Je ne veux pas que vous parliez de la recherche. Je veux que vous parliez de vous.

— Peut-être que je n'en ai pas envie.

— Pourquoi ? »

Paula changea de position et détourna les yeux.

Elle était toujours plus à l'aise quand c'était elle qui posait les questions. « Qu'est-ce que c'est ? Une espèce d'interrogatoire ? »

Lovell se déroba aussitôt, levant les mains comme pour se défendre. « Bon. Oubliez cela. Excusez-moi. Je croyais que vous étiez du genre à vouloir exposer les choses au grand jour. Vous savez... parler à cœur ouvert.

— Ce n'est pas ma spécialité, riposta-t-elle avec aigreur. Je ne suis pas une adepte de l'école d'Oprah Winfrey. Confesser à tous vos hontes cachées, puis le public applaudit et à la fin de la dernière publicité vous êtes guéri.

— Je n'essaie pas de vous guérir, protesta Lovell. Vous vous souvenez de moi ? Pas de médicaments. Pas d'intervention chirurgicale. C'est moi. Lovell. L'enfoiré de jobard ?

— Ah, c'est vous ! » Paula réussit à esquisser un faible sourire. « Alors, ça va. Enfin... j'imagine.

— Mais j'aimerais vraiment que vous me confiiez vos hontes cachées, savez-vous.

— Vous les connaissez déjà.

— Ah bon ? On en est revenus à vos oreilles gargantuesques ? »

Olsen sourit et fit signe que non.

« C'est l'histoire des rapports homme-femme ?

— Ouais. »

Lovell fit un grand sourire et tendit les bras comme pour l'étreindre. « C'est si terrible ? Tout le monde a une espèce de honte cachée sur ce sujet. Et d'après les échos que j'en ai eus, ce n'est pas plus simple entre hommes ou entre femmes.

— Ah bon ? Il se trouve que mon problème est mon histoire homme-femme. Disons juste que je ne suis pas douée apparemment. » Elle poussa un gros soupir. « Il ne vous arrive jamais de trouver la vie insupportable ?

— Qu'en savez-vous ? Vous n'en êtes qu'au début.

— Oh, bien sûr. Je n'ai que vingt-neuf ans. » Elle garda le silence un moment. « Le même âge que Nell. » Paula tenait son verre, le coude sur la table.

Sa main droite se mit soudain à trembler, le tremblement partant des doigts pour remonter tout le long du bras.

« Vous voyez ? » Elle tendit la main pour qu'il l'observât. Elle tremblait beaucoup. « Ça m'arrive tout le temps quand je suis tendue. » Elle saisit sa main, tentant en vain d'arrêter le tic nerveux. « Merde ! » Paula se leva d'un bond. Lovell remarqua qu'elle avait les yeux humides, comme si elle allait éclater en larmes. « Excusez-moi. Il faut que j'aille faire un tour. »

Lovell était déconcerté. Jusqu'à cet instant, il n'avait pas soupçonné que leur conversation l'éprouvait à ce point.

« Je peux faire quelque chose ? » Il semblait vraiment bouleversé qu'elle eût tant de peine.

Paula n'osa pas parler. Elle se pinça les lèvres et fit un tout petit signe de tête avant de descendre la passerelle pour s'éloigner dans la clairière.

Loin, à l'abri des ténèbres, elle s'arrêta et se plia en deux. Elle tremblait de tout son corps et cherchait sa respiration, essayant d'aspirer le plus d'air froid possible dans l'espoir que cela apaiserait ses palpitations. Sa conversation avec Lovell l'avait retournée. Toutes sortes d'émotions et de souffrances refoulées depuis longtemps déferlaient des tréfonds de son âme. Des larmes chaudes, salées, coulaient à flots sur ses joues. Elle se cacha le visage dans les mains, s'efforçant d'étouffer ses sanglots. Elle s'effondra ; ses genoux s'enfonçaient dans la terre meuble, ses cheveux pendaient sur son visage.

Paula sursauta quand elle sentit une main sur son épaule. « Nom d'un chien, Lovell, lança-t-elle d'un ton cinglant. Je vous ai dit que je ne voulais pas...

— *Pau'a ?* » Le regard de Nell sondait le visage de Paula, cherchant à percer la peine.

Le choc de voir Nell sembla la calmer un peu. Olsen prit une profonde inspiration et tenta de paraître placide. « Nell ? Il y a quelque chose qui ne va pas ?

— *Ya keksose ki va pa* »

Paula savait que le langage de Nell se contentait de reproduire le leur. Pourtant, cela semblait aussi une vraie question, comme si Nell voulait savoir ce qui arrivait à son amie.

« *Pa p'euré...* » chuchota Nell. Elle employa le ton qu'on prend pour calmer un enfant. Tout en parlant, elle balançait la tête d'avant en arrière. « *Pa p'euré...* »

Olsen s'efforça de dissiper l'inquiétude de Nell. « Je ne pleure pas, » affirma-t-elle. Mais elle ne parvint pas à réprimer ses larmes. « Oh, merde. Si, je pleure. » Elle essuya ses larmes de sa main et s'évertua à sourire. « C'est moi qui suis censée t'aider. »

Nell semblait comprendre parfaitement. Elle sourit d'un air compréhensif que Paula ne lui avait jamais vu. Puis elle tendit la main et caressa la joue de Paula de son geste tendre, gentil. Il y avait là une inquiétude sincère, une tendresse innocente qui vous touchait au fond de l'âme. Paula ne put se retenir. Lorsque Nell la prit dans ses bras, elle se mit à pleurer, de grands sanglots qui secouèrent son corps, une terrible peine jaillissant de son cœur.

Nell la berça, lui caressant les cheveux, lui sussurant des mots doux à l'oreille. « *Pa p'euré, tita chicka. Pa p'euré tita chickabee. Doulité, doulité...* »

Paula gémit et pleura encore un peu. Elle ne savait au juste pourquoi elle sanglotait, pour tout et pour rien. Mais elle savait qu'elle en avait besoin.

Elle pleura sur son passé, sur le mariage brisé de ses parents, sur son père qu'elle avait perdu sans avoir eu le temps de le connaître, sur la famille qu'elle avait eue et qu'elle n'avait plus.

Elle pleura sur tous les enfants tristes, déchirés, qu'elle avait vus, ceux qu'elle avait étudiés avec une telle froideur alors qu'elle luttait contre elle-même pour rester distante, détachée, impartiale. Elle reproduisait le même schéma dans sa vie personnelle, ce refus d'établir un lien, son incapacité à le créer, à réussir ce qu'elle avait appelé sur le mode de la plaisanterie « l'histoire homme-femme ». Paula pleurait parce qu'elle avait peur de tomber amoureuse.

Elle pleurait parce qu'elle était fatiguée. Elle ne voulait plus être forte.

« *Doulité lo, doulité do,* » mumurait Nell. Tout comme Paula avait eu un jour une foi absolue en la science et le travail, en l'expérience et la recherche, on aurait dit que Nell avait une confiance inconditionnelle dans le pouvoir des mots. « *Doulité gard', doulité ven, doulité oré, doulité é tou l' ré...* »

Ses mains douces accompagnaient sa voix affectueuse, amenant Paula à l'apaisement. Nell pencha la tête et attira Paula vers elle. Paula se laissa faire, elle se replia dans l'étreinte de Nell jusqu'à ce que leurs fronts se touchent. Elles restèrent ainsi un moment, s'entourant de calme à la façon d'une couverture douillette. Le front collé, comme si leurs pensées étaient à l'unisson, leurs cerveaux et leurs corps en harmonie, elles communiquaient sans parler.

Puis Nell écarta la tête et frotta délicatement sa joue contre celle de Paula.

Joue contre joue, elles s'agenouillèrent et se frottèrent telles des bêtes, en une union tendre et intime. Elles avaient les yeux clos, mais Paula eut l'impression de voir clair pour la première fois depuis longtemps. Elle vit que les rôles s'étaient inversés : c'était elle qui était perdue, l'innocente égarée dans un monde compliqué et déconcertant. Nell était le guide, l'éclaireur, qui lui montrait le chemin pour sortir de la forêt de problèmes.

Nell était heureuse et détendue. Elle avait enfin l'impression d'avoir retrouvé sa sœur, la sœur jumelle qu'elle avait perdue.

VINGT-QUATRE

Les arbres, qui projetaient des ombres, assombrissaient la douce lumière bleutée dans la clairière. Il n'y avait pas de vent au large. Le lac était tranquille, à peine ourlé d'un clapotis qui effleurait les galets sur le rivage. Malgré l'heure matinale, Lovell et Olsen étaient réveillés. Des bruits de petit-déjeuner jaillissaient de la cabine.

Paula se sentait lucide et fringante. L'agitation de la veille s'était effacée, comme si Nell avait balayé ses souffrances. Elle n'avait pas parlé à Lovell de sa rencontre avec Nell. Elle ne savait pas si elle le ferait un jour, craignant que Jerry ne la crût pas.

Si Nell était réveillée, il n'y avait pas trace d'elle dans la cabane ni dans les environs.

C'est alors que la voiture de police du shérif Todd Petersen apparut sur la piste à travers bois, anéantissant le calme qui s'était installé. Les visiteurs n'étant ni attendus ni bienvenus, Lovell sortit d'un bond du bateau avant que l'auto ne s'arrêtât. Il fut soulagé de voir que leur visiteur était un ami mais surpris de découvrir que Petersen avait un passager : sa femme, Mary.

« Todd, lança-t-il. Vous êtes avec Mary. Tout va bien ? » Lovell imagina le pire. Il pensa qu'il s'agissait d'une urgence et que, ne pouvant le contacter pour soigner sa femme, Petersen avait dû l'amener jusqu'ici. Lovell n'avait guère pensé à ses patients ces dernières semaines. Il eut soudain mauvaise conscience et se sentit désemparé : il faudrait bien retourner à la réalité un jour.

Petersen descendit de voiture, un journal plié sous le bras. « Ne vous affolez pas, Jerry. Il n'y a pas de problème... pas du côté de Mary en tout cas. Elle avait envie de venir. Ne me demandez pas pourquoi...

— Faites-la entrer, Todd. Le café est prêt.

— Non, merci. Elle préfère rester dans la voiture. Elle est bien, là. » Apparemment, Mary n'avait pas suivi leur conversation. Elle regardait fixement la cabane de Nell de l'autre côté de la clairière.

Todd Petersen tendit le journal à Lovell. « Je regrette de devoir vous l'annoncer, Jerry, mais l'histoire s'est ébruitée. »

Lovell eut l'impression de recevoir un coup à l'estomac, sa poitrine se noua. « Oh, mon Dieu, » soupira-t-il et ses larges épaules se voûtèrent. Il regarda l'article et ne fut pas étonné de voir qu'il était signé Mike Ibarra. Le titre était tout ce qu'il redoutait : UNE SAUVAGE DÉCOUVERTE DANS LES BOIS. Et au-dessous : *On ne parle plus que de « la Sauvage » dans le Snohomish County* indiquait avec précision aux curieux où la trouver.

« Pourquoi ne pouvait-on pas nous laisser en paix, Todd ? »

Petersen secoua la tête. « Franchement, ça me dépasse, Jerry. Peut-être que ça fait plaisir aux gens d'apprendre les malheurs des autres. Ce doit être ça. »

Lovell se dirigea d'un pas lourd vers le bateau. « Vous le voulez ce café, Todd ? Vous aurez droit à un spectacle pour le même prix. Parce que quand je vais montrer ça à Paula, elle va sortir de ses gonds. »

Todd Petersen sourit. « Je crois que oui. Ça vous évitera d'avoir à appeler la police. »

Lovell se trompait. Paula Olsen lut tout l'article avant de parler puis, lorsqu'elle eut fini, elle posa le journal et haussa les épaules.

« Eh bien, dit-elle, résignée que le secret eût filtré. Ça devait arriver un jour, j'imagine. »

Cette publicité importune contrariait tant Lovell qu'il ne remarqua pas que Paula semblait différente de la veille. Elle était plus douce, plus calme, elle se maîtrisait mieux.

Lovell arpentait la pièce, la colère irradiant par tous ses pores. « Qu'est-ce qu'on fait ? Mais qu'est-ce qu'on fait ?

— Vous ne pouvez pas faire grand-chose, observa Petersen.

— On continue comme avant, déclara Paula. En espérant qu'on nous laisse tranquilles.

— C'est une idée absolument géniale ! s'exclama Lovell d'un ton sarcastique. Vous en avez d'autres ?

— Non, avoua Paula. C'est la seule.

— Merde !

— Ça n'aura peut-être aucune conséquence, intervint Petersen qui contemplait le lac par la fenêtre.

— Tu parles ! riposta Lovell. Dès que l'article va sortir, les gens vont accourir. Ils voudront voir le monstre qui vit dans les bois. Ils vont transformer cet endroit en parc d'attractions. Ce n'est pas juste... ce n'est pas juste pour Nell. Elle n'a pas l'habitude de côtoyer des gens. Et le premier étranger va lui foutre une trouille bleue.

— Il y a l'hôpital, Jerry, proposa Paula. N'écartez pas l'idée, je vous en prie. On peut s'assurer de sa sécurité là-bas. »

Ils entendirent le bruit d'une portière qui claquait.

« Les voilà qui arrivent, dit Lovell avec amertume. Des vautours. »

Todd Petersen regardait toujours par la fenêtre. « Non. Vous vous trompez, Jerry. C'est Mary... » Sa femme était sortie de la voiture de police et traversait la clairière. Elle se dirigeait droit vers la maison de Nell.

« Elle va entrer dans la cabane » annonça Petersen qui s'approcha de la porte.

Paula le retint. « Laissez-la faire, conseilla-t-elle.

— Mais elle va entrer.

— Je sais. Laissez-la faire. » Elle n'éleva pas la voix. Pourtant, son ton était empreint de conviction, d'une autorité tranquille.

« Paula ! hurla Lovell. Mais qu'est-ce que vous croyez faire ? Mary est une inconnue pour Nell. Même si elle est inoffensive, Nell ne le sait pas !

— Elle n'est pas une inconnue. Elles se sont rencontrées hier, vous vous souvenez ?

— Ça ne veut strictement rien dire !

— Si. » Les deux hommes n'avaient pas été témoin de la brève scène entre Mary et Nell la veille. Paula y avait assisté et, après l'aventure de la nuit précédente, elle ne trouvait rien d'anormal à ce qu'une âme en peine comme Mary Petersen cherchât du réconfort auprès de Nell.

« Alors, qu'est-ce qu'on fait ? On vend des billets ? » Lovell regarda par la fenêtre et vit Mary devant la cabane. Nell apparut à la porte, elle ne parut pas surprise de la visite. Avec un petit sourire, elle invita Mary à entrer, puis les deux femmes disparurent dans la pénombre de la maison.

« Qu'est-ce qui se passe ?

— Rien de grave, assura Paula. Ne vous inquiétez pas. Nell peut prendre soin d'elle... Et de Mary aussi sans doute.

— C'est ce qu'on va voir. » D'un geste brusque, Lovell brancha le moniteur vidéo. Les parasites troublaient l'image qui s'éclaircit. Mary et Nell se trouvaient dans la chambre, leur reflet se profilait dans la glace. Alors que Lovell s'installait pour regarder la scène, Olsen coupa la vidéo. L'image disparut.

« Mais qu'est-ce que vous foutez ? brailla Lovell.

— Je crois qu'on devrait leur accorder un peu d'intimité.

— Vous ne voulez pas savoir ce qui se passe ?

— Non, » répondit-elle avec calme.

Lovell n'en croyait pas ses yeux. Les premiers temps, Paula Olsen avait passé des heures devant cet écran à observer Nell dans ses gestes les plus triviaux. Et voilà qu'au moment où elle allait avoir un rapport avec une personne presque totalement étrangère, Paula faisait marche arrière.

« Et votre précieuse recherche ? »

Paula eut un demi-sourire. « La recherche ? Il n'y a pas que ça qui compte pour moi, affirma-t-elle. C'est ce que vous m'avez dit, en tout cas. »

Petersen, qui se tenait toujours à la fenêtre, s'était tu pendant cet échange d'amabilités, plus préoccupé par sa femme que par leurs querelles professionnelles.

« Eh bien, intervint-il enfin. Vous pouvez discuter autant que vous voulez... mais apparemment vous avez un problème plus important à régler dans l'immédiat... »

Lovell et Olsen se tournèrent vers lui. « Comment ? De quoi parlez-vous ? »

Petersen montra la fenêtre d'un signe. « On dirait que vous avez la visite de votre premier touriste. »

Lovell se précipita vers la fenêtre. Survolant le lac à basse altitude et à pleins gaz approchait un hélicoptère. On ne l'entendait pas du tout. La seconde suivante, on aurait cru que le grondement infernal des moteurs surgissait de nulle part. L'appareil plana au-dessus de la clairière, sombre et menaçant, les rotors soulevant un tourbillon de poussière, le vacarme déchirant le silence de la forêt. Le logo d'une chaîne de télévision de Seattle se dessinait sur la queue et un opérateur braquait la gueule écrasée d'une camera vidéo par l'un des hublots : il filmait le terrain.

« Mon Dieu ! Elle va mourir de peur ! »

Lovell dévala la passerelle et traversa la clairière en courant, luttant contre le souffle d'air projeté par les pales de l'hélicoptère.

Il fit irruption dans la cabane, un instant déconcerté par la présence de Mary, et saisit Nell qu'il prit dans ses bras pour la réconforter. Son corps frêle tremblait comme si elle avait très froid. Il sentit qu'elle était au bord de la panique.

« Tout va bien, Nell. Tout va bien.

— *Nell peu', Je'y.* » Il l'entendit à peine à cause du vacarme des moteurs.

Olsen et Petersen déboulèrent à leur tour. « Mary, s'enquit Paula. Ça va ? »

Mary Petersen lui décocha un petit sourire timide. « Je veux rester avec Nell.

— Mary ? interrogea Todd. Qu'est-ce qui se passe ? » Il remarqua que sa femme semblait différente, son regard plus animé.

« Je suis venue voir Nell, expliqua-t-elle avec simplicité.

— Il faut y aller, dit Lovell. Ne t'inquiète pas, Nell, ce ne sera pas long. »

L'idée de partir l'affola encore plus. « *Nell peu', Je'y.*

— Je sais, je sais, acquiesça Lovell qui s'efforçait de paraître rassurant. Mais je serai avec toi. Je te protègerai. *Jerry leu ange ga'ien.* »

Nell lui donna sa main qu'il prit, ses grosses pattes tenant délicatement ses doigts fins. Elle le regarda dans les yeux d'un air qui ne trompait pas : elle lui confiait sa vie.

« *Pa peu' vec Je'y,* dit-elle.

— Sortez-nous de ce guêpier, Todd. »

Tous quatre quittèrent la cabane en courant. Sur le seuil, Nell eut un moment d'hésitation quand le bruit et l'agitation s'abattirent sur elle. Lovell l'exhorta à avancer, l'entraînant vers la MG de Paula.

Todd Petersen démarra en trombe et prit la direction du convoi. L'hélicoptère ralentit et décrivit des cercles au-dessus de la clairière, puis revint à l'assaut pour tenter de suivre les voitures. Elles avaient disparu dans le sous-bois, les branches des pins les cachant à leurs poursuivants.

D'autres problèmes les attendaient à terre. Un énorme camion du service des actualités, qui descendait pesamment la piste, bouchait le passage. Petersen ne se laissa pas impressionner. Il se dirigea droit sur le monstre, pour voir qui se dégonflerait le premier. Le camion corna à tout rompre comme un taureau enragé et le chauffeur hurla quelques mots. Ses nerfs cédèrent devant l'assurance de Todd : il donna un brusque coup de volant vers la gauche et s'engouffra dans le sous-bois. Petersen fit aussi une embardée, se collant au bord du chemin, mais il avait ouvert une brèche pour que Paula s'y glissât. Olsen accéléra et dépassa le camion de la télévision dans un nuage de gravier et de poussière.

Mary Petersen regarda la MG s'éloigner en vrombissant et se mit à rire. Todd se tourna vers sa femme et se mit à rire aussi, soulagé et tout heureux de l'avoir retrouvée. Il fut stupéfait de voir l'éclat qui brillait dans ses yeux, la vie qui animait ses traits. Il avait déjà vu ce regard quand ils s'étaient connus, du temps où Mary était la femme qu'il avait été si fier d'épouser. Ses yeux souriants étaient comme un soleil, un soleil levant, le signe qu'un long cauchemar s'achevait.

VINGT-CINQ

La deuxième fois que Nell quitta la clairière fut nettement moins agréable que la première. Elle était nerveuse, déstabilisée par les événements de la matinée. Lovell la sentait qui tremblait comme un petit chien à côté d'elle sur l'étroite banquette de l'auto. Il la prit par l'épaule et la berça.

« Je suis là, murmura-t-il. Tout va bien. Je suis là. »

Apparemment, Nell n'arrivait pas à se reprendre. Plus elle s'éloignait de chez elle, plus elle était tendue. Elle sursautait à chaque fois qu'une voiture les doublait. Aux abords de Seattle, alors que la circulation devenait plus dense, l'autoroute devint un chaos de bruits et d'images terrifiant.

Le flot de l'heure de pointe qui se déversait sur les longues courbes de l'Evergreen Point Floating Bridge la déconcertait. Le pont, la plus importante construction humaine qu'elle ait jamais vue, la plongea dans un état de panique presque insupportable. Elle avait l'impression que l'entrelacs des arches d'acier scintillait sous ses yeux et la masse d'eau qui l'entourait était immense, plus grande que le lac, une véritable mer intérieure.

Lovell lui tapota la main. « Nell, regarde. » Il montra les gratte-ciel qui se profilaient à l'horizon par-dessus la balustrade du pont. Les trois pics de la Space Needle se dressaient, menaçants, dans la brume de la pollution. Nell cligna les yeux, se demandant ce que c'était. Elle regarda Jerry d'un air apeuré.

Il avait espéré que sa curiosité la calmerait. Il s'était trompé. Sa petite excursion à Richfield avait eu un effet spectaculaire et encourageant mais le débordement d'émotions que provoquait la ville était trop violent pour ses nerfs fragiles. Ce nouveau monde lui était étranger et le demeurerait.

Son état empira quand ils arrivèrent dans le centre. Ils s'engagèrent dans les rues bondées. Nell contemplait la circulation et la foule qui se pressait sur les trottoirs d'un air ahuri. Un sentiment de claustrophobie l'étouffa, comme si les baies vitrées miroitantes des immeubles de bureau se refermaient sur elle. Le bruit l'assaillait aussi, le grondement permanent des voitures, le martèlement agressif d'un marteau-piqueur sur un chantier, le hurlement frénétique des sirènes, le vacarme incessant de la ville.

Nell se pelotonna contre Lovell. « Ça va, je te tiens... » Il jeta un coup d'œil vers Olsen. « Ça ne va pas fort.

— On n'est plus loin... Tiens bon, Nell. Tout ira bien, je te le promets. »

L'hôpital était aussi angoissant que le monde du dehors. On aurait dit que les néons de la salle des urgences lui brûlaient le cerveau. Les gens masqués en blouse d'opération — étaient-ce des hommes ou des femmes ? — la déconcertèrent. Le bourdonnement des annonces faites au public à travers les haut-parleurs parvenait à ses oreilles en un beuglement déformé.

Un garçon de salle passa en poussant un brancard. Le malade qui gisait dans le coma sous les draps avait la pâleur grisâtre de la fatalité. Seul le goutte-à-goutte fiché dans son bras semblait le séparer de la mort. A sa vue, Nell se recroquevilla.

« Ce n'est rien, Nell, assura Paula. N'aie pas peur.

— C'est un spectacle angoissant quand on ne sait pas de quoi il s'agit, » intervint Lovell qui resserra son étreinte.

On ne pouvait plus la rassurer. Nell se mit à pousser des petits cris plaintifs qui, Lovell le savait, annonçaient une crise de panique.

« Tout va bien. Tu ne crains rien ici. Je te tiens. »

Paula les entraîna dans un couloir et employa une carte codée pour ouvrir une porte fermée à clé. La porte coulissa dans un chuintement. Nell eut un mouvement de recul.

« Ça ne marchera pas, dit Lovell.

— On y est presque. Tenez bon.

— Elle va exploser. »

Nell gémissait plus fort. Elle balançait la tête de côté et d'autre et tirait sur le bras de Lovell qui la retenait. Elle traînait les pieds comme un enfant récalcitrant, essayant de ralentir l'allure. Elle semblait savoir que plus ils s'enfonçaient dans le bâtiment, plus le danger grandissait.

« Portez-la, » ordonna Olsen.

Lovell la souleva de terre. « Voilà. » Elle mit le bras autour de son cou et le serra, une petite fille effrayée.

Ils se trouvaient dans le service psychiatrique, le domaine d'Al Paley. Nell et Lovell éprouvaient la même chose : ils étaient en territoire ennemi.

Ils traversèrent la salle de repos. Nell observa les patients avachis devant le poste de télévision qui beuglait ; la bande sonore frénétique d'un dessin animé résonnait dans la pièce. A travers les sons déformés, Nell entendit une voix... une voix qui appelait son nom.

Elle jeta un coup d'œil par-dessus l'épaule de Lovell, sondant d'un air affolé les visages tristes, indolents, pour voir qui l'avait appelée.

Et, dans un coin, elle découvrit sa sœur jumelle, une toute petite blonde, pieds nus dans une robe à smocks rapiécée. Elle était recroquevillée, presque pliée en deux comme s'il faisait un froid terrible. Elle appelait son nom d'un ton plaintif.

Nell se contorsionna et échappa à l'emprise de Lovell, puis se rua dans le couloir, sans se rendre compte qu'elle était sujette à une hallucination. Soudain, elle fut frappée comme par la foudre, valdingua les quatre fers en l'air et s'écrasa la figure. Elle rampa à terre, laissant dans son sillage une longue traînée de sang. Nell s'était jetée de plein fouet contre une baie vitrée. Bien qu'à moitié étourdie par le choc, elle se redressa aussitôt. Elle hurlait telle une bête sauvage, se tordait et battait des bras en griffant la vitre.

« Nell ! Nell ! Je t'en prie... » Lovell tenta de la serrer dans ses bras mais elle était en proie à la terreur. Succombant à la panique, elle n'entendait pas sa voix. Elle se tapait la tête contre le carreau pour essayer de passer au travers.

« Tout va bien, Nell, dit Lovell. Tout va bien. Je te tiens... »

Paley sortit de son bureau et saisit la situation. Il fit signe à deux robustes infirmiers en claquant des doigts. « Shelby ! Carlo !

— Je peux m'en occuper, hurla Lovell.

— Vous voulez qu'elle se fasse vraiment mal ? »

Les deux hommes continrent Nell : ils l'attrapèrent de leurs énormes mains et lui collèrent les bras au corps. Dès qu'ils la touchèrent, elle cessa de se débattre. Elle regarda Lovell, du sang et de la morve maculant son visage sillonné de larmes. Ce regard, ce message dans ses yeux, le déchirèrent tel un coup de poignard. Il disait : tu m'as trahie. Puis son regard s'éteignit, comme aveuglé soudain, et son corps s'effondra, s'affaissant dans les bras de ses ravisseurs ainsi qu'un animal qui fait le mort.

Lorsque Nell se réveilla dans sa triste chambre d'hôpital, Jerry Lovell était à son chevet. Elle avait les yeux ouverts mais son regard était vide, absent. Lovell parla tout doucement.

« Nell ? C'est Jerry... »

Elle ne réagit pas, elle ne tourna même pas la tête vers lui.

« Nell ? Pa peu', Nell. Pa peu' vec Je'y. »

Rien... On aurait dit qu'elle avait quitté l'enveloppe de son corps, qu'elle avait perdu son âme. Lovell se mordit la lèvre. Refoulant ses larmes, il lui prit les mains qu'il tint délicatement comme elle le lui avait montré.

« Nell ? *Chickabee...* » Le désespoir l'envahit.

« Nell ! Ne fais pas ça ! Ils vont t'enfermer ! Montre-leur ce que tu es. Je t'en prie. » Il marqua une pause. Il semblait attendre que les mots lui parviennent. Elle ne réagit pas. Il s'agenouilla auprès de son lit et posa sa tête lasse sur la couverture. « Oh, Nell... Je t'en prie... Mais qu'est-ce que je vais devenir ? »

Nell ne répondit pas à ses prières. Elle regardait dans le vide, l'esprit très loin de ce lieu.

Plus tard dans la matinée, Paley réunit son équipe de spécialistes au grand complet. Assis à son imposant bureau, il considéra l'air sévère de Malinowski et de Goppel. Lovell était défait, grisâtre. Quand Nell avait baissé les armes, il les avait baissées aussi. Seule Olsen poursuivait le combat.

« Elle n'a pas eu ce genre de crise depuis des semaines, Al, affirma-t-elle. Vous avez vu les enregistrements. Vous savez quels progrès on a faits.

— Ça ne me plaît pas, Paula.

— Elle est coupée de son contexte, répliqua Paula. Il fallait s'y attendre.

— Vous avez eu presque trois mois. Ça ne me plaît pas. Cette gosse a besoin d'aide. »

Lovell redressa la tête. La fatigue et les reproches qu'il se faisait marquaient ses traits. « Je devais être fou pour l'amener ici. »

Paley se contenta de hausser les sourcils, sans autre commentaire.

« Elle a besoin de temps, Al, déclara Olsen. C'est tout. Elle va se calmer.

— De temps ? répéta Paley. Très bien. On a le week-end devant nous. Peut-être que je serai plus content lundi. » Il haussa les épaules et se leva. « Mais peut-être pas... » Il se dirigea vers la porte. « Je propose qu'on aille voir la patiente. »

Paley, Goppel, Malinowski et Lovell se serrèrent dans l'étroite salle d'observation, le visage gris et flou dans la pénombre.

Paula se trouvait dans la chambre avec Nell derrière la glace. Une Bible sur ses genoux, elle lisait lentement. Sa voix semblait fragile dans le haut-parleur de la salle d'observation.

« Où est parti ton bien-aimé, ô la plus belle des femmes, où s'est tourné ton bien-aimé pour que nous le cherchions avec toi ? » Paula observa une pause. Elle jeta un coup d'œil vers Nell avec l'espoir que ses mots lui parvenaient. « Mon bien-aimé est descendu à son jardin aux parterres embaumés, pour paître son troupeau dans les jardins et pour cueillir des lis... »

Lovell gardait les yeux rivés à Nell. On avait l'impression qu'il l'adjurait intérieurement de réagir.

« Ce n'est pas de l'autisme au niveau le plus bas, constata Goppel. C'est sûr et certain. »

Paley acquiesça. « Difficile de dire ce que c'est. »

« Je suis à mon bien-aimé, et mon bien-aimé est à moi, poursuivit Olsen. Il paît son troupeau parmi les lis... Tu es belle, mon amie, comme Tirça, charmante comme Jérusalem. »

Lovell percevait la souffrance dans le regard de Nell. Il leva la main, comme s'il pouvait la toucher à travers la glace, puis la laissa retomber. Il savait qu'elle était ailleurs.

*
* *

Lovell et Olsen guidaient Nell dans le long couloir d'hôpital pour la raccompagner à sa chambre. Elle était toujours aussi aveugle, toujours aussi muette.

« Je veux la faire sortir d'ici, Paula, chuchota Lovell. Elle ne supporte pas cet endroit !

— C'est impossible, Jerry. Rien qu'un jour de plus, c'est tout. »

Lovell secoua la tête. « Vous croyez que le juge prétendra en savoir plus qu'Al Paley ? Donnez-moi vos clés de voiture...

— Jerry... Ne faites rien que vous pourriez regretter.

— Non. Loin de là. Donnez-moi vos clés. »

Déchirée, elle hésita un instant, puis céda. « Je ne suis pas sûre que ce soit...

— Je l'emmène ailleurs. » Soudain, il saisit Nell qu'il prit dans ses bras et se rua vers la porte. Dès qu'il la toucha, elle se mit à hurler et à donner des coups de pied, ses cris résonnant dans les couloirs.

« Jerry ! »

Trois infirmiers débouchèrent au coin du corridor et lui barrèrent le passage. Lovell leur fonça dessus, les bouscula de tout son poids et les envoya dinguer comme des quilles.

Tandis que Nell hurlait et se débattait toujours, Lovell sortit en trombe du service psychiatrique et s'élança vers la voiture de Paula. Il déposa Nell sur le siège du passager, se rua au volant et tripota la clé pour mettre le contact.

« Allez, allez, » murmura-t-il. Le moteur se mit en route. Il passa rageusement la vitesse et appuya à fond sur l'accélérateur : l'auto quitta le parking en dérapant dans un vrombissement.

Il roula au hasard pendant une heure ou deux, parlant sans arrêt à Nell pour essayer de la ramener à son état normal. Elle était figée à sa place, sourde, insensible.

Deux fois, il prit le chemin de la maison. Il commença à gravir la montagne en direction de Richfield. Et, deux fois, il rebroussa chemin. A cette heure, la clairière était sans doute envahie par les curieux ; des équipes de télévision attendaient, caméra au poing, pour avoir leur part de la sauvage.

Il n'avait nulle part où aller, aucun endroit sûr. Désespéré, il quitta la route et entra dans la cour d'un motel sur la 77. Nell se laissa conduire à une chambre, une chambre à peine plus gaie que celle qu'elle avait quittée à l'hôpital. Elle s'assit à la fenêtre et contempla la piscine, l'autoroute plus loin, et la masse rouge du soleil couchant. Elle n'ouvrit pas la bouche et ne le regarda pas.

Lovell appela Paula. « Elle n'a pas dit un mot, avoua-t-il. Rien. Comme si elle était morte...

— Où êtes-vous ?

— Dans un motel. » Il saisit une pochette d'allumettes sur la commode et lut l'adresse. « La 77, direction nord, sortie Huntersville, chambre 209. On le voit de la route...

— Ne bougez pas, j'arrive. »

Lovell sourit presque. « Ne vous inquiétez pas... On ne bougera pas. »

Jerry raccrocha et regarda Nell. « Paula arrive » annonça-t-il avec l'espoir que cette nouvelle au moins lui parviendrait.

« Nell... Je n'ai jamais voulu ça. Je ne suis pas un ange. Je ne suis qu'un homme... Pardonne-moi, tu veux bien. »

Il attendit une réponse qui ne vint pas. « *Je'y féliss danleu ver vec Nell.* » Il haussa les épaules. « Mais tout est fini, sans doute. »

Le regard de Nell se posa sur l'épais tapis de feuilles mortes qui flottait à la surface de la piscine. Sous ses yeux, elles se transformèrent en un tapis de feuilles sur le sol de la forêt. Elle vit alors la grotte où elle avait caché la dépouille de sa sœur jumelle. Elle était là, vivante, dans sa robe blanche à smocks, une couronne de pâquerettes tressée autour du cou.

Immobiles, Nell et sa sœur, scellées par un regard. La petite fille se détourna et s'éloigna dans les bois, puis se mit à trottiner et à courir. Elle suivit le chemin au galop sans relâcher l'allure, la forêt dessinant une tache verte autour d'elle.

La petite fille surgit dans la clairière inondée d'une lumière dorée. Elle ralentit le pas, longea le lac et s'arrêta juste au bord de l'eau, les vaguelettes léchant ses pieds nus. L'air grave, l'enfant leva les mains en un geste d'au revoir.

Elle avança de quelques pas. Tandis qu'elle s'enfonçait, elle se retourna et laissa retomber les mains. L'eau lui arriva aux genoux, à la taille, puis monta jusqu'à faire flotter la guirlande autour de son cou. Un autre pas et les eaux se refermèrent sur sa tête presque sans une onde, ses cheveux blonds ondoyant au fil du courant avant de sombrer. Il ne restait que la couronne de fleurs qui voguait en une flaque de lumière miroitante.

Dans sa tête, Nell fit ses adieux à sa façon. « *Jeu sui amon biaiaimé, y mon biaiaimé é amoi. Elle pai son trou'eau par'i lé lis...Tu é bel, monami com' Ti'sah, cha'mante com' Je'usa'em.* »

Quand elle se détourna de la fenêtre, elle ne regarda pas Jerry. Elle s'allongea sur le lit, ferma les yeux et s'endormit.

Nell dormait depuis une heure lorsque Paula arriva enfin au motel. Lovell l'accueillit, l'air honteux, désespéré.

Paula jeta un coup d'œil sur la pièce lugubre. « Pourquoi ici ? Pourquoi êtes-vous venu ici, Jerry ?

— Je ne savais pas où aller. »

Elle regarda Nell, puis se tourna vers Lovell. « Vous savez que vous avez perdu la tête ?

— Oui.

— Et maintenant ? »

Lovell poussa un gros soupir. « Je vais devoir la présenter devant le tribunal, je suppose ?

— Oui. »

Ses épaules se voûtèrent. « Voilà, c'est fini... Merde. » Paula vit qu'il avait envie de pleurer à l'idée de tout ce gâchis. « Je pourrais le supporter si elle me disait quelque chose. Tout plutôt que ce silence... »

Paula leva la main vers Jerry et lui caressa la joue. C'était le geste d'amour de Nell. Elle prit son visage entre ses mains et le caressa. Les yeux de Jerry brillaient de larmes.

« *Pa' p'euré, tita chickabee.* »

Elle approcha son visage du sien et frotta sa joue contre la sienne, doucement, tendrement, comme Nell. Paula le prit dans ses bras et se colla à lui, douce, proche. En guise de réponse, il pointa le doigt vers sa joue qu'il caressa du geste de Nell. Il se regardèrent dans les yeux, lisant les pensées de l'autre. Apparemment, ils n'avaient pas besoin de mots pour se comprendre.

Il l'embrassa alors sur les lèvres, ses douces lèvres effleurant les siennes. Une pudeur naturelle la poussa à se retenir un instant, puis elle sentit qu'elle s'abandonnait et lui rendit son baiser, sa bouche se donnant à lui.

Ce baiser libéra la passion enfouie en eux. Ils s'étreignirent, très fort, et s'embrassèrent comme s'il n'existait aucun autre endroit sur terre, comme s'ils étaient seuls au monde. Ils avaient l'impression d'arriver au port.

VINGT-SIX

Le juge Hazan déclara l'audience ouverte à neuf heures précises, très exactement trois mois après la précédente.

Mais ce jour-là, il présidait une tout autre cour. La galerie était bondée de spectateurs et de journalistes d'une douzaine d'organes de presse. Richfield était bien représenté : il y avait là Todd et Mary Petersen, Amy Blanchard et Frank du Frank's Bar sans oublier, tout au fond dans l'espoir que le juge ne les verrait pas, les mauvais garçons : Billy Fisher, Shane, Jed et Stevie. Ils étaient soulagés d'être dans un tribunal sans faire la tête à la place de l'accusé pour une fois.

« Qui représente l'hôpital ? » s'enquit le juge.

Un homme, vêtu d'un costume fort bien coupé, se leva. « Moi, Votre Honneur. Richard Weiss... »

Le juge Hazan sourit. Il connaissait l'avocat de nom et de réputation. Weiss était l'un des meilleurs avocats de tribunaux de première instance de l'État. Sa présence laissait entendre que l'hôpital mettait le paquet. « Je suis impressionné, Mr. Weiss, qu'un homme de votre importance ait fait ce long chemin jusqu'à notre modeste tribunal.

— L'honneur est pour moi, monsieur le Juge. »

Lovell se pencha vers Don Fontana et lui chuchota à l'oreille : « Oh, merde. Ils se font des ronds de jambes. C'est mauvais signe, non ?

— Non, répliqua Fontana. C'est bon pour nous.

Les gens de l'hôpital ne savent sans doute pas que Hazan a horreur des huiles payées des prix exorbitants.

— Me Weiss, voulez-vous commencer ?

— Oui, Votre Honneur... » Weiss se leva et traversa toute la salle. Il s'arrêta à la table où étaient assis Fontana, Lovell, Nell et Olsen, leur décochant un petit sourire avant de se retourner vers le juge.

« Votre Honneur, Nell Kellty est sur le point d'entreprendre le voyage le plus passionnant qu'on puisse faire. Le voyage qui va la mener du refuge de l'enfance, sûr mais limité, aux larges horizons de la maturité... » Il observa une pause, balayant l'assemblée de yeux. « Cependant, pour mener ce voyage à bien en toute sécurité, Nell a besoin d'un guide... »

Le juge Hazan écoutait Weiss mais regardait Nell. Il était évident qu'elle le fascinait.

Richard Weiss désigna d'un signe le professeur Paley. « Cet homme, Votre Honneur, le professeur Alexander Paley, a les moyens d'aider Nell. Il dispose du soutien financier du National Institute of Mental Health. Il dispose des structures. Il dispose du personnel. Qui est mieux placé que lui pour guider Nell dans son voyage ? » Il se retourna et lança à Jerry un regard un peu méprisant.

« Apparemment, le Dr. Lovell croit pouvoir faire du meilleur travail alors qu'il n'est qu'un généraliste sans aucune expérience des maladies mentales. A une époque, il était spécialisé dans le cancer, mais sa carrière s'est arrêtée tout à coup dans des circonstances demeurées inexpliquées... »

Weiss ne remarqua pas le petit sourire que Fontana réprimait pour cacher sa satisfaction : Weiss était tombé en plein dans le piège.

« De plus, Votre Honneur, le Dr. Lovell est un homme qui a causé des dégâts dans l'enceinte de l'hôpital, sans parler du membre du personnel qu'il a attaqué. Un homme de ce genre peut-il s'occuper de Nell en un moment aussi crucial ? Je pense que non... »

Fontana se leva. « Objection, Votre Honneur. Le

Dr. Lovell n'a pas l'intention de jouer les gardiens de Nell. Ni aujourd'hui ni à l'avenir. »

Un murmure de stupéfaction parcourut l'assemblée. Paley se tourna vers Weiss qui dévisagea Lovell.

Même le juge Hazan semblait abasourdi. « Alors, que fait-on là ? demanda-t-il.

— On est là pour décider de ce qui vaut mieux pour Nell, Votre Honneur, » répondit Fontana.

Hazan se pencha vers lui et le regarda par-dessus ses lunettes. « Dois-je comprendre que le Dr. Lovell n'offre plus ses services en la matière ?

— C'est exact, Votre Honneur. »

Weiss s'était remis de sa surprise. « Dans ce cas, Votre Honneur, je suggère qu'on accorde le droit de garde immédiatement. Personne d'autre ne s'est proposé et toutes les parties s'accordent à penser que Nell a besoin d'aide. Donc... »

Lovell s'était levé. « Ce n'est pas vrai, Votre Honneur. Elle n'a pas besoin d'aide. Elle n'a pas besoin de moi. Elle n'a besoin de personne. Il suffit de le lui demander.

— Le lui demander ? répéta Weiss. Votre Honneur... »

Le juge Hazan demanda le silence d'un geste de la main. « Attendez. Me Fontana, que manigancez-vous au juste ?

— Rien. On propose que Nell parle en son nom, c'est tout. »

Le juge Hazan parut perplexe, mais intrigué. Il jeta un coup d'œil vers Nell. Parfaitement calme, elle semblait suivre les débats sans difficulté.

« Parler en son nom ? répéta Hazan. J'ai cru comprendre qu'il y avait un problème de communication, non ?

— Je peux servir d'interprète, Votre Honneur.

— Le Dr. Lovell fait partie des intéressés, protesta Weiss. Je pense qu'il ne devrait pas... »

Les yeux du juge brillèrent. « Oh, je n'en suis pas sûr, Me Weiss. Il vient d'annoncer qu'il s'était retiré de l'affaire. Si la jeune dame peut parler en son nom, tant mieux. Voyons cela, voulez-vous. Me Fontana, veuillez appeler votre cliente à la barre.

— Très bien, Votre Honneur. » Fontana prit Nell par le bras et lui fit traverser la salle pour s'installer à la place du témoin. Jerry se mit à côté d'elle, un peu en retrait pour lui laisser la vedette.

Dans la salle, tout le monde attendait de la voir de près. Un silence s'abattit sur l'assemblée qui la dévisageait. Nell l'affronta, mais elle paraissait fragile, nerveuse. Elle lança un coup d'œil à Lovell qui lui fit un petit sourire rassurant et encourageant.

« Nell, commença Don Fontana, vous êtes seule depuis que votre mère est morte... »

Lovell traduisit le plus discrètement possible d'une voix basse et égale. « *Dantan man é vec leu chai'yeur...* »

Nell secoua lentement la tête. « *Nan. Je'y v'nu. Y Pau'a.*

— Jerry et Paula ne peuvent pas rester avec toi pour toujours, dit Fontana.

— *Peu' pa ress po' tin di été'nité,* » traduisit Lovell.

Nell acquiesça sans se laisser troubler par la question. « *Pe'so ress tin di été'nité,* affirma-t-elle. *Tou' leu mon' v'nu seul danleu tin di gan féliss.*

— Personne ne reste pour toujours, rapporta Lovell. Tout le monde finit seul dans la grande nuit. »

Fontana hocha la tête. « Et tu n'as pas peur de vivre seule dans la forêt ?

— *Pa peu' danleu ver ?* »

Nell réfléchit avant de répondre. « *Tou' leu mon' peu',* déclara-t-elle avec conviction. *Y tou' leu tin. Leu jenti chai'yeur doulité, doulité no pleu'é, no gan pleu'é.*

— Tout le monde a peur, répéta Lovell. Partout. Le doux Seigneur apaise nos larmes, toutes nos larmes. »

L'assemblée était muette. La présence de Nell et ses paroles fascinaient le public.

« Nell, veux-tu quitter ta maison dans la forêt et que ce monsieur s'occupe de toi ? » demanda Fontana en montrant le professeur Paley. Weiss se leva d'un bond.

218

« Votre Honneur, je fais objection. Nell ne sait rien du professeur Paley ni de ce qu'il peut lui offrir.

— Asseyez-vous, Me Weiss, ordonna Hazan. Vous aurez l'occasion de le lui expliquer. Dr. Lovell, si vous voulez bien traduire la question...

« *Nell veu pa'ti ver y ress vec*, répéta-t-il en désignant Paley. Nell examina Paley qui remua d'un air nerveux sous son regard déconcertant.

Quand elle répondit, ce fut d'un ton doux mais sans équivoque. « *Nan*, dit-elle.

— Je n'ai plus de questions, Votre Honneur. » Fontana s'assit et rassembla ses papiers.

Le juge Hazan hocha la tête. « Le témoin est à vous, Me Weiss. »

L'avocat se leva. Une fois debout, il fronça les sourcils et réfléchit, essayant de préparer une riposte à cette offensive inattendue. D'un geste ample, il embrassa tout l'auditoire, de la cour au fond de la salle.

« Le monde est grand, Nell. Et tous ces gens pourraient être tes amis. Ceux-là et beaucoup d'autres.

« *Tou' l' mon' v'nu*, » traduisit Lovell. Il croisa les doigts. « *Nell veu aussi, si ?* »

Nell était perplexe mais elle acquiesça d'un signe. « *Si.*

— Tu pourrais partager notre beau monde, Nell, poursuivit Weiss. Il y a tant... »

Lovell traduisit rapidement. « *Nell veu ress é vec tou' l' mon' dan gan féliss.*

— Mais tu as beaucoup à apprendre.

— *Ma' bocou a sa'voi.* »

Nell approuva les paroles de Weiss.

« Tu n'en as pas envie, Nell ? »

Nell regarda Weiss, puis survola les nombreux visages des personnes présentes, passant de l'une à l'autre. Elle semblait partagée, se demandant si elle voulait leur ressembler ou pas. Tandis qu'elle réfléchissait et que le silence se prolongeait, une curieuse tension monta dans la salle. Chacun sentait le regard pénétrant de Nell posé sur soi, comme s'il subissait un interrogatoire muet.

Quand elle répondit enfin, ce fut d'une voix douce. On aurait dit qu'elle craignait d'offenser l'auditoire.

« *Z'avé gan tou' l' r'é*, dit-elle d'un ton hésitant.

— Vous avez de grandes choses.

— *Z'avé gan sa'voi..* »

— Vous savez beaucoup de choses... »

Nell se pencha vers l'assemblée et saisit la barre. « *Ma tu nan gard' danleu gard' di tou' l' mon'*...

— Mais vous ne vous regardez pas dans les yeux.

— *Y tu veu doulité-doux.* » Son ton monta comme emporté par la passion.

« Et vous avez soif de calme. »

Nell parut se détendre, soulagée d'avoir dit tout ce qu'elle savait du monde par-delà la clairière. « *Tita ma' vi.*

— J'ai vécu une petite vie...

— *Tita moi sa'voi.*

— Et je sais peu de choses. »

Nell se tourna vers le juge puis vers l'auditoire, les implorant de la croire. « *Ma doulité ver éplène di ange...*

— Mais la calme forêt est pleine d'anges...

— *Danleu tin di solé v'nu Ti'sa...*

— Le jour, vient la beauté...

— *Danleu tin di féliss v'nu féliss...*

— La nuit, vient le bonheur. »

Nell resta un moment silencieuse, observant l'assemblée. Personne ne bougeait, personne ne soufflait mot.

« *Pa peu' po' Nell*, dit-elle tranquillement.

— N'ayez pas peur pour Nell.

— *Pa pleu'é po' Nell.*

— Ne pleurez pas pour Nell.

— *Moi pa plu triss' ke tu.*

— Je n'ai pas de plus grands chagrins que les vôtres. »

Elle s'effleura le front du bout des doigts, puis glissa la main sur sa joue et l'y laissa. Son regard passa de l'un à l'autre, offrant son amour à toutes les personnes présentes.

Lovell et Olsen avaient les larmes aux yeux. Eux

seuls comprirent ce qui s'était passé : la situation s'était renversée. Les spectateurs, ces habitants du monde moderne, étaient désarmés. C'étaient eux qui étaient en demande et Nell qui avait le don.

Devant le palais de justice, il y avait encore plus de monde que dans la salle. Les curieux, les équipes des actualités télévisées chargées de matériel et les passants attirés par l'agitation grossissaient la foule. L'audience était terminée et le flot de spectateurs qui descendait les marches ajoutait à l'embouteillage sur le trottoir.

Quand Nell sortit du bâtiment en brique rouge, encadrée par Olsen et Lovell, elle tenait les yeux baissés, se laissant guider. Mais les gens pressés sur l'escalier les bloquèrent. Les projecteurs de la télévision s'allumèrent, les flashes explosèrent. Nell prit peur et se réfugia contre Lovell.

Plus loin, des enfants braillèrent en la montrant du doigt. « La voilà ! Voilà la sauvage ! » Quelqu'un se mit à hurler comme un loup, des badauds ricanèrent.

Nell leva les yeux. Pâle, fragile et très digne, elle affronta les regards moqueurs. Aussitôt les quolibets et les rires cédèrent à un silence gêné.

Lovell et Olsen ouvrirent la voie, la marée humaine s'écarta devant eux. Tous dévisagèrent Nell au passage, comme si sa présence les impressionnait.

Du haut des marches, le juge Hazan et Alexander Paley regardèrent Nell, Olsen et Lovell monter dans la Jeep de ce dernier.

« Désolé, professeur, dit le juge. C'était impossible. Je devais la laisser aller là où elle sera heureuse.

— Vous croyez que je la voulais pour moi ? » répliqua Paley. Il considérait les gens agglutinés autour de la voiture. Il secoua la tête. « Ils en demanderont plus. Beaucoup plus. »

ÉPILOGUE

Cinq ans plus tard

La petite fille dormait toujours, mais elle n'était pas au lit. Elle était pelotonnée sur la banquette de la voiture, la tête sur les genoux de son père.

« Ruthie dort encore ? » Paula Olsen quitta la route des yeux pour jeter un coup d'œil par-dessus son épaule.

Lovell contempla sa fille d'un regard plein d'amour. « Ouais.

— On est presque arrivés. »

Le chemin, toujours pas bitumé, était en meilleur état : la circulation l'avait aplani. Ils prirent le dernier virage et découvrirent le paysage : le lac, la clairière, la cabane. Il y avait beaucoup de voitures garées près de l'endroit où était ancré le bateau autrefois.

Un feu de joie brûlait au milieu de la clairière. Dans le cercle de lumière, Paula vit des gens assis, une cinquantaine ou même plus. Certains avaient des couvertures sur les épaules pour se protéger du froid de la nuit. Les lueurs projetées par le feu atteignaient la lisière de la forêt où étaient plantées des tentes, certaines illuminées par des torches.

Paula s'arrêta. Elle sortit de l'auto, accompagnée de son mari qui tenait l'enfant dans ses bras. Ils regardèrent la scène.

« Ça se développe tous les ans. »

Olsen secoua gentiment sa fille. « Réveille-toi, chérie. On est chez Nell. »

Ruthie battit des cils et remua un peu, puis replongea dans un profond sommeil.

« Elle n'en peut plus.

— Elle n'a pas dormi la moitié de la nuit.

— Allons-y... » Paula en tête, ils se dirigèrent vers les gens rassemblés autour du feu. Certains bavardaient et riaient dans la nuit ; d'autres avaient les yeux clos ; d'autres encore se balançaient doucement en fredonnant un air. On aurait cru une berceuse, sans début, sans fin, une ritournelle apaisante.

Un visage familier se tourna vers eux. C'était Mary Petersen. Elle sourit et vint à leur rencontre. Rien ne trahissait plus la dépression qui l'avait frappée.

« Salut, lança-t-elle. Bienvenue.

— Quel monde !

— Ils continuent à venir, dit Mary. Nell sait que vous êtes là ?

— Pas encore. »

Mary regarda Ruthie. « Ça alors, mais elle va devenir une grande fille !

— Elle brûlait d'impatience de voir Nell, expliqua Paula. Et elle n'arrive plus à se réveiller.

— Où est Nell ? » demanda Jerry.

Mary la montra d'un signe. « Là-bas. »

Nell était assise par terre, en tailleur, au milieu de la foule. Le feu donnait des couleurs à son visage pâle. Elle avait ce regard absent.

Lovell s'approcha d'elle, sa fille dans les bras. Olsen le regarda s'éloigner ; elle voulait lui laisser quelques instants de tranquillité avec Nell avant de les rejoindre.

« Jerry lui est très cher, affirma-t-elle. Il compte beaucoup pour Nell.

— Vous aussi, Paula, » assura Mary.

A travers la brume de chaleur, Olsen surveilla le moment où Nell aperçut Jerry. Son sourire s'éclaira et elle se leva d'un bond pour l'étreindre.

« Bien sûr, acquiesça Olsen. J'étais le génie qui devait bouleverser sa vie, vous vous souvenez ?

— Mais c'est vrai, répliqua Mary avec sérieux. Vous avez bel et bien bouleversé sa vie. Vous ne le saviez pas ? »

Olsen fit non de la tête. Nell prit Ruthie dans ses bras. La petite fille s'agita et ouvrit les yeux tandis que Nell lui souriait. Puis elle frotta son visage contre la joue de Ruthie, l'enfant répondant à ses caresses d'une joie somnolente.

« Quoi donc ?

— Vous avez été la première.

— La première ?

— La première à avoir besoin d'elle, » dit Mary.

Nell redressa la tête et se retourna, cherchant Paula des yeux dans l'obscurité. Paula croisa son regard. Les deux femmes se regardèrent à travers le voile miroitant. Nell lui adressa un doux sourire et hocha la tête, puis son sourire s'effaça.

Elle n'avait l'air ni heureux ni triste. Elle semblait tout accepter et ne rien redouter. Ces yeux clairs grands ouverts voyaient tous les anges de la forêt.

Achevé d'imprimer sur presse CAMERON
dans les ateliers de B.C.I. à Saint-Amand-Montrond
pour le compte de France Loisirs, Paris

N° d'édition : 26490. N° d'impression : 1/135.
Dépôt légal : février 1995.
Imprimé en France